Ms. Molly und ihre Gentlemen

Karolina Putz

AF284724

Die Autorin:
Mittlerweile lebt die Salzburgerin Karolina Putz mit ihrer Familie in Tirol, Österreich. Auch sie träumt groß und freut sich, wenn ein Traum Wirklichkeit wird. Wie dieser Debütroman.
Neben dem Schreiben liebt sie das Leben, ihren Mann und ihre beiden wunderbaren Kinder. Gemeinsam versuchen sie, jeden Tag mit einem Happy End zu leben.

Karolina Putz

Ms. Molly und ihre Gentlemen

Roman

Impressum

Bibliografische Information der Deutschen Nationalbibliothek:
Die Deutsche Nationalbibliothek verzeichnet diese Publikation in der
Deutschen Nationalbibliografie; detaillierte bibliografische Daten
sind im Internet über http://dnb.dnb.de abrufbar.

Lektorat: Silke Lemberger
Korrektorat: Kathrine Bader
Herstellung und Verlag: BoD – Books on Demand, Norderstedt

ISBN: 978-3-752644302

Für meine Familie

KAPITEL 1

Der Schaum an ihren nassen Fingern begann sich aufzulösen. Sie legte den Teller neben die Spüle. Die Bläschen zerplatzten eins nach dem anderen, wie so mancher Traum in ihrem Leben. In ihrer Jugend hatte sie davon geträumt, fein gekleidet mit ihrem Schwarm Tommi zum Abschlussball zu schreiten. Vielleicht sogar Rosenkönigin zu werden. Doch dann war es Willy Weinberg, mit dem sie schließlich in die bunt dekorierte Turnhalle trat. Beide hatten bis kurz vor dem Ball keine Verabredung gehabt und schunkelten gelangweilt und zwanghaft im schummrigen Licht. Als sich Willys Mund langsam und gefährlich näherte, ergriff sie die Flucht.

Molly trocknete sich die Hände ab und ging ins Bad. »Eigentlich ganz okay«, dachte sie, während sie sich summend im Spiegel betrachtete und ihre dunkelbraunen Locken bürstete. Ihr Körper war nicht dünn, aber auch nicht dick, irgendwie kompakt. Ihre dunklen Augen strahlten, wenn sie sich freute, und wurden schwer und dunkel, wenn sie traurig oder wütend war. Die Nase fand sie zu groß, aber ihre Lippen waren schön voll.

Im Schlafzimmer nahm sie einen dunkelblauen Bleistiftrock aus dem Schrank und schlüpfte aus ihrer Lieblingsjogginghose. Vorsichtig zog sie eine feine Seidenstrumpfhose über die Beine und entschied sich für eine cremefarbene Bluse.

»Passt wie angegossen«, stellte sie zufrieden fest.

Sie schloss die Tür ihrer Wohnung ab, lief die Treppe hinab und trat auf die Straße. Ein warmer Wind und feine Sonnenstrahlen streichelten ihre Haut. Sie atmete tief durch und spazierte los. Wie immer war sie zu pünktlich losgegangen. Sie war eine Lerche, ein sonniger Morgenmensch. Braun- und ockerfarbene Stadthäuser zogen an ihr vorbei und knorrige Ahornbäume ragten ihre Äste über die alten, gemauerten Zäune. Molly liebte ihre Stadt Northampton mit dem Fluss Nene in den East Midlands von England. Es war keine große Stadt mit rund zweihunderttausend Einwohnern und bis nach London waren es circa neunzig Kilometer. Besonders die historischen Stadthäuser, die Kirchen, Galerien und denkmalgeschützten Gebäude gefielen Molly und der Marktplatz im Zentrum und die Abington Street mit ihren unzähligen Geschäften zählten zu ihren Lieblingsplätzen. Dort befand sich auch der Buchladen, in dem sie arbeitete. Er war Teil einer langen Reihe von Läden, die ihre Waren in großen, weißumrandeten Schaufenstern präsentierten, und wenn die Kunden die Ladentüren öffneten, bimmelten kleine Glöckchen zur Begrüßung.

Molly brauchte nur eine Viertelstunde bis zu ihrer Arbeit. Eine Gruppe lachender Mädchen kam ihr entgegen. Mit hohen Pumps trippelten sie über den Bordstein und ihr Haar wehte im Wind. Molly war nie Teil einer angesagten Clique gewesen. Das störte sie nicht mehr, früher hatte sie diese populären Mädchen mit ihrem strahlenden Lachen oft bewundert und wäre gerne so gewesen wie sie. So perfekt, so schön, so stark.

Molly war am Buchladen angekommen und öffnete die Tür. Der vertraute Geruch von Papier stieg ihr in die Nase und ihre Augen gewöhnten sich langsam an das düstere Licht.

Obwohl sie schon fast acht Jahre hier arbeitete, freute sie sich jedes Mal auf den Tag, der vor ihr lag. Denn Mollys beste Freunde waren schon immer die Bücher gewesen. Sie liebte es, in ihren Geschichten zu versinken und Raum und Zeit zu vergessen. Sie litt mit den Opfern, beobachtete die Täter und reiste dabei federleicht von einer Abenteuerwelt in die nächste. Sie hatte selbst versucht zu schreiben. Doch ihr Traum, Schriftstellerin zu werden, zerplatzte, als sie nach unzähligen Versuchen, die Leere im Kopf und am Papier zu füllen, aufgab und ihre ausgeliehenen Romane bevorzugte. Darum kam ihr das Jobangebot von Rose, nach dem Schulabschluss bei ihr als Verkäuferin zu arbeiten, gerade recht. Sorgsam und liebevoll stellte sie seitdem Biografien, Krimis und Liebesgeschichten ins Regal. Immer wieder las sie in die Bücher hinein und nahm sich die spannendsten Geschichten mit nach Hause. Molly hatte sich rasch eingearbeitet und verstand sich hervorragend mit ihrer Chefin Ms. Binder. In den Stoßzeiten arbeiteten sie gemeinsam, ansonsten wechselten sie sich ab. Und waren keine Kunden da, nutzte Molly die Zeit, um mit ihren Buchfreunden in neue Abenteuer abzutauchen.

Molly begann mit ihren üblichen Aufgaben, sie schaltete die Lichter und Computer ein. Der Buchladen erwachte zum Leben und alte bis zur Decke reichende Holzregale erschienen. Ein massives, hölzernes Verkaufspult stand in der Mitte des Ladens und daneben ein mit Papierstapeln beladener Schreibtisch mit zwei Computern. Die Regale waren bis obenhin mit Büchern gefüllt. Sie beherbergten neueste Werke und Bestseller, aber auch viele ältere, unverzichtbare Klassiker und Besonderheiten. Langsam ließ Molly ihren Blick durch die Buchreihen gleiten und lächelte. Sie waren alle in ihrem Kopf. Gemeinsam mit Rose hatte sie die Bände fein säuberlich nach Genre und Autor sortiert. Warmes Licht fiel auf die unzähligen Buchrücken und kleine Hängelampen baumelten zwischen den Regalen von der Decke. Molly öffnete die Ladentür und frische, kühle Luft vertrieb den leicht abgestandenen, staubigen Geruch im Raum. Dann schaltete sie die Kaffeemaschine ein und angenehmer Kaffeegeruch verbreitete sich.

Der Kalender auf dem Schreibtisch zeigte den 7. September 2020, obwohl der altmodische Buchladen auch ins vorige Jahrhundert gepasst hätte.

Gleich nach Molly kam Rose in den Laden.

»Guten Morgen, Molly!«, grüßte ihre Chefin gutgelaunt.

»Morgen, Rose«, erwiderte Molly, »wie geht es dir? Heute kommt die Lieferung mit den neuen Fantasyromanen von Faber & Faber.«

»Gut. Bitte beschrifte sie gleich und räume sie ein. Ich muss um 11 Uhr noch mal weg.«

Die beiden Frauen kannten sich mittlerweile schon in- und auswendig und die Arbeitsabläufe waren zur Routine geworden. Schon trat ein Mann in Arbeitskleidung ein.

»Eine Lieferung für Ms. Binder«, verkündete er und ließ einen großen Karton auf den Ladentisch plumpsen.

»Ja, richtig, vielen Dank« Molly nahm ihn entgegen und unterschrieb auf dem Lieferschein. Dann öffnete sie den Karton und holte einige Bücher heraus.

»Wow!«, dachte sie, »tolle Cover, die gehen sicher weg wie warme Semmeln.« Sie nahm ein pechschwarzes Buch in die Hand und schlug die erste Seite auf. Schon lernte sie Dizmore kennen, eine elfische Schönheit, die über außergewöhnliche Kampftechniken verfügte. Gemeinsam tauchten sie in eine Fantasywelt fernab der Erde ab und kämpften gegen dunkle, unberechenbare Bergtrolle. Kraftvoll und siegessicher wehrte sie ihre Gegner ab und drückte sie unerbittlich zu Boden. Dann blickten sie fasziniert auf Anuar, einen Druiden, der offensichtlich ein Geheimnis verbarg.

»Molly! Mooolllllyyyy!«, drang Roses Stimme zu ihr durch. Langsam hob sie den Kopf und schaute auf die stämmige, rothaarige Dame. Ihre Hände hatte sie in ihre breiten Hüften gestützt und selbst ihr blumiges Sommerkleid warf ungeduldig Falten.

»Molly, Kunden warten. Nun komm bitte!« Schon war Rose wieder vor dem Pult verschwunden. Schnell klappte Molly das Buch zu und legte es zurück in den Karton. Sie biss sich auf die Unterlippe. Es war ihr schon wieder passiert! Sie hatte sich in der Geschichte verloren.

Rose schüttelte den Kopf über Molly und murmelte schmunzelnd: »Wenigstens weiß ich, dass du hier langfristig den richtigen Arbeitsplatz gefunden hast.«

Molly hastete nach vorne und widmete sich der älteren Frau, die schon ungeduldig wartete.

»Wie kann ich helfen?«, fragte sie freundlich.

»Guten Tag! Ich suche ein Buch für meine Enkelinnen«, antwortete sie, »ich lese ihnen immer etwas vor, wissen Sie? Aber keine Märchen, oh nein«, sie hob den Zeigefinger, »etwas Großartiges muss es sein. Etwas, das inspiriert und ihnen zeigt, was in dieser Welt alles möglich ist. Ich suche das Buch über verwegene Frauen von Lorie Karnath. Ich habe es online gesehen.«

Molly lächelte. Ja, das Buch kannte sie! Ihre Mutter hatte ihr und Grace, ihrer Schwester, schon daraus vorgelesen, wenn sie sich wieder mal zu Hause langweilten. Molly verschwand zwischen den Regalen und präsentierte der Frau das Buch mit den wahren Geschichten über Ausbrecherinnen, Visionärinnen und Vordenkerinnen.

»Ich finde es sehr inspirierend«, stimmte ihre Molly zu, »Grace O'Malley zum Beispiel, die von Irland aus die Gewässer des Nordens durchstreifte – zuerst als Seekapitänin und später als berüchtigte Piratin. Wussten Sie, dass sie auch florierende Handelsposten schuf?«
»Nein«, staunte die Frau, »das ist ja interessant. Genau das Richtige für meine Mädchen.« Zufrieden steckte sie das abenteuerliche Buch in die Tasche und bezahlte. Molly lächelte und genoss es, die Freude und Befriedigung in den Gesichtern der Menschen zu sehen, wenn sie »ihr« Buch in Händen hielten. Sie lehnte am Pult und schaute der Kundin nach. Mittlerweile hatte Molly ein Gespür dafür entwickelt, welche Geschichten zu welchen Menschen passten. Manchmal machte sie sogar ein Spiel daraus und versuchte beim Eintreten zu erraten, welches Buch sie suchten. Gelegentlich wurde sie dabei aber völlig überrascht. Wie von einem staubigen Bauarbeiter im blauen Arbeitsanzug, der seine riesigen Hände lautlos aufs Pult legte. Sie hätte gewettet, dass er ein Fachbuch über Montagetechnik, einen blutrünstigen Thriller oder einen einschlägigen Comic sucht.

»Ich suche ein Origamibuch«, verkündete er leise. Als er ihr überraschtes Zögern bemerkte, fügte er hinzu: »Das ist mein Hobby, das Falten von filigranen Besonderheiten aus Papier, wissen Sie.« Schon hatte er eine feine Papierrose aus seiner Hosentasche gezaubert, etwas zerknittert zwar, aber mit zarten, einzelnen Blütenblättern und wunderschön.

Der Arbeitstag neigte sich dem Ende zu. Molly hatte die neuen Romane einsortiert, Bestellungen eingegeben und unzählige Kunden mit passenden Büchern versorgt. Es dämmerte schon, als sie die Ladentür verschloss. Müde, aber zufrieden schlenderte sie heim – zu ihrer Mietwohnung im ersten Stock eines alten Wohnhauses. Molly genoss ihre eigenen vier Wände in vollen Zügen. Ihre Eltern hatten in Bedford, einem kleinen Ort nördlich von Northampton, gut für sie und die drei Jahre ältere Grace gesorgt. Ihre Schwester lebte mittlerweile in Hamburg, mit ihren drei Kindern und Steve, ihrem Mann. Grace und Molly sahen sich nur selten, doch sie standen sich nach wie vor sehr nah. In Bedford hatten sie nicht viele Freunde gehabt und spielten meistens allein zu Hause. Auch Urlaube gab es kaum. Mollys Vater war viel mit der Englischen Armee unterwegs gewesen und verbrachte seine freie Zeit am liebsten zu Hause. Molly konnte ihr Leben als erwachsene Frau erst so richtig auskosten, seitdem sie allein in dieser Wohnung in

Northampton lebte. Zu Hause angekommen, kickte sie ihre Ballerinas auf die Ablage, schob eine Pizza in den Ofen und kuschelte sich gemütlich auf das Sofa.

Alt war das Mauerwerk ihrer Wohnung, um nicht zu sagen historisch, aber gerade das verlieh ihr einen besonderen Charme. Als Molly vor gut sieben Jahren hier eingezogen war, hatte sie die Wände im Wohnzimmer beruhigend hellblau und in der Küche sowie im Schlafzimmer dezent grau gestrichen. Sie hatte große, weiß gerahmte Bilder mit bunten Kunstdrucken und Fotos von sich selbst aufgehängt und damit eine freundliche, ruhige und stilvolle Atmosphäre geschaffen. Ihre heißgeliebte, cremefarbene Couch lud mit vielen bunten Kissen zum Entspannen ein. Sie liebte ihren gemütlichen, persönlichen Rückzugsort.

»Mhm, nicht schlecht für Fast Food«, stellte sie kauend fest und verspeiste ein Stück nach dem anderen, während sie sich durchs Vorabendprogramm zappte. Bei ihrer Lieblingssoap »Glück im Herzen« blieb sie hängen. Entspannt verfolgte sie, wie sich Herzenswünsche erfüllten, wie Angel und Ted sich endlich küssten und Carla ihren Traumberuf ergatterte. Sie gähnte und rollte sich in den weichen Kissen zusammen. Gleich darauf war sie ins Land der Träume entschwunden.

»Peng! Peng!« Erschrocken fuhr sie hoch und schaute sich um. Es war dunkel, nur im Fernseher lieferten sich zwei Männer in schwarzen Limousinen eine wilde Verfolgungsjagd.

»Da bin ich wohl eingenickt«, murmelte sie schläfrig und suchte nach dem Aus-Knopf der Fernbedienung. Sie fand ihn und die Jagd erlosch. Verschlafen trottete Molly ins Bett und versank wieder in tiefem Schlaf.

Als ihr Wecker am nächsten Morgen piepste, kroch sie langsam, aber einigermaßen fit aus den Federn.

Sie zog sich an und blinzelte vergnügt in die Sonnenstrahlen, die ihr Gesicht durch die großen Fenster streichelten.

»Wieder ein schöner Tag heute«, freute sie sich und sog den anregenden Geruch ihres Espressos ein. Anschließend machte sie sich auf zu ihrer geliebten Arbeit. Die Luft war noch kühl und es waren viele Autos unterwegs.

Rose war schon da, als sie den Laden betrat.

»Guten Morgen!«, begrüßte Molly sie.

»Morgen, Molly, wie geht's?«

»Gut! Viel los in der Stadt. Da haben wir sicher einiges zu tun heute.«

»Das wäre gut! Du, gestern Abend war ich in einer tollen Ausstellung in der Galerie in der Guildhall Road. Contemporary Art, echt faszinierend.«

»Oh, wie schön! Hast du ein Bild gekauft?«

»Ich bin mir noch nicht sicher, sie sind wirklich teuer.«

Molly lächelte und sah Rose bildlich vor sich, wie sie behäbig durch die Räume schlenderte und die Kunstwerke bestaunte. Denn Rose liebte Kunst. Einmal war Molly bei ihr zu Hause gewesen: Auf jeder Fläche ihrer Wohnung hingen oder standen Kunstwerke und sie konnte stundenlang über die Werke, ihre Künstler und ihre Entstehungsgeschichte sprechen. Sie lebte allein und steckte ihre ganze Energie in ihren Buchladen und die Kunst. Molly mochte die stämmige Dame mit dem großen Herzen.

»Würdest du bitte die Neuerscheinungen checken?«, forderte sie Molly auf.

»Natürlich.« Molly setzte sich gleich an den Computer und vertiefte sich in die vielsagenden Titel. Wieder ertappte sie sich dabei, dass sie sich fragte, wie die dazugehörigen Geschichten verliefen. So bemerkte Molly nicht, dass ein junger, gutaussehender Mann den Laden betrat. Rose war im Lager beschäftigt.

Er räusperte sich laut und riss Molly damit vom Computer los.

»Arnold!«, schoss es ihr durch den Kopf. Sie kannte ihn aus der Schulzeit. Er war zwei Jahre älter als sie und auch in Bedford aufgewachsen. Sie hatten dieselbe Schule besucht, aber nie viel miteinander zu tun gehabt …

»Ah, Entschuldigung, guten Morgen! Arnold, richtig?«, empfing sie ihn. Nun hatte sie keine Zeit mehr, darüber nachzudenken, welches Buch er kaufen würde. Wahrscheinlich hätte sie auf einen Thriller getippt.

»Ja, stimmt … Guten Morgen!«, schmunzelte er.

»Wie kann ich helfen?«, fragte sie freundlich und dachte gleichzeitig: »Süßer Typ! Immer schon, aber irgendwie unnahbar …«

»Ich suche ein Buch über Steuervergünstigungen fürs Jahresende«, sagte er und riss sie aus ihren Gedanken.

»Mh, Steuervergünstigungen … mal sehen«, murmelte Molly und begann die Regale auf der linken Seite zu durchkämmen. »Das passt irgendwie zum ihm – sehr vernünftig. Meine Steuern sollte ich auch mal prüfen, da bliebe sicher etwas Geld übrig.«

Sie nahm das Fachbuch heraus und legte es Arnold vor.

»So etwas in diese Richtung?«

Arnold las im Klappentext und nickte zufrieden.

»Okay, dann 10,65, bitte«, sagte Molly, »die müsste ich auch mal nutzen, diese Steuervergünstigungen.«

»Das ist keine Hexerei, man muss es nur tun«, stellte er fest, »wenn du willst, zeig ich es dir.«

Abwartend stand er vor ihr und reichte ihr das Geld. Molly blickte auf. Hatte er sie gerade um ein Date gefragt? Arnold, den sie aus der Schulzeit kannte? Sie spürte, wie eine unangenehme Hitze in ihr aufstieg, und sie errötete. Was sollte sie sagen? Solche Fragen war sie nicht gewohnt.

»Ah … ja … nein, diese Woche ist ziemlich voll«, murmelte sie schnell.

»Oh, okay, schade. Dann ein andermal,« erwiderte er langsam und leicht enttäuscht. Er griff nach dem Buch und machte sich auf zu gehen. Molly stand da wie gelähmt. Ihr Herz raste. Arnold war schon fast bei der Tür hinaus, als sie sich überwand und stammelte: »Aber am Freitag nach der Arbeit würde es gehen.«

Ein Lächeln huschte über Arnolds Gesicht und er verabschiedete sich mit den Worten: »Schön! Dann hol ich dich hier ab.«

Weg war er. Molly schnaufte ungläubig. »Ich habe eine Verabredung … mit Arnold aus der 7c.« Ihre Finger zitterten. Aufgeregt, aber erleichtert ließ sie sich wieder auf den Bürostuhl am Computer fallen.

»Atmen, Molly, atmen!«, sagte sie sich, »check die Mails. Alles ist gut. Sehr gut sogar!«

KAPITEL 2

Die Woche verflog. Mollys Herz hüpfte, wenn sie an Freitag dachte. Bis dahin bemühte sie sich, mit ihren Büchern so viele Gesichter wie möglich erstrahlen zu lassen. Konzentriert ging sie die Neuerscheinungslisten durch und wählte die vielversprechendsten aus. »Da bin ich mal gespannt, welche Abenteuer wieder hereinflattern«, dachte sie und drückte auf »Senden«. Weg war sie, die Bestellliste. Sie griff zum pechschwarzen Einband und folgte Gizmore, der Elfin, tief in das Innere einer dunklen Höhle. Gemeinsam waren sie hinter dem geheimnisvollen Druiden her. Sie spürten ihn auf und versteckten sich federleicht und leise hinter einer Felskante. Behutsam hob Anuar etwas Leuchtendes aus einer alten Holzkiste heraus.

»Mollyyy!« Roses Stimme schallte durch die Regale, »das dritte Mal die Woche! Also wirklich …!« Molly schoss hoch, legte Gizmore und Anuar zur Seite und hastete zum Verkaufspult. Rose lächelte wissend.

Am Tag ihres Dates drehte sie sich wiederholt vorm Spiegel. »Ich möchte hübsch aussehen heute …, ich kann mich nur nicht entscheiden …« Frustriert hielt sie sich abwechselnd einen kurzen Seidenrock und eine dünne Sommerhose an die Hüfte. Sie seufzte und schlüpfte schließlich in die Hose. Dann zog sie eine olivgrüne Bluse über. »Die unterstreicht meine dunklen Augen«, dachte sie.

Bevor sie die Wohnung verließ, riskierte sie noch einmal einen prüfenden Blick in den goldumrandeten Spiegel in der Garderobe. Zufrieden mit sich selbst trat sie auf die Straße in die Sonne.

Der Vormittag im Laden zog sich wie Gummi und die Kunden waren wählerisch.

»Ich bin wohl ungeduldig«, dachte Molly gereizt, »entspann dich, alles wird gut.« Sie lehnte sich an das Pult, schloss kurz die Augen und fühlte hinunter in ihren Bauch. Sie spürte in ihre Mitte und fand Ruhe und Frieden. Molly atmete durch und widmete sich erfrischt einer jungen Dame, die etwas mit Zombies, Blut, aber unbedingt einem Happy End suchte.

»Ich geh dann mal, Molly!« Rose drehte das »We're open«-Schild auf »Closed« und öffnete die Ladentür: »Hab einen schönen Nachmittag!«

»Danke ...!«, erwiderte Molly, »ich bin auch gleich weg. Ich sortiere nur noch das Belletristik-Regal fertig.«

Rose grinste geheimnisvoll. Molly wusste, dass ihre Chefin ihr aufgeputztes Äußeres und die nervösen Blicke auf die Uhr bemerkt hatte.

»Das muss wohl ein Glückspilz sein, den du da triffst.« Rose schmunzelte und schloss die Tür.

Kurz darauf bog Arnold um die Ecke und klopfte an die Scheibe. Sein dunkles Haar, das sich nicht zähmen ließ, hatte er, so gut es ging, durch einen Seitenscheitel unterteilt. Molly winkte ihm zu und packte ihre sieben Sachen. Dann trat sie vor die Tür.

»Hallo Molly. Wie geht's?«, begrüßte er sie gutgelaunt. Lässig stand er im Leinenhemd und einer trendigen Jeans vor ihr am Bordstein. Drahtig war er und durchtrainiert. Er gefiel ihr, das musste sie zugeben.

»Hallo Arnold. Gut und dir?« Sie schlugen den Weg zum Marktplatz ein.

»Freut mich, dass du mitkommst«, bemerkte Arnold. Molly lächelte in sich hinein. »Wollen wir ins Café dort drüben?«, schlug er vor und zeigte auf ein gemütliches, kleines Café am Rande des Platzes. Große Korbstühle unter riesigen Sonnenschirmen warteten auf sie. Molly nickte und sie schlenderten hinüber.

»Einen Moccachino, bitte«, bestellte Arnold.

»Klingt gut, für mich auch«, fügte Molly hinzu und lehnte sich entspannt zurück. Ihre Nervosität vom Vormittag hatte sich in freudige

Erwartung gewandelt und sie genoss ihr Beisammensein, die Wärme und den Marktplatz mit seinem bunten Treiben.

»Seltsam, dass wir uns noch nie begegnet sind, Molly. Seit wann wohnst du denn in der Stadt?«

»Seit circa acht Jahren. Ich bin nach der Highschool nach Northampton gezogen. Ich wollte raus aus Bedford und habe glücklicherweise Rose kennengelernt. Ich war ihr Stammgast sozusagen.« Molly lachte. »Weißt du, ich lese gern und habe mir bei ihr meine Bücher besorgt.«

»Das klingt toll!«

»Ja, ist es. Es macht wirklich Spaß, bei ihr zu arbeiten. Und ich genieße meine Wohnung. Und du? Wie kamst du hierher?«

»Ich bin hier aufs College gegangen. Danach habe ich bei der Northampton Car Company, dem Autowerk draußen in Wootton, als Buchhalter zu arbeiten begonnen. Ist ganz okay dort.«

»Wohnst du auch im Zentrum?«

»Nein, ich habe eine Einzimmerwohnung in Wootton. Ist zwar am Rande der Stadt, aber im Grünen. Das mag ich.«

Sie plauderten weiter über die Vor- und Nachteile von Northampton und kamen auf die Schulzeit zu sprechen.

»Weißt du noch Mrs. Turner, die Physiklehrerin?«, erinnerte sich Arnold.

»Ja ... sie hatte immer denselben gelb-schwarz gestreiften Pullover an«, sagte Molly, »wir nannten sie schon die Hummel.« Arnold lachte amüsiert. Es war erfrischend, über alte Zeiten zu sprechen, auch wenn sie diese nicht direkt zusammen erlebt hatten.

»Seit ich hier in Northampton wohne, gehen wir abends immer in The Market Tavern«, erzählte er. Molly nickte. Sie kannte das große Pub, aber sie war mit ihren Freundinnen, Charlotte und Rachel, eher im Badger's Arms, einer gemütlichen Bar, unterwegs. Doch das tat nichts zur Sache. Spaß, Action und Alkohol gab's da wie dort.

»Du siehst aus, als würden dich die Drinks ebenfalls nicht kalt lassen«, zog er sie auf.

»Was soll das denn heißen?«, erwiderte sie erstaunt. Er lachte. Immer wieder neckte er sie, ganz unerwartet. Die Zeit mit ihm war locker und leicht und Arnold vermittelte ihr ein Gefühl von Spaß und Geborgenheit, aber sie fühlte sich auch sicher bei ihm.

»Wollen wir uns noch einen Kuchen genehmigen?«, schlug er vor und zwinkerte ihr zu. Molly hatte das Gefühl, er sagte ihr, sie solle das Leben nicht zu ernst nehmen.

»Warum auch nicht?«, antwortete sie und bestellte ein großes Stück Zitronentorte. Sie genoss das gute Gefühl, es mit einem aufrichtigen und sympathischen Mann zu tun zu haben.

Ihrem Café-Date folgten Telefonate, und Mollys Schmetterlinge im Bauch vermehrten sich unaufhaltsam. Am folgenden Freitagmorgen stellte Arnold sie telefonisch vor vollendete Tatsachen. »Ich hole dich heute um drei bei dir ab, okay?«

»Okay …, einen Tipp, was wir machen?« Molly saß am Schreibtisch und klopfte erwartungsvoll mit dem Kugelschreiber auf die Tastatur. Es war ruhig im Laden und sie war allein.

»Lass dich überraschen! Nimm was Warmes mit, für alle Fälle.« Mollys Herz hüpfte.

»Das klingt ja aufregend. Okay, bis dann.«

Als Molly um drei Uhr aus ihrem Fenster auf die Straße hinunterschaute, kam Arnold cool und lässig mit schwarzer Sonnenbrille in einem alten, hellblauen Cabrio angebraust. Geschickt parkte er vor ihrer Eingangstür.

Molly eilte in die Garderobe, schnappte sich noch ein Seidentuch und schlüpfte in ihre Jeansjacke.

»Er überlegt sich ja was, um mich zu beeindrucken, das muss ich ihm lassen«, dachte sie und versuchte ihre Schmetterlinge im Bauch zu beruhigen.

»Hallo Arnold! So ein stylischer Schlitten«, schwärmte sie und ließ sich behutsam auf den Beifahrersitz gleiten. Sie befühlte das weiche, schwarze Leder der Sitze und ließ ihren Blick über das antike Radio und den eigentümlichen Ganghebel gleiten. Arnold lächelte stolz, legte seine Hände aufs lederne Lenkrad und trat ins Gaspedal. Der Wagen röhrte auf.

»Cool, was? Halt dich fest, es geht los!«

Molly zog das Tuch um den Kopf etwas fester und setzte die Sonnenbrille auf.

Der Fahrtwind blies ihnen ins Gesicht und Molly fühlte sich wie eine berühmte Diva. Ihr Lächeln wollte nicht mehr verschwinden und sie strahlte mit Arnold um die Wette. So kurvten sie durch die Straßen der Stadt, vorbei an historischen Stadtgebäuden, modernen Geschäften und alten Kirchen. Es ging hinaus aufs Land und über weite Wiesen, den Fluss entlang und durch kleine Ortschaften. Immer wieder lächelte Arnold ihr zu und legte seine Hand auf Mollys Oberschenkel. Sie legte ihre darüber und drückte seine leicht.

»Etwas Musik?«, schlug er vor und machte das Radio an. Rock'n'Roll der Sixties erklang und Molly kicherte.

»Du bist echt der Hammer«, sagte sie und genoss. Arnold seufzte zufrieden und konzentrierte sich wieder auf die Straße vor ihnen.

Als sie am Abend vor Mollys Eingangstür hielten, schaute er ihr tief in die Augen. Molly legte ihre Hand auf seine und sagte: »Das war ein schöner Nachmittag, Arnold. Heute träum ich sicher von schwarzen Lederjacken und Rock'n'Roll.«

»Und von mir …«, flüsterte er und sein Gesicht kam etwas näher.

»Darf ich?«, fragte er und seine Hand strich sanft über ihre Wange. Molly nickte leicht und schloss die Augen. Langsam fanden ihre Lippen zueinander. Mollys Herz hüpfte. Arnold küsste sie so zärtlich, dass Molly Gänsehaut bekam. Weich waren seine Lippen und wunderbar zart. Nur langsam lösten sie sich voneinander.

»Ich mag dich, Molly Thatcher. Ehrlich.«

»Ich dich auch«, erwiderte sie lächelnd und senkte den Blick.

»Du bist wunderschön!«, flüsterte er.

»Danke … Sehen wir uns bald wieder?«, fragte sie verlegen.

»Sehr gern. Ich ruf dich an. Danke für den wunderbaren Nachmittag.«

Sie küssten sich noch einmal. Wieder war der Kuss süß, sanft und unglaublich angenehm. Dann stieg Molly aus. Sie hob die Hand zum Abschied und ihr weißer Leinenrock wehte leicht im Abendwind. Sie spürte, wie Arnold ihr nachsah. Als sie sich umdrehte, winkte er ihr zu und fuhr los.

Beschwingt hüpfte Molly die Treppen zu ihrer Wohnung hinauf und summte glücklich vor sich hin.

Arnold meldete sich wie versprochen:

»Hallo meine Liebe. Wie geht es dir?«

»Hallo Arnold. Gut. Gerade viel zu tun«, antwortete Molly und unterbrach ihre Arbeit am Computer.

»Okay …, bei mir ist es eher ruhig zurzeit. Ich vermisse dich.«
Molly zögerte, dann sagte sie:»Ich dich auch. Es war schön gestern.
War eine super Idee mit dem Cabrio. Hast du es schon zurückgebracht?«

»Ja, heute Morgen. Coole Karre, was? Ich mag so alte Autos, sie
sind wie ich: etwas eigentümlich, aber voller Charme.«
Molly lachte und konterte:»Ach wirklich? Den Charme habe ich ja
noch nicht bemerkt.«

»Na toll, gib mir noch eine Chance! Wir könnten am Samstag zum
Fluss radeln.«

»Okay, warum nicht? Ich nehme ein Picknick mit.«

»Perfekt. Treffen wir uns am Marktplatz um 10 Uhr?«

»Ja, ist gut. Ich freu mich. Bis dann«, verabschiedete sich Molly und
legte auf. Sie stand auf und schwebte regelrecht zu einem Kunden, der
ungeduldig wartete.

Als sie am Samstagnachmittag zum Flussufer des Nene radelten,
war es leicht bewölkt, aber warm für Ende September. Das Ufer war
fast menschenleer und sie breiteten ihre Decke unter einer großen
Weide aus. Das weiche Gras kitzelte an ihren nackten Füßen.

Molly holte süße Trauben aus dem Korb und sie setzten sich auf
die ausgebreitete Decke.

»Mund auf …«, rief Arnold plötzlich und zielte mit einer Traube
auf ihre Lippen. Molly lachte und er warf. Daneben. Sie kicherte und
Arnold beugte sich zu ihr herüber und küsste sie stürmisch.

»Hey!«, Molly wehrte sich lachend,»langsam mit den wilden Pferden. Ich krieg ja keine Luft mehr!«

»Okay, okay …«, grummelte Arnold und zog sie zu sich auf die
Decke. Er küsste sie wieder – dieses Mal ganz zärtlich. Molly seufzte
wohlig und legte ihren Kopf auf seinen Bauch. Er hatte inzwischen die
Augen geschlossen und spielte mit ihren Locken.

»Ich mag deine Haare, sie sind so weich.«

»Ja … und brauchen unendlich lang zum Trocknen.« Molly rollte
die Augen. So lagen sie entspannt in der Sonne und genossen die Ruhe.
Gemächlich floss der Nene an ihnen vorbei.

»Ich fand dich schon in der Schule süß«, verriet Arnold und steckte
sich noch eine Traube in den Mund.

»Wirklich? Davon habe ich nie etwas bemerkt. Du warst immer so unnahbar für mich. So cool.«

»Ich war schüchtern. Ich habe dich oft beobachtet, in den Pausen oder auf dem Nachhauseweg zum Beispiel.«

»Was? Ein Stalker also?«

Arnold lachte.

»Schade«, fügte sie hinzu, »wäre vielleicht was geworden mit uns und es hätte mir die schreckliche Abschlussballnacht mit Willy Weinberg erspart«, sie sah ihm tief in die Augen, »aber es ist nie zu spät. Gott sei Dank hast du dieses verdammte Steuerbuch gebraucht!« Sie küsste ihn. Ihre Finger glitten durch seine Haare und über die Schultern hinab. Er legte beide Arme um sie und drückte sie sanft an sich. Molly seufzte und sog den Geruch seiner Haut in sich auf.

Ihr Zusammensein wurde mit jedem Telefonat, mit jedem Treffen vertrauter und es wurde selbstverständlich, dass sie Händchen haltend durch die Stadt spazierten und sich küssten, wann immer sie wollten, oder Arnold seine Jacke um ihre Schultern legte, wenn sie fröstelte. Ihre Küsse waren weich und süß – vorsichtig zu Beginn, dann immer fordernder. Molly genoss Arnolds Leidenschaft und hielt auch ihre nicht zurück: weder beim Küssen noch bei Umarmungen oder Kuschelattacken. Bei Übernachtungen und weiteren Anbahnungen jedoch schon. Sie wünschte sich, dass es dieses Mal gut ginge. Sie hatte erlebt, wie schnell sich Liebeschwüre in Luft auflösten, wenn man gleich im Bett landete. Arnold verstand – etwas widerwillig zwar – und wartete.

KAPITEL 3

»Aber das kannst du doch nicht machen, Molly!«, protestierte Charlotte, ihre Freundin, als sie sich eines Abends im Badger´s Arms auf ein paar Drinks trafen. Die beiden kannten sich schon seit vielen Jahren. Molly, Charlotte und Rachel hatten sich beim Schwimmtraining kennengelernt, das Molly begonnen hatte, als sie in die Stadt gezogen war. Mittlerweile waren die drei gute Freundinnen.

»Pass auf, dass er nicht abhaut, wenn ihr keinen Sex habt«, warnte Charlotte sie, strich ihren weißblonden Pony zur Seite und nahm einen Schluck Gin Tonic. Ihre blauen Augen blitzten warnend und sie setzte sich kerzengerade auf den Barhocker, die langen Beine lässig überschlagen.

»Doch! Dieses Mal wird es gutgehen«, versicherte ihr Molly und schaute sie direkt an, »Arnold ist anders. Wir mögen uns wirklich.« Molly nahm einen tiefen Zug von ihrer Zigarette. Wenn sie ausgingen, rauchten sie – jedes Mal.

Charlotte verdrehte die Augen.

»Wie langweilig! Also Claton und ich hatten eine echt heiße Nacht gestern«, verriet sie.»Zuerst waren wir hier was trinken, dann sind wir gleich ab zu mir nach Hause. Kann ich nur empfehlen …«

Einige neue Gäste kamen in die kleine Bar und drängten sich an ihnen vorbei.

»Ja und wie ist er so als Mensch, was macht er aus seinem Leben?«, wollte Molly wissen und nippte an ihrem Gin Tonic.

»Ist das so wichtig? Er ist cool und sehr lustig. Mehr will ich gar nicht. Ich liebe meine Freiheit.«

»Ja dann. Viel Spaß!«, erwiderte Molly trocken. Sie wusste, wie freiheitsliebend Charlotte war, doch sie kannte ihren weichen Kern und hoffte, dass sie sich in der Affäre mit Claton nicht selbst verletzte.

»Ich find's gut, wenn sich Frauen holen, was sie wollen. Die Männer machen's auch«, stellte Charlotte fest. Ihre Aussagen waren meist so cool wie ihr Erscheinungsbild, das oft die Blicke der Männer auf sich zog. Charlotte wusste, wie sie ihr Aussehen für sich nutzen konnte, und flirtete immer wieder, was das Zeug hielt. Doch binden wollte oder konnte sie sich nicht.

»Ja schon«, antwortete Molly, »aber ich bin an dem Punkt, an dem ich mich frage, welche Art von Beziehung ich denn wirklich leben möchte. Auf jeden Fall keine One-Night-Stands.«

Charlotte rollte wieder mit den Augen.

»Mach ruhig so weiter«, fügte Molly hinzu, »ich hör dir dann zu, wenn es vorbei ist.« Sie nahm einen großen Schluck und leerte das Glas.

Eigentlich genoss Molly die Abende mit Charlotte und sie lauschte gerne ihren teils abenteuerlichen Liebesgeschichten. Doch heute nervte es sie. Denn genauso wie Rachel, ihre andere Freundin, war Charlotte wild, unanständig und impulsiv. Ein Wunder, dass sie Molly noch nicht ausgeschlossen hatten – wegen »Langeweile«. Doch insgeheim wurde sie für ihre Standhaftigkeit und Ruhe bewundert, das spürte sie. Zufrieden blickte Molly auf ihr ruhiges, solides Leben. Zu viel Drama – nein danke.

Plötzlich piepste Mollys Handy – eine Nachricht von Arnold: »Dinner bei mir – morgen Abend?«

»Uuiuuuiui!«, jubelte Charlotte, »jetzt wird's ernst. Wirst schon sehen.« Sie hob ihr Glas und prostete Molly zu. Molly winkte mit der Hand ab: »Na, na mal schauen … ja und wenn, dann tun wir es, weil wir beide dafür bereit sind und es wollen.«

Als Molly am nächsten Abend an der Tür von Arnolds Apartment läutete, flogen die Schmetterlinge in ihrem Bauch trotzdem wieder kreuz und quer. Ein leckerer Duft von Gebratenem strömte aus der Wohnung, als er die Eingangstür öffnete.

»Mhhh. Das riecht aber gut!«, schwärmte Molly. Arnold nahm ihr den Mantel ab und schloss sie in die Arme.

»Schön, dass du da bist«, flüsterte er ihr ins Ohr und küsste sie. Molly strahlte. Sie schlüpfte aus ihren Ballerinas und ging durchs Wohnzimmer in die Küche. Dabei ließ sie ihren Blick durch Arnolds Wohnung schweifen. Stilvoll war sie. Seine Möbel waren einheitlich dunkelgrau und die Vorhänge und Bilderrahmen harmonierten in einem hellen Grau. Alte Holzbalken durchzogen die Decke und verliehen dem Ganzen einen behaglichen Touch. Auf dem geschmackvoll gedeckten Tisch flackerten zwei Kerzen.

Arnold kochte konzentriert, aber entspannt vor sich hin und stocherte prüfend in der Bratpfanne. In seiner beigen Leinenhose und dem dunklen Shirt sah er super aus. »Ich bin ein Glückspilz!«, dachte sie aufgeregt.

»Rotwein?«, schlug er vor.

»Ja, danke! Sehr gern.« Sie setzte sich auf einen der Barhocker, die vor der Kochinsel standen.

Arnold reichte ihr ein fein geschwungenes Weinglas. Sie schauten sich tief und lange in die Augen, dann mussten sie lachen und prosteten sich zu. Zu viel der Romantik.

»Wie geht es dir?«, erkundigte sich Molly.

»Ganz gut«, seufzte Arnold, »heute war wieder Glenn im Büro, mein Kollege. Er ist so chaotisch und raubt mir manchmal den letzten Nerv. Er sollte die Buchungen der letzten Monate konsolidieren, doch er bekommt es einfach nicht hin. Ich muss es dann immer korrigieren.« Molly sah ihn mitfühlend an.

»Mh, das kann ich verstehen, dass dich das nervt. Hast du schon mal mit deinem Chef darüber gesprochen?«

»Ja, er kennt Glenn. Doch beim Budgetieren ist Glenn unschlagbar und darum derzeit unkündbar.«

Molly nickte.

»Und ich tröste seit heute Morgen meine Freundin Charlotte. Gestern Abend haben wir über den Typen gesprochen, den sie kennengelernt hat: Claton. Sie trafen sich ständig bei ihr zu Hause oder in einem Hotel.« Molly nahm einen Schluck Rotwein und beobachtete, wie Arnold noch etwas Öl in die Pfanne goss. »Doch wie sich herausstellte, ist der Mann verheiratet und hat zwei Kinder. Jetzt ist Charlotte in Tränen aufgelöst. Von wegen sie liebt ihre Unabhängigkeit und holt sich, was sie will.«

Arnold nickte ebenfalls verständnisvoll. Dann beugte er sich nach vorne über den Herd, nahm Mollys Hand und sagte: »Ich bin so froh, dass du damals mit mir ins Café gegangen bist. Du bist etwas Besonderes!«

Wärme stieg in Mollys Bauch hoch und ihr Mund wurde trocken: »Ich habe dich auch sehr gern.«

»Nur gern?« Arnold sah sie fragend an, ging um den Herd und kam zu ihr herüber: »Molly, ich liebe dich.«

Ihr Herz klopfte und sie erwiderte zitternd: »Ich dich auch«.

Arnold nahm Molly in die Arme und sie versanken in einem langen, intensiven Kuss. Er ließ die Pfanne stehen und hob Molly behutsam hoch. Sie wehrte sich nicht und legte ihre Arme um seinen Nacken. Unter größter Anstrengung trug er sie ins Schlafzimmer, wo sie prustend beim Bett ankamen.

»Ganz schön schwer«, stöhnte er, »aber für mich kein Problem!«

»Das merke ich«, Molly lachte, »mein Superheld!«

Neckisch biss sie in seinen Oberarm. Da packte er sie, hielt ihre Arme fest und bedeckte ihren ganzen Körper mit Küssen. Molly schloss genüsslich die Augen. Nach und nach entfernte er ihre Kleider, zuerst ihr Shirt, dann ihre Hose und zuletzt die Unterwäsche. Sie atmete immer schneller. Er liebkoste ihren Hals, ihre Brüste und ihren Bauch und als er ihre Beine spreizte, versank sie in Wellen tiefer Lust. Leicht und fordernd nahm sie ihn in sich auf und sie genossen ihr Verschmolzensein. Der Rhythmus, in dem sie sich bewegten, wurde immer fordernder, bis beide vor Lust laut aufschrien. Schwitzend sanken sie aufs Bett. Eng umschlungen lagen sie erschöpft da.

»Herrlich«, raunte Arnold.

»Mhhh, jaaa!«, Molly küsste ihn auf die Brust und schmiegte sich eng an ihn. So blieben sie eine Weile liegen.

»Lust auf Steak?«, fragte Arnold.

»Das ist sicher angebrannt und steinhart«, murmelte Molly.

»Stimmt.«

Arnold wählte die Nummer des Pizzaservice.

So wie Molly es gehofft hatte, blieb Arnold in ihrem Leben. Sie fühlte sich auf Händen getragen und liebte es, seine Stimme zu hören.

»Was hältst du von einem Wochenende in einer Hütte am See?«, fragte er am Telefon.

»Das klingt ja romantisch«. Sie lächelte insgeheim.

»Mein Onkel hat ein Cottage und da können wir jederzeit rein. Total ruhig, vollkommen in der Natur und wunderschön.«

»Jaaaaa …«, seufzte Molly, »das klingt wirklich verführerisch. Wann möchtest du los?«

»Nächstes Wochenende vielleicht. Was meinst du?«

»Das passt gut. Sehen wir uns vorher noch?«

»Ja gern. Ich könnte morgen Abend zu dir kommen, wenn du willst«, schlug Arnold vor. Und wie gern Molly das wollte! Sie freute sich darauf, ihn wiederzusehen, denn er fehlte ihr schon jetzt.

Am Samstagnachmittag rumpelten sie eine schmale Forststraße entlang, die an einem kleinen Parkplatz vor dem Cottage endete. Es war mittlerweile Ende Oktober und die Luft war kühl. Die Sonne schien und der Himmel war nur leicht bewölkt. Molly stieg aus und schaute sich neugierig um. Sie waren an einer stillen, abgelegenen Lichtung und sie fragte sich, wann ein Mensch das letzte Mal über das satte Grün zum See gegangen war. Alles war verwachsen und die einfache Hütte aus massiven Holzbalken stand einsam, aber robust am Seeufer. Noch streckten die letzten Wildblumen ihre bunten Blüten im hohen Gras in die Sonne. Insekten und Bienen schwirrten umher und Grillen zirpten. Das Ufer des Sees war teilweise dicht mit Schilf bewachsen und das Wasser dunkel und moorig. Molly ging durchs hohe Gras zum See und hielt vorsichtig ihren Zeigefinger hinein. Das Wasser war eiskalt. Sie fröstelte. Ein leichter Wind strich ihr durchs Haar und kleine Wellen kräuselten sich auf der Wasseroberfläche. Molly schlenderte zurück und blickte in den dunklen Wald, der sich hinter der Hütte erstreckte und durch den sie gekommen waren. Dort war es absolut still. Nicht mal ein Vogel zwitscherte darin. Arnold war dabei, ihre Schlafsäcke und die mitgebrachten Lebensmittel, in die Hütte zu tragen.

»Brauchen wir noch Holz?«, fragte Molly, während sie eine Kühltasche ins Innere trug. Er nickte und kletterte mit den Schlafsäcken nach oben ins Schlaflager. Molly sammelte trockene Zweige und Äste am Waldrand. Davon gab es jede Menge und sie war froh, nicht in den Wald gehen zu müssen. Als sie vollbepackt in die Hütte kam, hockte Arnold vor dem Ofen und machte Feuer. Neben ihm auf dem Boden lagen Späne und kleine Scheite.

»Es ist wunderschön hier«, schwärmte Molly, »der See und diese Stille, unglaublich. Abenteuerlich irgendwie.«

»Ja, ich weiß! Ich liebe es hier. Als Kind war ich oft mit meinen Eltern und der Familie meines Onkels hier. Wir hatten eine Menge Spaß!«

»Das kann ich mir vorstellen!« Sie sah die Kinder förmlich auf der Wiese toben und im Wasser planschen. Schließlich loderte das Feuer und es wurde warm im Inneren der Hütte. Wie das Cottage selbst war alles einfach gehalten: der Holztisch am Fenster zum See, links daneben eine alte Kommode mit Schubladen sowie eine eckige Spüle aus Metall und ein alter, zerkratzter Kühlschrank an der Wand daneben.

»Lass uns einen Spaziergang machen!«, schlug Molly vor und nahm Arnolds Hand. Sie schlenderten über die wild bewachsene Wiese zum Seeufer und am Wasser entlang. Kühler Wind blies ihnen um die Beine. Sie blieben stehen, umarmten sich und nahmen die Weite des Sees, die Freiheit der Berge dahinter und die Tiefe des Waldes in sich auf und atmeten tief durch.

»Wie erholsam es hier ist.« Molly seufzte.

»Ja, es macht den Kopf unglaublich frei. Warte, bis du die Sonnenuntergänge siehst, sie sind unglaublich schön. Vielleicht haben wir Glück heute Abend.«, er schaute prüfend zum Himmel, »wohl eher nicht. Da ziehen dunkle Wolken auf. Na mal sehen.« Langsam spazierten sie zur Hütte zurück, in der es inzwischen angenehm warm war. Es dämmerte und der Wind wurde stärker. Arnold widmete sich dem

Steingrill auf der Veranda. Molly beobachtete ihn und ließ ihre Gedanken schweifen:

»Wie geschickt er ist. Das macht er nicht zum ersten Mal, vielleicht hat er es von seinem Vater gelernt … Wie der wohl ist …?«

Sie holte erneut Holz und reichte es Arnold, der es ins Feuer legte. Plötzlich rauchte es fürchterlich und sie mussten husten.

»Wahh, Molly!«, rief Arnold, »das Holz war wohl noch etwas nass!«

»Tut mir leid! Das wusste ich nicht«, erwiderte sie, »mir fehlt die Erfahrung im Sammeln von Brennholz …«

Arnold winkte hustend ab. Glücklicherweise beruhigte sich das Feuer bald und eine heiße, weiße Glut war entstanden. Als Arnold die Maiskolben auf den Rost legte, zischte es. Doch gleichzeitig fielen vereinzelte, dicke Regentropfen auf den Grill.

»Oh, nein!«, rief Molly, »es fängt zu regnen an. Arnold!«

»Mist!«, fluchte dieser und legte schnell den Rest auf.

»Ich mach das fertig und komm dann rein. Lass uns drinnen essen.«

Molly flüchtete ins Innere und deckte den Tisch. Trotz des einsetzenden Regens fand der köstliche Grillgeruch seinen Weg bis in die Hütte. Mollys Magen knurrte. Plötzlich erschütterte ein Donner die ruhige Abgeschiedenheit. Erschrocken hielt Molly inne und kurz darauf erleuchtete ein greller Blitz den See. Der Regen prasselte aufs Dach. Molly verstand ihr eigenes Wort nicht mehr.

»Arnold!«, rief sie nach draußen, »alles okay?«

»Ja«, schrie er durch den Regen zurück, »ich komme schon!«

Tropfnass erreichte er die Hütte: in den Händen das Grillgut, sorgsam abgedeckt und trocken. Erleichtert schloss Molly die Tür hinter ihm.

»Du bist ja patschnass«, sagte sie und reichte ihm ein Handtuch. Seufzend trocknete er seine Haare und kletterte nach oben, um sich etwas Trockenes anzuziehen.

»Da haben wir ja noch mal Glück gehabt!«, rief Molly durch den prasselnden Regen. Arnold setzte sich dicht neben sie und küsste sie auf die Wange.

»Ja, das ist vielleicht ein Abenteuer mit dir!«, stellte er amüsiert fest. Schweigend genossen sie ihr Mahl und lauschten den Regentropfen, die schwer und satt auf das Dach ihrer einfachen Unterkunft platschten.

Satt schoben sie die leeren Teller beiseite und Molly kuschelte sich an ihn. Er breitete eine Decke über sie beide und nahm Molly in den Arm. Sie ließen ihren Blick über den See schweifen, der im Nebel des Regens noch dunkler erschien. Grauweiße Wolkenberge hingen majestätisch über den Bergen und feine Nebelschwaden schwebten über das Wasser. Im Gebirge grollte es mahnend.

»Das ist so schön wie du!«, flüsterte er ihr ins Ohr.

»Echt? So laut und gefährlich?«

»Nein, so eine Naturgewalt!«

Lachend küsste Molly Arnold und schmiegte sich noch enger an ihn. Sie spürte, dass sie ihren Platz gefunden hatte, denn an Arnolds Seite ging es ihr gut, und dafür war sie unglaublich dankbar. Es wurde langsam kühler im Raum und Arnold legte einige Holzscheite im Ofen nach. Kurz darauf prasselte das Feuer wieder gemütlich vor sich hin und verströmte eine wohlige Wärme.

Sie blieben zusammengekuschelt am Fenster sitzen, bis es vollkommen dunkel war. Es regnete weiter, doch das Gewitter beruhigte sich.

Schließlich stellte Molly die Teller in die Spüle und sie beschlossen am nächsten Tag sauber zu machen. Stattdessen krochen sie in ihre Schlafsäcke und konnten ihre Hände nicht voneinander lassen. Sie küssten sich innig und Molly schlüpfte in Arnolds Schlafsack. Sie bedeckte seine Brust mit unzähligen Küssen und saugte sanft an seinem Ohrläppchen. Dabei spürte sie, wie seine Hände ihren Rücken hinunterglitten und ihre Pobacken kneteten. Ihre Lust stieg.

Immer wieder blies der Wind um die Hütte und rüttelte an den Fensterläden. Doch das nahmen die beiden gar nicht wahr, so sehr verloren sie sich ineinander. Molly setzte sich auf Arnolds Schoß und er drang tief in sie ein. Sie bewegten sich in ihrem gemeinsamen Rhythmus und pure Ekstase breitete sich in ihren Körpern aus. Sie erreichten laut stöhnend den Höhepunkt.

Danach lagen sie erschöpft beieinander und Arnold strich zärtlich über Mollys Haar, die spürte, wie sie immer mehr zusammenwuchsen. Es war, als schlügen ihre Herzen im Einklang.

»Ich liebe dich, Molly«, murmelte Arnold.

»Ich liebe dich auch.« Glücklich schloss sie die Augen.

»Guten Morgen! Kaffee für dich?« Arnold beugte sich über Molly, die eingerollt in seinem Schlafsack lag und langsam erwachte. Er hielt ihr eine große, dampfende Tasse unter die Nase.

»Mhh«, machte Molly und richtete sich gähnend auf, »wie spät ist es denn?«

»Halb neun.«

Molly sah ihn dankbar an und blickte durch das Fenster auf den dunklen See, die Wiese und die Berge dahinter. Keine Spur von Regen mehr. Es war ein heller, sonniger Morgen.

»Wie schön!«

»Das war die letzte Nacht ebenfalls«, flüsterte Arnold.

»Mhm, das fand ich auch!«, stimmte ihm Molly zu, »das sollten wir bald wiederholen.«

»Auf jeden Fall!« Arnold wollte sich schon auf sie stürzen.

»Aber nicht jetzt!«, rief Molly und entzog sich seiner Umarmung.

»Wenn's sein muss«, murrte er. Molly lachte und kletterte nach unten.

Sie frühstückten im Freien. In ihre Jacken gewickelt saßen sie am Tisch und erfreuten sich an der klaren, frischen Luft und den warmen Sonnenstrahlen auf ihren Gesichtern.

»Du trinkst deinen Kaffee immer schwarz, was?«, stellte er fest, als sie ihre Tasse ein zweites Mal füllte.

»Ja, außer im Café. Da nehme ich ihn mit Milchschaum«, verriet sie. Mittlerweile kannten sie sich schon ziemlich gut: Arnold mochte Espresso zu jeder Tageszeit, er hasste Unpünktlichkeit und Arroganz. Und er liebte es zu joggen und kam danach erfrischt und voller Energie zurück.

Sie hätten noch ewig auf der Veranda in der Sonne sitzen können. Doch nach einer Weile packten sie ihre Sachen zusammen. Sie wollten nicht zu spät nach Hause kommen. Als sie ihre Rucksäcke, Schlafsäcke und Lebensmittel im Auto verstaut hatten, spazierten sie ein letztes Mal am Seeufer entlang und verabschiedeten sich schweren Herzens von dem besonderen Ort inmitten der unberührten Natur.

KAPITEL 4

Molly und Arnolds Herzen schlugen weiterhin im Einklang. Aus Wochen wurden Monate und langsam aber sicher hielt der Alltag Einzug in ihre Beziehung. Die wildromantischen Treffen wurden selbstverständlicher, doch das tat ihrer Liebe keinen Abbruch, sie veränderte sich nur und wurde inniger und vertrauter. Es ging nicht mehr ums Kennenlernen, sondern darum, wie sie ihre gemeinsame Zeit verbringen wollten, ob sie bei ihr oder bei ihm übernachten oder wer kochen sollte. Mittlerweile kannten und schätzten sie ihre Vorlieben und überraschten sich gegenseitig beispielsweise mit ihrer Lieblingsmusik, mit Kinokarten oder mit einem Abendessen. Auch die Badezimmer hatten sie mittlerweile doppelt bestückt. Und mit der wachsenden Vertrautheit kamen die ersten Streitigkeiten.

»Genug jetzt!« Wutschnaubend beendete Molly das Telefonat und schmiss Arnold damit aus der Leitung.

»Nein«, sagte sie zu sich, »es reicht! Der Installateur kommt mir nicht noch einmal ins Haus!«

Die Badezimmerfliesen und die Abflussrohre in der Küche hatte sie schon auf ihre Kosten erneuern lassen, denn der Vermieter stellte sich konsequent quer und befand alle Reparaturen als unnötig. Nun klemmte der Wasserhahn und sie wollte nicht länger die Aufgaben des Vermieters übernehmen. Er sollte sich gefälligst selbst um die Altersschäden in der Wohnung kümmern.

Da läutete ihr Handy erneut – Arnold. Sie hob ab.

»Molly, wirf mich ja nicht wieder aus der Leitung! Überleg es dir noch einmal. Gib nicht so schnell auf!«

»Nein, Arnold. Ich habe genug. Ich werde endgültig auszuziehen.«

»Ich will dir ja nur helfen! Warum rufst du nicht beim Mieterschutz an und übernimmst vorerst die Reparaturen? Die helfen dir bestimmt.«

»Da warte ich ewig. Und ob sie überhaupt helfen, ist fraglich! Darauf habe ich keine Lust.«

»Dann zieh doch zu mir«, schlug er plötzlich vor.

»Arnold … das haben wir schon besprochen. Dein Apartment ist zu klein für zwei … und überhaupt will ich nicht, dass wir es aus der Not heraus tun.« Sie schwieg eine Weile betreten. »Wenn, dann nur, weil wir es wirklich so wollen und es an der Zeit ist.«

»Ach Molly …«

»Okay. Ich lasse den Installateur noch ein letztes Mal in die Wohnung.«

»Gutes Mädchen.« Arnold legte auf.

Molly seufzte, ließ sich auf den Stuhl am Küchentisch fallen und griff zur Tageszeitung. Ja, sie waren fast ein Jahr glücklich zusammen und würden auch irgendwann zusammenziehen, aber eben nicht so. Molly schlug die Seite mit den Wohnungsannoncen auf und studierte sie. Die Mieten waren enorm hoch und es war nichts Passendes dabei.

»Nicht aufgeben, Molly«, munterte sie sich selbst auf, »wir finden schon noch ein Plätzchen.«

Sie schloss die Augen und visualisierte, wie es sein würde, wenn sie in ihr neues Zuhause einziehen würde: voller Freude und Aufregung. Und dann: Geborgenheit. Sie lächelte und atmete zuversichtlich durch.

»Alles wird gut«, murmelte sie.

Am nächsten Abend trafen sich Arnold und Molly bei ihrem Lieblingsasiaten, um sich über den Kugelfisch zu trauen, der dort exklusiv serviert wurde. Molly trat ein und bemerkte, dass Arnold noch nicht da war. Sie legte ihre Jacke ab und begrüßte Lian, ihren vertrauten Kellner, der sie an ihren gewohnten Tisch führte.

»Wie geht es Ihnen, Ms. Thatcher?«, erkundigte er sich freundlich.

»Ach, ganz gut, Lian, danke. Und selbst?«

»Kann nicht klagen, Madame. Wir haben viel zu tun, das ist gut.« Er lächelte. »Den Bordeaux wie immer?«

»Ja, danke, Lian!«, erwiderte Molly, »und zwei Mal den Kugelfisch. Arnold wird gleich da sein.« Sie genoss Lians unaufdringliche Aufmerksamkeit und die angenehm ruhige Atmosphäre im Restaurant.

Goldene Lampen hingen über weiß gedeckten Tischen und orangefarbene Papierlampions mit schwarzen Schriftzeichen baumelten von der Decke. In einem riesigen Aquarium an der Wand tummelten sich bunte Fische. Molly entspannte sich, während sie deren Treiben beobachtete und der leisen asiatischen Musik lauschte. Der süßliche Geruch von gekochtem Reis lag in der Luft.

»Endlich Ruhe«, dachte sie und ließ den hektischen Tag im Buchladen hinter sich.

»Hallo Schöne!«, ertönte da Arnolds Stimme von hinten. Er ließ sich in den Stuhl ihr gegenüber fallen.

»Hallo Schatz!«, begrüßte sie ihn erschöpft.

Doch er strahlte sie an und ergriff ihre Hand. Augenblicklich machte ihr Herz einen kleinen Satz.

»Wohl ein gutes Zeichen«, dachte sie zufrieden und fragte: »Hattest du einen guten Tag?«

»Ja«, antwortete Arnold, »in jedem Fall. Schau mal.«

Er zog einen Zeitungsausschnitt aus seiner Hosentasche und legte ihn vor ihr auf den Tisch. Es war eine Wohnungsannonce: »Gepflegtes Einfamilienhaus in einer ruhigen Seitengasse in Northampton ab Oktober zu kaufen. 150 m² Wohnfläche mit anschließender Terrasse (20 m²) und Garten (30 m²). Vollunterkellert« Ihr Herz pochte und ihr Mund war trocken.

»Ein Haus?«, murmelte sie vorsichtig, »meinst du, wir sollen wirklich zusammenziehen? Ich meine, so richtig?« Arnold lächelte und schaute sie erwartungsvoll an. »Ja, was meinst du, mein Augenstern?«

Sie spürte, dass er es ernstmeinte und sie aus Liebe, nicht aus der Not heraus fragte.

»Glaubst du, dass das gutgeht mit uns zwei Rabauken?« Gerührt blickte sie zu den Fischen hinüber. »Die leben ja auch alle zusammen«, ging ihr durch den Kopf.

»Aber klar doch!«, antwortete er überzeugt.

»Ja, okay. Machen wir's!«

Erleichtert küsste er sie über den Tisch hinweg. Lian räusperte sich diskret, er wollte den Kugelfisch servieren.

Die nächsten Wochen verflogen. Sie fuhren zum Besichtigungstermin.

»Ich bin ja so gespannt!«Aufgeregt trommelte Molly mit ihren Fingern auf den Oberschenkeln herum.

Arnold nahm ihre Hand und drückte sie leicht. Das kleine Einfamilienhaus mit seinen weißen, robusten Mauern, den großen Fensterflächen und einem roten Schindeldach lag in Far Cotton, einem zentrumsnahen Viertel. Es stand in einer Seitengasse, etwas abgeschieden von der restlichen Wohngegend. Ein abgenutztes Gartentor öffnete den Weg in einen verwilderten Garten.

Molly mochte es von Anfang an. Sie schwebte hinein, durch die Räume hindurch und inspizierte jede Ecke. Dann blieb ihr Blick dankbar an Arnold hängen.

»Es ist wunderschön! Was meinst du?«

»Find ich auch. Die Raumaufteilung ist perfekt. Ich glaube, wir werden uns sehr wohlfühlen hier.« Er stand entspannt da.

»Ich liebe dich!«, flüsterte Molly und ließ sich in seine offenen Arme fallen. Sie küsste ihn und Arnold legte seine Arme fester um ihre Taille. Dann hob er sie behutsam hoch und wirbelte sie lachend durch den Raum. Mollys dunkle Locken flogen und sie lachte glücklich.

Einige Tage später unterschrieben sie den Kaufvertrag.

»Wir könnten deinen Esstisch und die Stühle nehmen und für das Wohnzimmer meine Couch, was meinst du?« Molly sah ihn fragend an. »Meine Bilder würden gut ins Wohnzimmer passen und im Garten könnten wir einen schönen Rasen anlegen.«

»Langsam, Molly«, beschwichtigte Arnold, »lass es uns langsam angehen.«

Doch Molly ließ sich nur schwer bremsen. Sie sprühte vor Ideen und Arnold stimmte entweder zu oder war dagegen. In jedem Fall hatte er Mühe, seine Vorstellungen durchzusetzen. Nach hitzigen Diskussionen fanden sie jedoch für beide passende Lösungen.

Schließlich nahmen sie die Schlüssel in Empfang. Arnold öffnete die Eingangstür und sie traten, zusammen mit dem Vorbesitzer, ein.

»Wie schön!«, jubelte Molly und zog eine Pikkoloflasche Sekt und Plastikgläser aus ihrer Handtasche. Die beiden Männer lachten und stießen amüsiert auf die gemeinsame Zukunft des Paares in diesem Haus an.

Da bog ein Lastwagen um die Ecke.

»Die Möbelpacker sind da. Sehr gut«, sagte Molly und küsste Arnold auf die Wange. Er seufzte geduldig.

In den nächsten Monaten machten es sich Molly und Arnold in ihrem neuen Nest gemütlich: Im Bad wurde eine zusätzliche Fußbodenheizung eingebaut und jedes Möbelstück fand seinen Platz. Arnolds dunkelgraue Stücke harmonierten mit Mollys Möbeln aus Eichenholz. Was zu viel war, gaben sie weg. Die weißgerahmten Kunstdrucke aus Mollys Wohnung hingen im Wohnzimmer und in der Küche erinnerten Fotos an ihre ersten, verliebten Stunden.

Zufrieden stand Molly an der Spüle und ließ ihren Blick über den Garten schweifen. Das Gras hatten sie noch gemäht und im nächsten Frühling würden sie den Rasen und die Blumenbeete neu anlegen. Sie trocknete ihre Hände und ging ins Wohnzimmer. Sie stellte Musik an und ließ sich auf die Couch fallen. Wie wohl sie sich hier fühlte. Und besonders die Abende, die sie lesend, kuschelnd oder sich liebend auf der Couch verbrachten, hatte sie liebgewonnen.

KAPITEL 5

Es wurde Winter und erste Schneeflocken fielen leise vom Himmel. Verträumt saß Molly mit einer Tasse Kakao am Fenster, als Arnold abends nach Hause kam.

»Hallo Schatz«, begrüßte er sie und küsste sie, »alles okay? Du schaust so nachdenklich.«

»Mhhh«, sie schmiegte sich an ihn, »ich habe nachgedacht.« Sie flüsterte ihm ins Ohr:

»Ich möchte so gern, dass wir eine Familie werden.«

Arnold lächelte. Dann küsste er sie erneut und murmelte, als hätte er schon darauf gewartet: »Ja …, lass uns gleich damit beginnen.« Behutsam hob er sie hoch und trug sie ins Schlafzimmer.

Doch Molly wurde nicht schwanger.

»Mach dir keine Gedanken, das kann dauern«, versicherte ihr Rachel, neben Charlotte Mollys beste Freundin, eines Abends im Badger's Arms, »in den ersten sechs Monaten musst du Geduld haben – es kann bis zu einem Jahr dauern, bis du schwanger wirst.«

»Das halte ich nicht aus«, jammerte Molly ungeduldig.

»Dann trinken wir lieber noch einen Sambuca«, schlug Rachel vor und gab dem Barkeeper ein Zeichen. »Wenn du schwanger bist, geht eh nichts mehr.«

»Da hast du recht«, stimmte Molly schon leicht betrunken zu und nahm einen Zug von ihrer Zigarette.

»Du … ich bin zwar keine Expertin«, erwiderte Rachel, »aber es gibt angeblich Fruchtbarkeitsstreifen, die anzeigen, wann man am fruchtbarsten ist. Die fruchtbaren Tage, meine ich.«

Molly war überrascht, das von Rachel zu hören, denn sie war, wie Charlotte, so ziemlich die Letzte, die an die Gründung einer Familie dachte. Sie bevorzugte immer noch One-Night-Stands und ihre Freiheit als Single.

»Aha …«, murmelte Molly unsicher, »was es nicht alles gibt. Dann geht damit auch der letzte Rest an Romantik flöten.«

Rachel lachte.

»Auf die Romantik!« Sie hob ihr Glas und leerte es in einem Zug. Molly schüttelte schmunzelnd den Kopf und trank ihr Shotglas ebenfalls aus.

Der Gedanke an die Fruchtbarkeitsstreifen ließ Molly keine Ruhe. »Vielleicht sind sie einen Versuch wert«, grübelte sie und kaufte eine Zehnerpackung in der Apotheke. Schnell steckte sie die Schachtel mit gesenktem Kopf in ihre Manteltasche und hastete nach draußen.

»Arnold«, verkündete Molly eines Abends auf der Couch, »heute ist es so weit.«

»Was ist so weit?«

»Ja, der Eisprung …«, fügte sie hoffnungsvoll hinzu.

»Ah, okay. Also Sex?«, fragte er verschmitzt und rückte noch näher an sie heran.

»Wenigstens findest du das Ganze noch lustig«, murmelte sie.

»Ach komm, Molly. Das wird schon«, erwiderte er und strich ihr übers Haar. Dann küsste er sie und zog ihr langsam und behutsam ihre Kleider aus.

»Eigentlich nicht so schlecht«, ging es Molly durch den Kopf, und befreite ihren Liebsten ebenfalls von den Kleidern. Dieses Mal brauchten sie nicht lange, um zum Höhepunkt zu kommen. Arnold verschwand im Bad, doch Molly blieb liegen und hob ihr Becken an, um die Befruchtung sicherzustellen.

»Also, wenn es jetzt nicht klappt, dann weiß ich auch nicht …«, rief Arnold lachend aus der Dusche.

37

Zwei Wochen vergingen und sie kam wieder, die Periode. Eine dumpfe Leere breitete sich in Mollys Magengegend aus. Hoffnungslosigkeit. Ungeduld. Immer mehr rückte die Romantik des Liebeslebens in den Hintergrund. Mollys Fruchtbarkeit bestimmte, wann sie Sex hatten – egal ob die Lust da war oder nicht.

Als sie Arnold eines Abends erneut einen negativen Schwangerschaftstest präsentierte, legte er den Arm um sie und versuchte sie zu beruhigen:»Kinder stellen sich halt ein, wann sie es wollen.«

»Ja …, ich weiß«, seufzte sie und eine Träne kullerte über ihre Wange,»aber ich finde, wir legen schon sportliche Höchstleistungen an den Tag, um so ein Ei endlich zu befruchten. Das ist nicht fair.«

Arnold schwieg und streichelte ihr zärtlich über den Kopf.

»Deinen Optimismus möchte ich haben«, flüsterte sie und vergrub sich in seinen Armen.»Ich liebe dich.«

»Ich dich auch, Molly«, antwortete er und küsste ihr Haar.

Als ein Jahr um war, wurden sie ernsthaft misstrauisch, ob sich ihr Wunsch jemals erfüllen würde. Darum vereinbarte Molly einen Termin beim Frauenarzt. Arnold begleitete sie.

»Bitte machen Sie sich unten frei und setzen Sie sich auf den Stuhl«, wies sie Dr. Yves freundlich an. Er stand kurz vor der Rente und hatte kurzes, schneeweißes Haar und sanfte, verständnisvolle Augen. Molly vertraute ihm schon, seit sie in Northampton angekommen war, und konnte sich gar nicht vorstellen, wie Dr. Yves ohne weißen Arztkittel und in normalen Klamotten aussehen würde. Sie verschwand in der Kabine und huschte dann eilig auf den Untersuchungsstuhl. Arnold stand neben ihr und hielt ihre Hand. Er war etwas blass im Gesicht und fühlte sich sichtlich unwohl.

»Hm«, machte Dr. Yves langsam, während er ihre Vagina, ihre Gebärmutter und die Eierstöcke untersuchte.

»Was ist?«, fragte Molly ungeduldig.

»Ihre Gebärmutter … Hatten Sie einmal eine starke Entzündung, Ms. Thatcher?«, fragte er.

Molly dachte kurz nach.»Ja, früher mit achtzehn. Ich hatte eine Gebärmutterentzündung. Sie wurde erst sehr spät erkannt. «

Dr. Yves nickte langsam.»Man nennt es Asherman Syndrom. Nach solchen Entzündungen bilden sich Verwachsungen in der Gebärmutter und die Schleimhaut, in die sich die befruchtete Eizelle einnisten sollte, baut sich nicht mehr auf. Sie werden nicht schwanger werden können«, befürchte ich. Traurig senkte er den Blick.

»Nicht schwanger ...?«, hauchte Molly und drückte Arnolds Hand. Er hielt sie fest und streichelte mit der anderen über ihren Unterarm. Molly starrte den Arzt fassungslos an.

»Es tut mir sehr, sehr leid. Da kann man nichts tun. Sie können sich anziehen«, schloss Dr. Yves.

Molly stieg zitternd vom Stuhl und schlüpfte in ihre Kleidung. Sie nahmen vor Dr. Yves' Schreibtisch Platz und besprachen ihre Situation.

»Sie können sich gerne noch weitere Meinungen einholen. Eine operative Lösung wäre möglich, doch ist sie nur in den allerseltensten Fällen erfolgreich.«

Arnold und Molly saßen stumm und betroffen vor ihm.

»Ich danke Ihnen, Dr. Yves«, erwiderte Arnold dann und schüttelte ihm die Hand. Er legte den Arm um Molly und sie verließen die Praxis. Schweigend fuhren sie nach Hause.

»Das kann nicht möglich sein!«, rief Molly zu Hause. Arnold schwieg und schenkte ihnen zwei Gläser Whiskey ein. Sie setzten sich an den Tisch. Molly nahm einen kräftigen Schluck, hustete und weinte dann. Arnold hielt sie zärtlich fest.

»Morgen vereinbare ich noch einen Termin bei Dr. Hooch«, schluchzte sie.

»Mach das, Molly, wir gehen hin«, erwiderte Arnold tröstend. Doch auch Dr. Hooch und ein weiterer Arzt bestätigten die Diagnose. Zerplatzt der Traum – wie eine Seifenblase.

Es folgten Wochen der stillen Trauer, des Haderns, aber auch der Wut. Molly war ruhiger als sonst und bediente ihre Kunden zwar kompetent, doch ohne die gewohnte Lebensfreude.

»Alles okay, Molly?«, erkundigte sich Rose eines Nachmittags, als sie Molly teilnahmslos am Pult lehnen und in die Luft starren sah.

»Hm, ja. Es ist nichts«, antwortete sie schnell und lächelte Rose an.

»Ich bin für dich da, falls du reden möchtest, ja?«

Molly nickte dankbar und widmete sich dem Krimiregal. Sie wollte ihrer Chefin noch nichts davon erzählen.

Eines Abends saßen Arnold und Molly wieder einmal bei Lian, dem Asiaten. Molly stocherte in ihrer Dorade und beobachtete gedankenverloren die bunten Fische im Aquarium. Arnold griff nach ihrer Hand. Sie erwiderte seinen warmen Druck und schaute ihn an.

»Kopf hoch, Molly. Wir machen das schon. Auch ohne Nachwuchs – du und ich«, sagte er.

Eine Träne bahnte sich ihren Weg über Mollys Wange. Dick und nass. Behutsam wischte er sie weg. Dankbar und hoffnungsvoll blickte ihn Molly an: »Und du magst mich noch, auch wenn ich uns keine Kinder schenken kann?«

»Natürlich. Du bist doch mein Stern.«

Das war er, ihr Arnold. Manchmal trocken, aber voller Liebe, Kraft und Standhaftigkeit. Dafür liebte sie ihn.

Da entschied sie sich, neuen Mut zu fassen und weiterzugehen.

»Ich liebe dich, Arnold«, erwiderte sie, »du hast recht, es gibt noch andere Dinge im Leben. Wir haben uns und das ist viel, nicht wahr?«

Arnold strahlte sie an: »So ist es, meine Liebe.«

Ein Lächeln huschte über Mollys Gesicht.

Langsam versöhnte sich Molly mit ihrem Schicksal, kinderlos zu bleiben – auch wenn es wehtat.

Ihr Leben ging weiter, ob Molly es glauben wollte oder nicht. Sie vertiefte sich in ihre Arbeit. Sobald es im Laden ruhiger wurde, verschwand sie im Lehnstuhl im hintersten Eck der Buchhandlung und las, um endlich zu erfahren, wer der Mörder war, was das Familiengeheimnis verbarg oder welcher Mensch wirklich hinter der Fassade steckte. Rose musste sie wieder öfter zur Arbeit mahnen.

Molly erzählte ihr schließlich doch, dass Arnold und sie keine Kinder bekommen können.

»Oh, das tut mir ehrlich leid«, erwiderte Rose mitfühlend, »ihr wärt sicher gute Eltern gewesen: anständig, einfühlsam und so fröhlich. Das ist nicht selbstverständlich heutzutage.«

»Danke!«, sagte Molly traurig, »hast du dir denn niemals Kinder gewünscht?«

»Weißt du, Molly, das ist lange vorbei.« Sie starrte ins Leere. »Bei mir lag's nicht am Körper, sondern eher am richtigen Partner zur richtigen Zeit. Ich habe einige Männer kennengelernt, so ist es nicht. Ich war auch in der einen oder anderen Beziehung. Aber so richtig eng und vertraut ist es bei mir nie geworden.«

»Hm, das tut mir leid.«

»Ich lebe einfach besser allein. Meine Männer haben mich über kurz oder lang derart aufgeregt, dass ich Schluss gemacht habe.«

»Wirklich? Da hast du aber die Falschen kennengelernt.«

»Ja, vielleicht. Aber vielleicht liegt's auch an mir. Ich halte echte Nähe nicht gut aus und bleibe lieber auf Abstand. Am liebsten vertraue ich auf die Person, auf die ich mich schon immer am besten verlassen konnte – auf mich selbst.«

Kraftvoll griff Rose mit beiden Händen nach der neuen Bücherlieferung am Boden und hievte den Karton auf das Pult. Ein Buch nach dem anderen nahm sie heraus und beschriftete sie sorgfältig. Molly nickte und ging ihr zur Hand.

KAPITEL 6

Molly träumte oft davon, zu reisen. Sie wollte die fernen Länder, über die sie gelesen hatte, einmal selbst erleben. Zumindest Italien, Portugal, Thailand, die Mongolei oder Australien wollte sie kennenlernen. Und das am liebsten mit Arnold zusammen. Sie sehnte sich danach, deren Natur, Kultur und Menschen zu sehen, ihre Speisen zu probieren und die verschiedenen Gerüche, die dort in der Luft liegen, wahrzunehmen.

Arnold war ihren Reiseplänen gegenüber zwar nicht abgeneigt, doch seine Begeisterung hielt sich in Grenzen.

»Ja ja, Molly, das machen wir«, entgegnete er, als sie eines Abends wieder damit anfing, »da müssen wir noch ein bisschen sparen.« Er tätschelte ihre Hand.

»Das sagst du immer! Und nichts passiert«, beschwerte sie sich.

Arnold zückte die Geldtasche und legte zwei Fünfzig-Pfund-Scheine in die Reisekasse, die Molly aufgestellt hatte. Molly seufzte und warf einen Blick auf die Reiseführer, die sich im Wohnzimmerregal stapelten: Bella Italia in 30 Tagen, Süd-Ost-Asien entdecken und Explore Australia. Sie zog den Italienführer aus dem Regal.

»Schau mal«, sagte sie und schlug eine rotmarkierte Stelle auf, »ein uraltes Fischrestaurant mit Klaviermusik – direkt am Kanal von Venedig! Von dort aus können wir aufs Meer sehen und die Gondeln beobachten, wie sie am Restaurant an- und ablegen. Ist das nicht aufregend?«

»Ja, ist es.«

»Oder da!« Sie nahm den Thailand-Reiseführer heraus und schlug das Goldene Dreieck auf.

»Hier stoßen die drei Länder Thailand, Vietnam und Kambodscha zusammen.« In Gedanken kniete sie schon vor dem goldenen Buddha nieder und sah sich im warmen Monsunregen stehen.

»Gib mal her«, erwiderte Arnold und blätterte im Thailand-Führer.

»Oder wir fliegen nach Australien! Das Land ist überdimensional groß! Wir könnten ein Auto mieten und auf endlos langen, roten Straßen fahren – bis eine Stadt am Horizont auftaucht. Wir könnten Koalas auf Eukalyptusbäumen entdecken oder in einem Boot übers Great Barrier Reef segeln!«

»Mhhh, ja...«, war Arnolds einzige Reaktion und Molly träumte weiter vor sich hin.

»Du könntest mich sogar zu einem Tauchkurs überreden, weißt du?«

Arnold lachte.

»Anscheinend gibt es dort Fische so groß wie Autos – die Potatoe Cods. Und Quallen, die höllisch brennen, wenn sie dich erwischen!«

Arnold nickte und zwinkerte ihr zu:»Das machen wir irgendwann Molly, du wirst schon sehen.« Sie seufzte ungeduldig und legte die Bücher zurück ins Regal.

Die Monate vergingen und ihr Leben verlief wie gewohnt.

An einem Samstagnachmittag trafen sie Arnolds Arbeitskollegen Finn, Sam und Adam mit ihren Familien zum Picknick im Park. Es war ein bewölkter, aber warmer Nachmittag und sie breiteten ihre Decken gutgelaunt auf der Wiese aus. Alle hatten etwas Leckeres zu essen mitgebracht. Sie plauderten locker vor sich hin und je länger sie zusammensaßen, umso tiefgründiger wurden die Gespräche. Am Ende drehte sich alles um die Kinder, denn alle außer Arnold und Molly waren inzwischen Eltern.

»Diese Unmengen an Windeln«, raunte Sam,»George machte zu Beginn um die acht Mal am Tag rein. Ich war nur am Wickeln!«

»Ja, was für eine Zeit!«, erinnerte sich Betty, seine Frau.»Ich lag vierzehn Tage im Wochenbett und beschäftigte inzwischen Laura, so gut es ging. Sie war gerade mal zwei.«

»Findet ihr nicht auch, dass der Schlafmangel das Härteste ist? Ich glaub´, ich habe schon vier Jahre nicht mehr durchgeschlafen«, beklagte Lydia. Alle nickten. Arnold und Molly saßen schweigend daneben.

»Oder der Stress am Morgen, rechtzeitig aus dem Haus zu kommen, um die Kinder in den Kindergarten zu bringen und pünktlich in der Arbeit zu erscheinen«, fuhr Lydia fort, »und dann das Lernen am Nachmittag und das Kochen!«

»Sam und ich haben fast keine Zeit mehr nur für uns«, warf Betty ein und zupfte eine Traube ab.

»Wie wäre es mit einer Babysitterin?«, probierte es Molly vorsichtig. Skeptisch schaute Betty sie an und antwortete: »Wenn du eine gute findest, vielleicht …, aber dann müssen sich die Kinder erst an sie gewöhnen und eigentlich weiß man nie, was sie mit den Kindern macht, wenn wir nicht da sind. Nein, das ist mir zu gefährlich.«

»Wir haben's probiert«, erwiderte Finn, »hat super funktioniert, aber dann hat sie selber ein Kind bekommen, und weg war sie.« Molly wurde das Gefühl nicht los, dass ihre Meinung als Kinderlose bei den Eltern nicht gefragt war und hörte lieber zu. Manches fand Molly übertrieben und aufgebauscht, anderes hart. Vieles war aber auch einfach nur lustig.

Nach diesem Nachmittag war Molly das erste Mal froh, kinderlos zu sein. Doch wenn sie in der Stadt glückliche Familien sah oder eine liebevolle Mutter beobachtete, wie sie ein Buch für die kleine Tochter aussuchte, kehrte die altbekannte Schwere im Herzen zurück.

»Sei dankbar, Molly, für alles, das du hast«, ermahnte sie sich, »du bist gesund, hast Arnold und ein schönes Zuhause. Deine Familie, deine Freundinnen und die Arbeit im Buchladen – das ist viel!«

Manchmal las Arnold ihre Gedanken und dann flüsterte er ihr ins Ohr: «Kopf hoch, Molly. Wir haben noch was anderes vor.«

Der Sommer verabschiedete sich, der Herbst tauchte die Blätter der Bäume am Ufer des Nene in die buntesten Farben und schließlich kam der Winter ins Land. Er kündigte sich mit kühlen Windböen an. Es begann zu schneien und erste Schneeflocken legten sich auf die Dächer der Stadt. Eiskalter Wind blies durch die Straßen und das Eis machte die Wege rutschig. Die Menschen versteckten ihre Gesichter hinter ihren Mantelkrägen.

Arnold saß am Frühstückstisch und räusperte sich mehrmals. »Ich habe so ein komisches Kratzen im Hals. Hoffentlich nicht eine Erkältung«, murrte er und hüstelte. Molly brühte eine Tasse Kräutertee auf und stellte sie neben seine Kaffeetasse.

»Das wird schon wieder«, tröstete sie ihn, »heute Abend gehen wir einfach früh ins Bett, okay?«

Als er am Abend nach Hause kam, war er etwas grau um die Nase und hustete weiter vor sich hin. Sie gingen früh schlafen und Molly legte ihm eine Wärmflasche auf die Brust. Kurz darauf war Arnold in tiefem Schlaf versunken. Molly konnte nicht einschlafen und las in ihrem Abenteuerroman, der in Vietnam spielte. »Eine faszinierende Welt«, dachte sie und klappte das Buch um halb zwei Uhr zu. Arnold lag ruhig da und sie legte ihren Kopf neben seinen. Ihre kalten Zehen steckte sie zwischen seine warmen Waden. Molly schloss die Augen und glitt langsam in einen wohligen Schlaf. Plötzlich hustete Arnold so stark, dass es ihn schüttelte. Molly schrak auf und klopfte ihm auf den Rücken.

»Geht's wieder?« Sie war hellwach.

Er nickte und atmete schwer. Erneut hustete er los und sackte plötzlich in sich zusammen. Molly fing ihn gerade noch auf, fast wäre er aus dem Bett gekippt. Er war bewusstlos! Mollys Herz raste. Sie legte ihn ins Bett zurück und klopfte seine Wangen.

»Arnold!«, schrie sie.

Nichts. Sie schüttelte ihn. Er war schwer und sie musste aufpassen, nicht gemeinsam aus dem Bett zu fallen.

»Wach auf! Arnold! Was ist mit dir?« Sie fühlte, Panik in sich hochsteigen.

Behutsam legte sie die Arme an seine Seite und lauschte an seiner Brust. Ja, das Herz schlug. Tief und gleichmäßig. Molly war nur teilweise erleichtert. Er war immer noch bewusstlos! Sie sprang aus dem Bett, rannte zu ihrem Handy und tippte die Nummer der Rettung ein. Da stöhnte Arnold: »Molly!«

Er war wieder da. Sie hastete zu ihm, kniete sich ans Bett und fasste seine Hände. »Arnold, wie geht es dir?«

»Ich fühle mich so komisch.«

»Wir fahren ins Krankenhaus – sofort«, entschied Molly. Wieder ein Hustenanfall! Mit dem Taschentuch, das sie ihm reichte, wischte er sich den Mund ab. Plötzlich hielt er inne und starrte darauf. Da waren Blutstropfen. Molly schluckte.

»Ich hol deine Sachen.« Sie sprang auf, packte eine Tasche und stopfte einige Dinge fürs Krankenhaus hinein. Dann half sie Arnold in die Hose, band ihm die Schuhe und zog ihm seine Jacke an. Er keuchte. Sie schnappte sich ihre Jacke und stützte Arnold bis zum Auto. Zum Glück sprang der Wagen gleich an und sie trat aufs Gaspedal. Zu schnell fuhr sie rückwärts auf die Straße. Doch die war leer – zum Glück.

Die Nacht war schwarz und der Mond leuchtete nur schwach auf die Straßen. Einzig die Laternen warfen helle Lichtkegel auf den Asphalt. Rasant lenkte Molly das Auto durch die Stadt, die sie so gut kannte. Das Krankenhaus befand sich am anderen Ende. Schwere Regentropfen platschten auf die Windschutzscheibe und die Sicht wurde schlechter. Schon goss es in Strömen. Die Scheibenwischer kämpften tapfer gegen das Wasser und den Wind und langgezogene Lichter zogen im Dunkeln vorbei. Immer wieder drang lautes Hupen zu ihnen herein. Sie waren nicht die Einzigen, die nervös durch die Gegend kurvten. Molly bog von einer Kreuzung in die nächste. Seufzend und schaukelnd saß Arnold neben ihr. Er hatte wohl Schmerzen in der Brust. Er räusperte sich mehrmals und schluckte. Ab und an bekam er einen Hustenanfall und es schüttelte ihn. Er krallte seine Finger in den Sitz.

»Warte, mein Schatz«, rief sie durch das Prasseln des Regens und beugte sich in Richtung Handschuhfach, »ich hol dir ein Taschentuch.« Arnold hustete erneut. Gleich – gleich hatte sie es, sie konnte es schon mit ihren Fingerspitzen spüren. Plötzlich ertönte ein lautes, tiefes Hupen direkt vor ihnen. Riesige Scheinwerfer strahlten herein. Etwas Großes Schwarzes raste auf sie zu. Sie wurden davon erfasst und nach hinten und zur Seite geschoben. Tief wurden sie in die Sitze gedrückt. Kurz darauf presste die Fliehkraft ihre Körper zu Arnolds Seitentür. Molly erschien alles wie in Zeitlupe. Auf einmal fühlte sie eine Kraft, die sie aus ihren Sitzen in die Höhe schleuderte. Sie nahm Arnold wahr, der wie sie in die Luft gehoben und dann in den Sitz gedrückt wurde. Arnolds Oberkörper hing schief zu Molly herüber. Ihr Schrei klang tief, verzerrt und unendlich lang. Sie fühlte Metall in ihrem Rücken, scharf und schmerzvoll. Ihr Kopf knallte gegen die Scheibe. Stille.

KAPITEL 7

Leises Gemurmel. Ein steriler Geruch lag im Raum. Die Luft war warm und abgestanden. Mollys Augen waren geschlossen und sie lag regungslos im Bett. Langsam nahm sie ihren Körper wahr, ihren Kopf, die Arme, ihren Bauch und die Beine. Alles schmerzte. Ihre Zunge klebte am Gaumen. Sie atmete tief durch und kam langsam ins Leben zurück. Sie wollte die Augen öffnen, doch die Lider reagierten nicht. Panik stieg in ihr hoch und sie hob die Arme, um die Augen zu berühren. Doch auch ihre Arme waren fixiert.

»Helfen Sie mir …«, keuchte sie und strampelte mit den Beinen.

Sie spürte, dass da jemand war!

Schritte kamen auf sie zu.

»Molly!! Sie ist wach …, Doktor – schnell!«

Es war die Stimme von Grace, ihrer Schwester – sie war da. Das beruhigte Molly und sie spürte Grace's Hände auf ihren Fingern.

»Molly! Endlich! Ich hatte solche Angst.« Grace's Stimme überschlug sich. »Alles wird gut! Deine Arme sind eingegipst und fixiert, lass sie liegen. Deine Augen sind zugeklebt, sie sind verletzt. Lass sie geschlossen. Alles wird wieder gut, Molly!«

»Was ist passiert? Wo bin ich?«, stammelte sie, »ich muss los!« Ihr Hals brannte.

»Bleiben Sie bitte ruhig liegen, Ms. Thatcher«, wies sie eine tiefe, männliche Stimme an. Wohl der Arzt. »Sie hatten einen Autounfall. Sie wurden verletzt und hierher ins General Hospital gebracht. Wir kümmern uns um Sie.«

Oh Gott! Ja ... Erinnerungen an Geschleudertwerden, Dunkelheit und grelles Licht. Arnold ... Alles ging so schnell. Ein Unfall. Jetzt im Krankenhaus und sie konnte die Augen nicht öffnen. Ihr Körper schmerzte. Grace war hier.

»Sie haben mehrere Rippenbrüche und Quetschungen am Oberkörper. Ihre Schienbeine sind gebrochen und zwei kleine Splitter wurden in Ihre Augen geschleudert. Wir konnten sie entfernen, Sie haben Glück gehabt, die Augen sind nur ganz leicht verletzt. Alles wird heilen, es dauert nur eine Weile.«

Molly stöhnte. Sie brauchte erst einmal Zeit, um das alles zu verarbeiten. Sie atmete tief.

»Wo ist Arnold?«, flüsterte sie.

Schweigen. Sie nahm wahr, wie Grace und der Doktor innehielten. Verlegene Stille. Dann trat Grace nah an sie heran und legte ihre Hand auf ihre. Molly hörte kurze Atemzüge und ein Schniefen zwischendurch.

»Molly, du musst jetzt stark sein ... Ein Lkw hat euer Auto gerammt. Arnold wurde beim Zusammenstoß eingeklemmt und hat zu viel Blut verloren. Sein Herz hat aufgehört zu schlagen ... Er ... er ist tot, Molly.«

Sie spürte Tränen auf ihren Fingern.

»Es tut mir so leid«, schniefte ihre Schwester.

»Was ...?«, flüsterte Molly, »tot ...?«

Mollys Welt stand auf einmal still, sie hatte aufgehört, sich zu drehen. Das durfte nicht passieren! Sie konnte nur flach atmen und ihr wurde schwindlig. Ihr Körper erschien ihr auf einmal fremd. Ihr ganzes Leben. Arnold! Tot, nicht mehr da! Der Arzt schob ihr eine Tablette in den Mund und sagte:

»Nehmen Sie erst einmal diese Beruhigungstablette, dann wird es Ihnen besser gehen. Das braucht Zeit. Es tut mir leid, Ms. Thatcher. Die Sanitäter haben alles versucht. Es war zu spät, er hatte sehr schwere Verletzungen.«

»Aber, das gibt's doch nicht!« Molly schluckte. Schmerzen durchfluteten sie. Sie wollte nichts mehr spüren und fiel kurz darauf in einen dumpfen Schlaf.

Als sie wieder erwachte, kamen die Erinnerungen nach und nach zurück. Der Unfall: Ein Lkw war in ihre Wagenseite gefahren. Waren sie auf die falsche Spur geraten? Arnold war gestorben. Nie wieder würde sie ihn anfassen können, seine Hände spüren, sein Gesicht sehen, sein Lachen! Nie wieder würde er auf sie zukommen und sie küssen. Nie wieder würde sie ihm die Dinge, die sie beschäftigten erzählen können. Keine gemeinsamen Abende mehr. Kein Kuscheln mehr. Nie mehr seinen warmen Körper an ihrem spüren. Unfassbar.

Vor ihrem inneren Auge durchlebte sie noch einmal einige der schönen Momente: wie sie miteinander plauderten, diskutierten, auf der Picknickdecke lagen und Hand in Hand durch die Stadt spazierten. Sie spürte, wie er ihren Kopf in seine Hände nahm und sie zärtlich anblickte; wie sich ihre Körper aneinanderschmiegten und sie sich gegenseitig Geborgenheit schenkten. Sein schöner Körper, ihre gemeinsamen intimen Liebesmomente, ihre Höhepunkte, in denen sie sich jeweils für den anderen freuten. Ihre Vertrautheit. Geplatzt wie eine riesige Seifenblase.

Was gab es dann noch? Leere, Ungewissheit, Nichts. Nichts würde diese Leere füllen.

»Grace«, flüsterte sie und hörte, wie ihre Schwester zu ihr ans Bett kam.

»Wie soll ich das jemals wieder mit einem Menschen spüren?«

»Gib dir Zeit, Molly«, antwortete Grace betroffen.

»Aber … wir waren doch wir!« Molly erinnerte sich, wie er ihre Gedanken gelesen hatte, sobald er sie anschaute. Das war nicht immer hilfreich gewesen, das musste sie zugeben.

»Kann ich etwas für dich tun?«, fragte Grace später. Sie hatte wohl schon Stunden an Mollys Seite gesessen. Der Geruch des Maschinenkaffees lag in der Luft.

»Nein … danke. Ich möchte allein sein«, murmelte sie.

»Mum und Dad kommen morgen Vormittag zu dir«, erwiderte Grace. »Sie kommen mit dem Zug. Ich geh dann mal, okay? Es ist schon spät. Erhol dich. Ich komme morgen wieder vorbei«, sagte sie und küsste Molly zum Abschied. Sie roch so vertraut wie immer – angenehm frisch, trotz allem. Molly sah ihre Schwester vor ihrem inneren Auge vor sich, mit ihrem dunklen und langen, jedoch glatten Haar, im

Nacken zusammengebunden. Und die großen braunen, weisen Augen.

»Wie lange bist du denn schon hier? Wo wohnst du?«

»Ich kam vorgestern. Man rief mich an, gleich nachdem die Sanitäter bei euch angekommen waren. Du hast mich als Notfallkontakt in deinem Handy hinterlegt. Ich bin in den nächsten Flieger gestiegen. Steve ist bei den Kindern geblieben. Ich hoffe, das geht gut. Deine Freundin Rachel hat mir euren Zweitschlüssel gegeben. Ich wohne bei euch im Haus – wenn das okay für dich ist.«

»Aber sicher ... ich danke dir.«

Tränen kullerten aus Mollys Augenwinkeln. Wie schön von Grace, ihr beizustehen. Da war wieder die Nähe, die sich unverzüglich einstellte, sobald sie sich sahen.

»Bis morgen«, murmelte Molly und hörte, wie die Tür ins Schloss fiel. Als sie allein war, stieg eine ungeheure Wut in ihr hoch.

»Wieso ist das passiert? Was sollte das?«, dachte Molly. »Ein Unfall? Das ist doch verrückt. Völlig unpassend. Ich bin damit nicht einverstanden. So eine Frechheit! Welcher Gott macht so etwas?«

Und Arnold? Wie konnte er einfach so abhauen? Aus dem Leben gehen und sie zurücklassen – ohne Vorwarnung? Jetzt stand sie da, allein mit allem. Sie ballte ihre Fäuste und schlug auf die Matratze, so gut es mit der Fixierung ging. Es war keine gute Idee, denn Schmerzen durchfuhren ihren Körper.

Später drückte sie den roten Knopf und rief damit die Schwester.

»Wie lange muss ich denn noch hierbleiben?«

»Zumindest, bis Sie wieder perfekt sehen und gehen können«, sagte die Schwester freundlich, »also circa noch vier Wochen, wenn alles gut läuft.«

Molly schwieg.

»Sagen Sie, Ms. Thatcher, soll ich vielleicht einen Psychologen für Sie organisieren? Dann können Sie einmal über alles reden. Vielleicht hilft es Ihnen ... Wegen ihrem Freund, meine ich ...?«

»Nein, danke. Es geht schon.« Molly lehnte entschieden ab. Was sollte sie dem denn erzählen? Wie ungerecht sie es fand und wie wütend sie war? Nein danke, sie brauchte kein Mitleid, und ein Psychologe würde ihr Arnold auch nicht wieder zurückbringen.

Die Schwester verließ das Zimmer und Dr. Parker kam herein.

»Ms. Thatcher, ich nehme Ihnen nun den Verband von den Augen. Lassen Sie uns prüfen, wie gut Sie schon sehen können.«

Molly atmete nervös. Dr. Parker zog die Klebestreifen von ihren Wangen und löste vorsichtig den Verband von ihrem Kopf. Es brannte, als er die Wattepads von ihren Augenlidern hob.

»Öffnen Sie Ihre Augen.«

Molly versuchte ihre Lider zu heben. Doch sie klebten fest. Sie probierte es noch einmal. Langsam lösten sich die Wimpern. Es schmerzte etwas, doch als sie das Licht wahrnahm, war Molly unglaublich erleichtert.

»Ja«, wisperte sie, »ich sehe. Gott sei Dank!«

Dr. Parker nickte zufrieden. Die Schwester tupfte Mollys Gesicht mit feuchten Wattepads ab.

»Wir tropfen Ihnen täglich etwas ein, damit sich alles weiter stabilisiert.«

»Ich danke Ihnen!«, erwiderte Molly und betrachtete den Arzt.

»Noch etwas«, fuhr Dr. Parker fort, »ich habe soeben erfahren, dass der Lkw-Fahrer wohlauf ist. Er hat den ersten Schock mittlerweile überwunden und liegt mit einigen Quetschungen im Krankenhaus.«

»Hm«, machte Molly unruhig.

»Er hatte Ihr Auto in der Dunkelheit zu spät gesehen und konnte nicht mehr bremsen. Er touchierte Sie mit dem linken Vorderrad, das Auto wurde nach hinten geschoben und gegen eine Leitplanke gepresst. Der Lkw selbst kam weiter vorne zum Stehen.« Mollys Kopf pochte plötzlich wieder, das war ihr alles zu viel.

»Die Rettungskräfte waren zwar schnell vor Ort und Sie wurden sofort ins Krankenhaus gebracht. Für Arnold konnten sie leider nichts mehr tun« Er senkte den Blick. »Er saß eingequetscht im Sitz, sein Kopf und speziell das Gehirn waren schwer verletzt. Er hatte mehrere Schnittwunden am Körper und hat viel Blut verloren. Sein Herzschlag war schon verstummt, als ihn die Notärzte untersuchten. Die Leiche wurde zu uns ins Houston Memorial gebracht.«

»Hat ihn noch jemand gesehen?«, flüsterte Molly.

»Ihre Schwester Grace hat ihn identifiziert.«

Es war, als ob ein riesiger Stein auf Mollys Brust gelegt wurde. Das Atmen fiel ihr schwer. Der Arzt drückte kurz ihre Hand und verließ das Zimmer. Sie starrte an den Ort, wo er gestanden hatte.

Am nächsten Morgen fühlte sie sich etwas stärker und sie erzählte Dr. Parker von Arnolds Husten und dem Blut im Mund und warum sie überhaupt so spät in der Nacht ins Houston Memorial unterwegs gewesen waren. Daraufhin ordnete er eine Obduktion an. Wie sich herausstellte, fand man Hinweise auf eine stark entzündliche Bronchitis. Langsam stiegen Tränen in ihr auf und sie gab sich der Traurigkeit hin. Wenigstens konnte sie weinen, ohne Wattepads auf den Augen. Sie kauerte in ihrem Krankenbett, die Decke bis ans Kinn herangezogen. Ihre Haare offen. Es war Mittag und die Sonne stand hoch am Himmel. Die Vorhänge waren teils zugezogen, darum war es düster im Zimmer. Molly war es egal, genauso wie es ihr gleichgültig war, wie sie aussah und ob sie jemand weinen sah. Ihr Schluchzen und Stöhnen kam tief und weit aus ihrem Inneren und es war, als ob sich ihre Seele zusammenzöge – alles brannte. Arnolds Verlust schmerzte am ganzen Körper. Sie wünschte sich, auch gestorben zu sein, denn dann würde sie nicht alleine weitermachen und alles geradebiegen müssen. Wieder Lachen lernen.

Es klopfte. Ihre Eltern lugten vorsichtig ins Zimmer und kamen leise an ihr Bett. Die Sonne schien sanft herein und frische Luft strömte durch das offene Fenster.

»Mein liebes Kind«, flüsterte ihre Mutter und umarmte Molly mit Tränen in den Augen. Ihr Vater drückte ihre Hand. Seine Betroffenheit machte ihn sprachlos.

»Ich habe dir Kuchen und Magazine mitgebracht«, sagte ihre Mutter, »und ein Foto mit wunderschönen Blüten aus dem Garten.« Sie stellte es auf Mollys Nachtkästchen.

»Wie geht es dir?«, fragte ihr Vater.

»Was soll ich sagen? Nicht gut. Es tut nur einfach alles weh.«

»Was ist denn genau passiert?«

Molly berichtete mühsam, was ihr Dr. Parker erzählt hatte, und sie hörten aufmerksam zu. Ihre Mutter reichte ihr ein Taschentuch.

»Danke, dass ihr da seid!« Molly schluchzte und sah ihre Eltern liebevoll an. Joanna, ihre Mutter, war eine schlanke Frau mit mittellangem, brünettem Haar. Ihre Augen waren voller Sorge, trotzdem ließen sich darin ihre Freundlichkeit und ihre Lebensfreude lesen. Mollys Vater, Bernard, war ein großer, ergrauter Mann. Er war oftmals streng gewesen und seine Gesichtszüge erschienen hart.

»Wir sind gerade dabei, im Garten wieder alles anzusäen«, erzählte Joanna, um Molly ein wenig aufzuheitern. »Wenn alles schön wächst, so wie letztes Jahr, haben wir bald einen bunten Blütengarten.« Sie lachte. Molly lächelte, die Freude ihrer Mutter tat ihr gut. Sie plauderten etwas über Bedford, Mollys Heimatstadt. »Komm zu uns, wenn du willst, hörst du? Wenn du einen Tapetenwechsel brauchst …« Molly nickte lustlos. Sie liebte ihre Eltern, doch momentan wollte sie niemanden besuchen. Sie blieben eine Weile, dann verabschiedeten sie sich leise. Molly war müde und schlief ein, sobald sie aus dem Zimmer waren.

Die Tage im Krankenhaus vergingen langsam. Arnolds Körper wurde für die Verbrennung und die anschließende Verabschiedung in einem Bestattungsinstitut in der Stadt freigegeben. Molly konnte nicht an der Abschiedsfeier teilnehmen. Arnolds Eltern kümmerten sich um alles.

»Es war eine wunderschöne Feier, Molly«, erzählte ihre Mutter, als sie die Urne brachten. Ihr Vater stellte sie auf ihren Nachttisch neben das Blütenbild. Molly schwieg und starrte auf die Urne.

»Das ist alles, was von meinem Liebsten übrig ist – etwas Asche«, ging ihr durch den Kopf. Ihr Herz brannte. Ihre Eltern blieben nur kurz, denn Molly wollte alleine sein. Sie starrte stundenlang auf das, was von Arnold geblieben war.

Mollys Körper heilte. Ihre Kraft kam zurück und damit auch die Zuversicht. Mithilfe eines Physiotherapeuten lernte sie, ihre Beine wieder voll zu belasten und sich wie früher zu bewegen. Ihr Körper hatte sich vom Unfall erholt und sie fühlte ihn bewusster als je zuvor. Endlich entließ sie Dr. Parker nach vier Wochen aus dem Krankenhaus: »Passen Sie gut auf sich auf, Ms. Thatcher. Kopf hoch, das Leben geht weiter.« Molly nickte und reichte ihm die Hand.

»Ich danke Ihnen, Dr. Parker. Für alles.« Sie nahm ihre Tasche und verließ das Krankenhaus.

KAPITEL 8

Als das Taxi vor ihrem Haus hielt, stieg Molly erstmal nicht aus. Es war der Moment, vor dem sie sich am meisten gefürchtet hatte. »Madame?«, fragte der Fahrer über die Schulter und schaute in den Rückspiegel.

»Ja …, ja, ich mache schon«, murmelte sie und gab sich einen Ruck. Langsam öffnete sie die Fahrzeugtür und nahm ihre Tasche entgegen. Sie trottete zur Haustür, den Schlüssel in der Hand. Die Eingangstür sprang gleich auf, als sie den Schlüssel im Schloss umdrehte. Und als sie eintrat, vernahm sie den vertrauten Geruch ihres Hauses. Alles sah aus wie immer. Arnolds Schuhe standen da, seine Jacken hingen an den alten Haken und sein Stuhl stand am Esstisch. Sie atmete schwer.

»Reiß dich zusammen, Molly!«, ermahnte sie sich und stellte ihre Tasche aufs Bett. Dann nahm sie Arnolds Urne vorsichtig heraus und stellte sie auf das Regal im Schlafzimmer.

»So, mein Lieber, du stehst hier. Einverstanden?« Sie erwartete keine Antwort. Vom Bett aus konnte sie direkt auf die Urne blicken. Gleich daneben positionierte sie ein Bild von einem ihrer schönsten Tage: dem Picknick am Fluss. Mit Sonnenhut und Drinks lachten sie in die Kamera. »Wie aus einem anderen Leben«, murmelte sie.

Im Badezimmer lagen getragene T-Shirts von ihm. Sie nahm sie hoch, steckte ihre Nase hinein und sog seinen vertrauten Geruch ein. Ihr Magen zog sich zusammen.

»Geh nach vorne.« Sie legte sie zur Schmutzwäsche und ließ seine Zahnbürste in den Abfalleimer fallen. Eisern ging sie in die Küche und brühte Tee auf.

Später rief ihre Schwester an. Zögernd hob Molly ab.

»Molly! Wie geht es dir?«

»Es geht, es ist ungewohnt und leer. Alles ist noch da.«

»Ja … ich verstehe. Lass dir Zeit und geh raus! Hörst du? Vergrab dich nicht.«

»Ja, Sir!«

»Mum kommt bestimmt auch vorbei, wenn du sie fragst …«

»Nein, es geht schon«, wehrte Molly ab.

»Wenn du mich brauchst, ruf mich an, okay?«

»Mach ich. Wie geht's euch?«, wechselte Molly genervt das Thema.

»Ach, Mary ist krank: Fieber und Schnupfen. Schon seit vier Tagen. Sie wird ziemlich viel aufholen müssen in der Schule, diese Woche hätte sie zwei Tests geschrieben. Tim und Rudolph sind noch gesund. Steve malt gerade – wie immer. Seine Vernissage wurde zum Glück auf nächste Woche verschoben. So kann ich wenigstens meine Dienste im Krankenhaus machen.«

»Mhm. Gut …«

»Du meldest dich, okay?«

»Ja …«

»Bleib stark, meine Süße!«

Molly ließ das Handy sinken. »Ich werde wohl vor Einsamkeit und Eintönigkeit sterben«, ging es ihr durch den Kopf, »ein Leben ohne Mann, keine Kinder, nur der Buchladen.«

Sie spürte, wie die Traurigkeit sie wie Treibsand immer weiter nach unten zog. Molly ließ sich auf die Couch fallen und versuchte sich vorzustellen, wie er neben ihr saß. Was würde er sagen? Vermutlich: »Schlaf ein bisschen, Molly. War ein bisschen viel in letzter Zeit.« Er hätte ihr wahrscheinlich zugezwinkert, gelächelt und sie dann geküsst. Sie ließ sich in die Kissen sinken und schlief ein.

In den nächsten Tagen war es ihr egal, dass sie in der Jogginghose schlief, sich das dreckige Geschirr häufte und der Fernseher lief. War das Essen aus, kaufte sie das Nötigste ein: in Jogginghose mit Mütze und ungeschminkt. Sie schlief viel. Die Anrufe ihrer Schwester, ihrer

Eltern, beantwortete sie nicht oder erst später:»Nein, Mum, alles okay. Ich brauche Ruhe.«

»Willst du zu uns kommen? Wir kümmern uns um dich.«

»Nein. Es geht mir gut. Ich komme zurecht. Bitte kein Besuch! Auf Wiedersehen.« Sie legte einfach auf. Sie war unfreundlich, doch es war ihr egal.

Molly blieb daheim und starrte stundenlang auf die bewegten Bilder im Fernseher. Sie zappte einen Kanal weiter und legte die Fernbedienung lustlos auf ihrem Oberschenkel ab.

»Kopf hoch, meine Liebe«, ertönte da plötzlich Arnolds Stimme. Molly fuhr herum, als hätte sie der Blitz getroffen. Sie sah sich erschrocken um und sah Arnold umhüllt von hellem, goldenen Licht im Lehnsessel sitzen. Entspannt hatte er die Beine übereinandergeschlagen. Er lächelte, doch Molly brachte keinen Ton heraus und vergaß zu atmen.

»Hab keine Angst, Molly. Ich bin es – alles ist gut.«

Sie konnte nur nicken.

»Oh mein Gott, war das tatsächlich real? Ist das möglich?«, schoss ihr durch den Kopf.

»Wo… woher kommst du? Wie geht es dir?«

»Mir geht es gut.« Er zwinkerte ihr zu, so wie er es immer gemacht hatte, »ich bin mit allem eins, mit dem Bewusstsein oder einfach meiner Seele – wie auch immer du es nennen möchtest. Und ich kann diejenigen sehen, die ich liebe – jederzeit.«

Molly war tief berührt. Er strahlte Herzenswärme, Liebe und absolute Harmonie aus. Unendliche, tiefe Erkenntnis lag in seinen Augen.

»Also keine Angst vor dem Tod?«

»Gar nicht, Molly. Es ist wie ein Nachhausekommen. Wir haben es nur vergessen. Auf einmal macht alles Sinn, was auf Erden geschah, und ich erkenne das Verborgene dahinter.«

»Das klingt schön, Arnold.«

»Ist es auch. Ich kann dir nur sagen: Du wirst geliebt und geehrt für dein Leben auf der Erde. Vertraue auf deine innere Stimme. Du bist beschützt.«

Ein warmes Gefühl breitete sich in ihr aus. Sein Erscheinen war wie eine Umarmung, die augenblicklich alles Leid wegnahm, die sie wärmte und vervollkommnete.

Langsam ließ sich Molly von der Couch auf die Knie gleiten. Sie rutschte zu ihm hinüber, schloss die Augen und legte ihr Gesicht in seine erhobene Hand. Sein Licht streichelte ihre Haut. Seine Finger fuhren langsam über ihre Stirn, ihre Augen und über die Nase. Voller Hingabe betrachtete er ihr Gesicht: ihre geschwungenen Augenbrauen, die Nase, die er so oft geküsst hatte, ihre Lippen. Molly spürte ein leichtes Kribbeln auf der Haut. Ihre Vertrautheit war einzigartig – sie kannten sich in- und auswendig und ihre Liebe war so tief.

»Es ist wunderschön«, murmelte sie. Eine kleine Träne leuchtete in ihren Augenwinkeln.

»Warum bist du gegangen?«

»Es war an der Zeit. Ich danke dir, dass du mit mir gelebt hast. Ich bin immer in deinem Herzen. Du bist ein so wunderbarer Mensch, Molly.«

So verweilten sie und genossen die Energie, die zwischen ihnen floss.

»Genieße wieder und vertraue«, flüsterte Arnold.

Sein Licht wurde schwächer und als sie die Augen öffnete, war sie allein. Inzwischen war es dunkel geworden.

Kurz spürte sie noch ihre Verbundenheit, doch plötzlich stieg heftige Wut in ihr hoch.

»Warum so früh?«, schrie sie, weinte und schlug verzweifelt auf den Boden. Sie atmete tief und laut. Nach und nach wurde es ruhiger in ihr. Was blieb, war Leere. Sie blieb einfach im Dunkeln sitzen. Schließlich wurde es leichter und sie fasste neuen Mut. Ihr Vertrauen wuchs – in sich, ins Leben und in ihre Zukunft.

»Okay, Arnold. Du hast recht, ich mach was aus meinem Leben.«

Als sie am nächsten Morgen erwachte, glaubte sie, alles nur geträumt zu haben. Einerseits war sie unendlich dankbar, Arnold gespürt zu haben, andererseits wusste sie nun, dass sie weitergehen musste.

»Ich kann noch nicht«, murmelte sie und vergrub ihr Gesicht im Kopfkissen. Vor ein paar Tagen hatte sie den Krankenstand verlängert und Rose gab ihr die Zeit, die sie brauchte. Doch irgendwann musste sie wieder in die Arbeit, sonst würde Rose gezwungen sein, jemand anders einzustellen.

Nach einer weiteren Woche spürte Molly, wie helle Lebensfreudefunken den Nebel vertrieben. Sie sagten:»Kopf hoch! Da wartet Großartiges auf dich!«

Endlich nahm sie die leuchtend weißen Rosen wahr, die im Garten aufgegangen waren. Sie ließ frische, warme Luft herein und klappte sie ihren Laptop auf. Sie tippte eine Mail: »Liebe Rose, ich komme nächste Woche zurück: am Montag, den 10. Juni, um 8 Uhr. Ist das in Ordnung? Deine Molly«.

Am Samstagmorgen vor ihrem Arbeitsbeginn läutete es an der Haustür.

»Mh …, wer stört?« Ärgerlich schob Molly die Zeitung beiseite. Sie hatte die Titelseite des Guardians überflogen, denn ahnungslos wollte sie am Montag nicht unter die Leute gehen.

Mürrisch öffnete sie im Pyjama die Tür. Vor ihr stand Grace.

»Hallo Schwester!«, sagte Grace, »keine Widerrede: Ich schlafe heute bei dir. Ich habe dich vermisst!«

Sie trat ein, bevor Molly antworten konnte, und zog ihre Schuhe aus.

Molly fühlte, wie die Wut in ihr hochstieg.

»Wie kann sie es wagen?«, dachte sie. »Ich habe doch ausdrücklich gesagt, dass ich keinen Besuch will!«

Doch als sie sah, wie ihre Schwester ihren Koffer herein hievte und sie anstrahlte, konnte sie nicht anders, als sich zu freuen.

»Kannst du das glauben?«, sprudelte Grace los. »Ich hab's geschafft! Steve und die drei Kinder sind für zwei Tage unter Dach und Fach. Ich habe ihnen ein Wochenendprogramm vorgeschlagen und alles eingekauft.«

»Mhm«, machte Molly. Sie wusste, ihre Schwester würde nichts dem Zufall überlassen und nur unbesorgt in den Flieger steigen, wenn sie sicher war, dass alle gut aufgehoben waren. Das bewunderte Molly an ihr.

»Komm her«, murmelte sie und schloss Grace in die Arme, »schön, dass du da bist!« Grace küsste sie auf die Wange.

»Einen Kaffee für dich?«, fragte Molly.

»Ja gern! Wie geht es dir?«

»Besser.«

»Lass uns ein schönes Wochenende verbringen. Ich habe Filme mitgebracht oder wir gehen aus, ein bisschen unter die Leute.«

Mollys Augen blitzten – fast unmerklich, aber Grace hatte es gesehen. Sie nickte zufrieden.

»Hab ich's doch gewusst, auf dich ist Verlass. So schnell haut dich nichts um.«

Grace öffnete Mollys Kleiderschrank und wählte eine Bluse für sie aus.

»Wie wäre es damit? Die steht dir so gut.«

»Ach nein. Grace!«, protestierte Molly und schaute in den Spiegel. Ihre Haare waren zerzaust.

»Komm schon, mir zuliebe. Lass uns in die Stadt gehen. Ich brauche frische Luft.«

Murrend schlüpfte Molly in die Kleidung, frisierte sich und zog ihre Ballerinas an. Ihr Make-up ließ sie weg. Die Zeit dafür war noch nicht gekommen.

Als sie ins Freie traten, wehte ein frischer Frühlingswind und Molly atmete tief durch. Die beiden Frauen spazierten die Straße entlang in Richtung Marktplatz.

»Erzähl mir von zu Hause«, begann Molly.

»Ach, Rudolph spielt Schach und wurde nun mit sieben im Schachclub aufgenommen, worauf er total stolz ist. Steve und er duellieren sich abends oft. Er möchte sogar an Turnieren teilnehmen.«

Molly schmunzelte, sie kannte ihren Neffen. Wenn er sich etwas in den Kopf gesetzt hatte, schaffte er es auch.

»Mary hängt ständig am Handy und schaut sich Beauty-Videos an. Was es online alles gibt, ist echt erstaunlich« Grace schüttelte den Kopf. »Ich kann nur sagen: Die Mädchen von heute fangen früh an … Ich meine, Mary ist erst zwölf!«

»Ja …, das fällt mir auch auf. Die Mädchen, die in den Buchladen kommen, suchen keine Pferdebücher mehr, sondern Zombiegeschichten.«

»Und Tim?«, fragte Molly. Sie wusste, dass der Neunjährige mit seinem Desinteresse an allem das Sorgenkind der Familie war.

»Ja, Tim …« Grace stieß einen Seufzer aus. »Er kämpft mit der Schule. Ginge es nach ihm, würde er morgens gar nicht aufstehen, sondern gleich im Bett auf der Konsole spielen – den ganzen Tag lang.«

Molly schwieg.

»Steve stört es extrem. Besonders er als Künstler möchte seine Kinder kreativ sehen. Wenn er Tim so gebannt vor dem Gerät sitzen sieht, wird er richtig aggressiv und schaltet oft einfach alles ab.«

»Oje!«, erwiderte Molly, »da gibt's sicher Protest!«

»Und wie! Echt schwer auszuhalten«, klagte Grace, »aber eines haben die beiden gemeinsam: Mit ihrer Leidenschaft verziehen sich beide in ihre eigene Welt – Steve in die Kunst und Tim in seine Computerspiele.«

»Also ist Steve noch immer mehr Künstler als Vater und Ehemann?«

»Ja …, es ist wie immer. Der Haushalt und die Erziehung bleiben an mir hängen. Nur samstags, wenn ich arbeite, kümmert er sich um die Kinder. Und mal abends, wenn er mit Rudolph Schach spielt.« Gedankenverloren ließ sie ihren Blick über den Fluss schweifen. Molly schwieg und senkte den Kopf. Immer hielt Grace die Familie zusammen. Das ärgerte Molly und sie wollte, dass Steve endlich mehr Verantwortung übernahm. Trotzdem genoss sie es, aus dem Leben ihrer Schwester zu hören. Sie bewunderte Grace für ihre Stärke und ihre große Liebe zur Familie.

Sie hatten das Zentrum der Stadt erreicht. Die Geschäfte und Cafés kamen näher. Die Schwestern entschieden sich für ein Restaurant am Marktplatz.

»Ah, das tut gut«, sagte Molly, als sie die Eingangstür öffnete, »mal wieder draußen zu sein.« Sie sah ihre Schwester dankbar an. Die frische Luft hatte ihre Wangen rot gefärbt und den Kreislauf in Schwung gebracht.

»Bitte sehr!« Eine freundliche Dame wies ihnen einen Tisch am Fenster zu.

Zufrieden studierten sie die Karte. Es war ruhig im Restaurant. Die wenigen Menschen unterhielten sich an hübsch dekorierten Tischen und leise Musik rieselte in den Raum.

»Cheers!«, prostete Grace ihrer Schwester glücklich zu.

»Cheers!«

Ihre Salate wurden serviert und sie bissen in knackige Gurkenscheiben.

»Du kochst sicher nichts, sondern ernährst dich von Chips und Honigbrot, stimmt's?«, neckte sie Grace. Molly spürte, wie ihre Schwester sie kauend musterte. Sicher fielen ihr die dunklen Augenringe und die Fältchen auf der Stirn auf, die einen Hauch tiefer geworden waren. Mollys Haut war blass und grau, trotz der roten Wangen, die der Spaziergang hervorbrachte. Abgenommen hatte sie auch.

»Nein …, ich habe auch noch Tiefkühlpizza«, antwortete sie schmunzelnd.

»Ich kenne dich, Molly! Du brauchst Zeit, doch du kommst wieder auf die Beine. So leicht lässt du dich nicht unterkriegen. Arnold zu verlieren war natürlich ein besonders harter Schlag, aber weißt du noch, als du in der Highschool deine Freundin Lola verloren hast, weil ihre Familie weggezogen ist?«

»Ja, klar …«, erwiderte Molly. Sie erinnerte sich gut an Lola. Sie hatte nebenan gewohnt. Kaum waren die beiden Mädchen von der Highschool zu Hause, riefen sie einander an und verabredeten sich für den Nachmittag. Stundenlang lagen sie auf ihren Betten, hörten Musik oder durchstreiften die Straßen der Umgebung. Sie kannten einander in- und auswendig und schworen sich, für immer beste Freunde zu bleiben.

»Als sie plötzlich wegzog, war das sehr schlimm für dich«, erzählte Grace, »du warst todtraurig, das weiß ich noch … und hast dich ebenfalls wochenlang in deinem Zimmer verkrochen. Dann hast du deine Lebensfreude langsam wiedergefunden.«

»Mhm«, stimmte ihr Molly zu.

»Ich weiß nicht, ob man das so wirklich vergleichen kann«, grübelte Grace laut, »aber ich glaube trotzdem an dich. Du bist stark!«

»Danke dir, Grace.« Sie drückte die Hand ihrer Schwester, »das ist lieb von dir«. Molly brach ein Stück Weißbrot ab. »Ich schaff' das schon.«

»Willst du uns mal besuchen kommen?«

»Ja … gern. Mal sehen. Am Montag fange ich wieder zu arbeiten an«, erzählte Molly, »Rose braucht dringend jemanden im Geschäft. Tut mir ja vielleicht auch gut.«

»Ganz sicher tut es das!«

»Weißt du, die Zeit im Krankenhaus war schon heftig. Die Schmerzen im ganzen Körper und zu Beginn nichts sehen zu können. Und zu wissen, dass Arnold einfach nicht mehr da ist. Alles war so unwirklich.«

»Das kann ich mir vorstellen … nein, wahrscheinlich nicht wirklich«, stellte Grace fest.

»Manchmal, da ist es, als ob ich ihn sehen würde … Arnold. Als ob er neben mir sitzen würde und wir miteinander reden.«

»Hm. Das ist sicher die Gewohnheit. Gib dir Zeit. Du hast ja noch nicht mal seine Sachen aussortiert.«

Molly schwieg. Sie erzählte nichts von Arnolds Erscheinung. Und Grace hatte recht. Das Aussortieren sollte sie wirklich angehen.

»Noch Dessert?«, fragte Grace. Doch Molly wusste, es war eher eine Feststellung als eine Frage.

»Zweimal Trifle, bitte!«

»Manchmal bist du einfach immer noch die große Schwester«, bemerkte Molly amüsiert.

»Du, ich habe jetzt ein tolles Buch gelesen! Von Alexander Lubensky. Wusstest du, dass er hier bei dir in der Stadt lebt?«, erzählte Grace begeistert.

Molly schüttelte den Kopf.

»Es ist wieder ein Abenteuerroman, dieses Mal spielt er in Südamerika – im Amazonasgebiet. Der muss echt überall gewesen sein, so wie er schreibt. Man glaubt, durch den Dschungel zu stapfen und die Affen kreischen zu hören.«

»Echt? Spannend. Wie heißt es denn?«

»›Flüstern der Inka‹, glaub ich.«

»Ich könnte es im Laden bestellen, wenn es nicht schon da ist. Ich checke es übermorgen.« Molly spürte, wie die Vorfreude auf die Arbeit langsam zurückkehrte. Grace lächelte zufrieden.

Am Abend machten sie es sich mit Popcorn auf der Couch gemütlich und schauten sich einen Film an. Molly genoss es und für einige Stunden war ihr Kopf frei.

Am nächsten Morgen erwachte Molly wieder mit einem dumpfen Gefühl der Schwere. Im Traum hatte sie die Wucht des Aufpralls, die gleißend hellen Scheinwerfer sowie ihren Schrei durchlebt. Zerknautscht stieg sie aus dem Bett und setzte sich müde an den Frühstückstisch, an dem Grace ihren Kaffee schlürfte und die Zeitung las. Ihre Schwester hob den Blick und spürte sofort, dass Molly in ihrer Trauer gefangen war. Sie ging zu ihr und umarmte sie lange. Zuerst wehrte Molly ab, doch dann kullerten dankbar ein paar Tränen über ihre Wangen.

»Lass uns raus in die Sonne gehen«, flüsterte Grace. Wortlos zogen sie sich an und verließen das Haus. Die frische Luft, die Sonne und die Bewegung taten Molly gut und ihr Herz wurde weit.

Grace schaute den aufsteigenden Vögeln nach und dachte laut an zu Hause:»Wie es wohl den Kindern geht?«

»Es ist sicher alles in Ordnung«, beruhigte Molly sie,»vertrau Steve – trotz allem.«

Grace atmete durch, nahm Mollys Hand und sagte:»Der Anlass ist zwar traurig, trotzdem freue ich mich über unsere gemeinsame Zeit, Schwester!«

Molly lachte und stimmte ihr zu:»Ja, das ist schon eine Seltenheit, wir beide ganz allein ...«

Fröhlich spazierten sie den Fluss entlang ins Innere der Stadt. Molly schaute auf den Fluss.»Wie das Wasser fließt alles ineinander, um sich beim nächsten Stein oder der nächsten Flussmündung wieder zu trennen und sich weiter in verschiedene Richtungen zu verlieren. Doch letztendlich landet alles im selben, weiten Meer«, dachte Molly bei sich.

Sie nahmen in einem kleinen gemütlichen Café Platz.

»Es ist total okay, dass du traurig bist«, beruhigte Grace ihre Schwester,»das muss so sein, da musst du durch. Und weißt du, was? Ihr hattet so eine schöne Zeit zusammen, die kann dir keiner mehr nehmen.«

Tränen stiegen in Mollys Augen.»Ja, aber ich vermisse ihn so. Ich kann es oftmals noch immer nicht glauben. Tot, verstehst du?« Sie starrte Grace an. Diese senkte ihren Blick.

»Ich weiß ..., es ist so traurig und es tut mir so unendlich leid.« Schweigend nahm sie einen Schluck Wasser. Molly schniefte vor sich hin.

Nach einer Weile zog Grace eine Modezeitschrift hervor:»Schau mal, sind diese Pullis nicht toll? Ich glaub, ich bestell' mir den grauen da.«

»Nicht billig, aber sehr schön!«Molly ließ sich gern ablenken.»Ich hätte gern die Sandalen. Die sehen super aus.«

Die beiden Schwestern bewunderten die neuesten Modetrends und besprachen einzelne Stücke. Helles Lachen ertönte hinter ihren großen Cappuccino-Tassen.

»Was hast du denn noch administrativ zu regeln? Versicherungen oder Abmeldungen, mein' ich«, wollte Grace wissen, als sie wieder auf der Straße waren.»Kann ich dir irgendwo helfen?«

63

»Nein, danke«, lehnte Molly ab, »das mach´ ich in den nächsten Wochen. Erst möchte ich wieder zu arbeiten beginnen.«

»Ist gut. Du machst das schon, das weiß ich!«

Die beiden Schwestern spazierten am Ufer des Flusses zurück. Sie schritten im selben Rhythmus dahin und auch ihre Köpfe und Schultern bewegten sich ähnlich. Niemand konnte leugnen, dass sie Schwestern waren.

In Mollys Haus angekommen, packte Grace ihre Sachen und ging raus zum Taxi, das sie zum Flughafen bringen würde.

»Es war so schön, dass du da warst!« Molly umarmte ihre liebe Schwester fest.

»Es hat uns beiden gutgetan«, flüsterte sie liebevoll, »weiter so, okay? Lass was von dir hören und komm´ uns besuchen, hörst du?«

Molly nickte und schaute dem Taxi nach.

KAPITEL 9

Die Arbeit fiel Molly leicht und der Ortswechsel tat ihr, wie vermutet, gut.

»Wie bin ich so froh, dass du wieder da bist, Molly«, begrüßte sie Rose fröhlich, »manchmal war es ziemlich chaotisch und ich war kurz davor, dich anzurufen.«

»Oh, hättest du das doch getan!«

»Molly, du brauchtest die Zeit. Und nimm sie dir auch jetzt noch, hörst du? Ich schaff' das schon.«

Molly merkte, dass ihre Chefin sie mit Samthandschuhen anfasste, und das war ihr unangenehm.

»Nein, es geht schon. Ich arbeite so wie immer, das ist mir am liebsten.«

»Wie geht's dir denn?« Rose schaute sie besorgt an.

»Es geht schon wieder. Zu Beginn war's schlimm, die Zeit im Krankenhaus«, erzählte Molly, »Arnold fehlt mir, aber das Leben geht weiter, ob ich es will oder nicht.«

»Ganz sicher, Molly. Du bist unheimlich stark. Lass mich wissen, wenn ich etwas für dich tun kann, okay?«

»Danke«, sagte Molly und arbeitete weiter. Rose schnitt das Thema nicht mehr an. Doch Molly wusste, dass sie jederzeit mit ihrer Chefin darüber reden konnte.

Langsam, aber sicher fand Molly ins Leben zurück. Schwierig waren nur die Abende, wenn sie ins leere Haus zurückkam. Sie hatte wenig Appetit und konnte sich nur schwer aufs Lesen konzentrieren. Oft lag sie nachts wach. Stundenlang warf sie sich hin und her und versank schließlich irgendwann in einem traumlosen Schlaf.

Rachel und Charlotte holten sie immer wieder raus. Sie gingen zusammen ins Kino, etwas trinken oder sie joggten den Fluss entlang.

»Du wirst schon sehen, bald kommt ein neuer Mann in dein Leben«, prophezeite ihr Rachel, als sie am Kai entlangliefen. Fröhlich hüpfte Rachels Pferdeschwanz auf und ab. Mollys Atem stockte und sie kam aus dem Rhythmus.

»Weißt du, dass ich daran noch überhaupt nicht gedacht habe«, antwortete sie, »es gibt einfach keinen anderen für mich. Bis jetzt jedenfalls, vielleicht verbringe ich mein restliches Leben allein.«

»Hm, wer weiß. Das Leben hält manchmal wundersame Überraschungen bereit«, erwiderte ihre Freundin und zwinkerte ihr zu.

»Oh, deine weise Seite kannte ich noch gar nicht«, zog Molly sie schmunzelnd auf.

Mollys Leben wurde wieder leicht und die Trauer machte süßen Erinnerungen Platz. Sie schaffte es endlich, Arnolds Kleidung und Dinge auszusortieren und seine Spuren verschwanden im Haus – Stück für Stück. Im Herzen aber blieb er bei ihr.

Der Sommer ging dem Ende zu und die Luft wurde kühler. Erste bunte Blätter sanken zu Boden. Molly lehnte im Laden am Verkaufspult und starrte auf die Straße. Vor ihr eine leere Kaffeetasse, die vierte. Normalerweise lag ihr Schnitt bei circa zwei Tassen pro Tag. Doch heute war es besonders ruhig im Laden. Sie seufzte und streifte durch die Regale. Langsam ließ sie die Buchtitel vorbeiziehen. Dann griff sie plötzlich nach einem Buch und ließ sich überraschen, welchen Titel sie »ausgewählt« hatte. Sie liebte dieses Spiel. Dieses Mal war es ein Reiseführer über Süd-Ost-Asien. Zufrieden ließ sie sich im Lehnstuhl nieder und schlug ihn auf: Vor ihr lag Bangkok mit seinem Gewirr aus Straßen, unzähligen Gebäuden und leuchtenden, goldenen Tempeldächern dazwischen. »One Night in Bangkok", stand unter dem Foto. Schon hörte sie die Klänge des Liedes von Murray Head. Sie las weiter und erfuhr, dass viele Reisende nach ein bis zwei Nächten weiterfuhren, um der lauten, chaotischen Stadt zu entfliehen. Dabei übersahen sie einige kulturelle Highlights wie den Wat Po, den Tempel des liegenden Buddhas, oder den prunkvollen Königspalast. Fasziniert blätterte Molly um: Bangkok biete eine interessante Mischung aus alten Traditionen und einer modernen Skyline und sei im Vergleich zu anderen asiatischen Großstädten wie Hongkong oder Singapur noch richtig günstig. Sie schaute auf. In ihrer Vorstellung schlenderte sie über die berühmte Khaosan Road und probierte heißes Streetfood. Dann reiste sie weiter in den pittoresken Norden bis zur Grenze nach Laos und Vietnam. Als sie auf die Uhr blickte, waren es zehn Minuten vor Ladenschluss. Schnell räumte sie auf und sperrte die Ladentüre zu. Den Reiseführer steckte sie ein.

Zuhause angekommen, machte sie es sich auf der Couch gemütlich und holte das Buch wieder hervor. Wie sie las, pilgern während der Hauptsaison täglich Tausende Touristen zu den südlichen Phi-Phi-Inseln an der Westküste. Besonders seit der Kinofilm »The Beach« mit Leonardo Di Caprio dort gedreht wurde. Die grün überwucherten Berghänge und die weißen Strände gehören zum Nationalpark Hat Noppharat Thara-Mu Koh Phi. Auf den Inseln gibt es keine Straßen oder Autos – alles wird zu Fuß oder mit dem landestypischen Longtailboot erledigt.

»Wunderschön«, dachte Molly, »die weiten, weißen Strände und die langen Holzboote.«

Schon saß sie in einem der Boote und schaukelte über das smaragdgrüne Meer zu versteckten Stränden. Sogar Tauchen konnte man hier, las sie weiter und bestaunte die Fotos der bunten Korallenriffe, die bis zu 24 Meter in die Tiefe reichten. Molly schaute vom Buch auf und starrte auf die Reisekasse vor ihr. Arnold und sie hatten sie im Laufe der Zeit gut gefüttert.

»Was wenn …«, ging ihr durch den Kopf, »wenn ich es einfach machen würde? Nach Thailand reisen. Jetzt – ich allein!« In ihr kribbelte es und die Zweifel in ihrem Kopf überschlugen sich: »Was, wenn ich keinen Urlaub bekomme oder wenn ich mich in Thailand verirre oder gekidnappt werde? … Kann man so was überhaupt alleine?« Sie grübelte. »Ja, warum denn nicht?«, meldete sich ihre innere Stimme. »Wann, wenn nicht jetzt! So viele Menschen raten mir, dass ich mal raus soll. Richtig leben, nach vorne blicken!«

Entschlossen richtete sich Molly auf: Sie würde reisen, und zwar allein. Arnolds Urne stand still am Regal. Molly starrte sie an. Ja, sie würde es tun.

Zwei Tage später trat sie an ihre Chefin heran, die konzentriert am Computer saß:»Rose, ich hätte da eine Idee ...«

Ihre Chefin drehte erwartungsvoll den Kopf.»Dann schieß mal los.«

»Ich möchte im November zwei Wochen Urlaub nehmen. Zum Weihnachtsgeschäft wäre ich aber wieder da.«

»Hm, lass mich mal sehen.« Rose öffnete den Kalender und klickte sich durch.»Ja, schaut gut aus ... Das sollte gehen. Du hast ja noch einige Wochen Urlaub. Ist gut, wenn er aufgebraucht wird.«

»Juhuu! Dankeschön!«, jubelte Molly.

»Wohin geht denn die Reise?«

»Nach Thailand! Ich und mein Rucksack.«

Rose hielt inne.

»Ganz allein?«

Molly nickte.

»Okay. Das klingt ja ... interessant.«

»Davon träume ich schon lange. Eigentlich wollte ich ja mit Arnold die Welt erkunden. Aber nun mache ich es ohne ihn.«

»Da hast du recht! Das ist sogar sehr gut.«

Ihre Chefin markierte Mollys Urlaubswochen im Kalender.

Am Freitagnachmittag leuchteten Molly unzählige, ferne Urlaubsziele entgegen, als sie die Tür zum Reisebüro öffnete. Augenblicklich überkam sie ein Gefühl der Freiheit und des Abenteuers.

»Was es nicht alles zu sehen gibt in dieser Welt«, dachte sie fasziniert und schaute sich um.

An drei Computern mischten attraktive Damen die nötigen Zutaten für unvergessliche Reiseerlebnisse.

»Guten Tag! Bitte sehr ...«, begrüßte sie eine davon und wies ihr einen Stuhl vor ihrem Schreibtisch zu. Ihre langen schwarzen Haare hatte sie streng nach hinten gekämmt und ihre braunen, freundlichen Augen strahlten Molly entgegen.

» Wie kann ich helfen?«

»Ich würde gerne in den ersten beiden Novemberwochen durch Thailand reisen«, verriet Molly.

»Wie schön! Was möchten Sie genau sehen?«

»Hm …, so viel wie möglich … und etwas Entspannung wäre toll!«
Die Dame tippte in ihre Tastatur und nach ein paar Minuten flötete
sie: »Zunächst einmal müssen Sie wissen, dass Thailand insgesamt
513.000 Quadratkilometer groß ist und damit größer als Deutschland,
Österreich und die Schweiz zusammen« Sie breitete eine Landkarte
vor Molly aus. »Neben Städten wie Bangkok oder Chiang Mai und tiefem Urwald umfasst es auch viele Inseln, die ideal zum Entspannen
sind.«

»Klingt gut … Ich möchte die Route aber nicht komplett im Vor-
hinein festlegen.«

»Hm, Sie könnten nur einen Hin- und Rückflug von London nach
Bangkok nehmen sowie ein Hotel in Bangkok für die ersten drei
Nächte buchen. Dann sehen Sie sich die Stadt an und entscheiden weiter vor Ort. Es gibt überall Jugendherbergen, Hotels, Züge und Busse,
die Sie kurzfristig buchen können. Sie werden sehen, das geht ganz
einfach!«

»Okay, das mach ich. Welch ein Abenteuer!«, entschied Molly und
kicherte aufgeregt. Freudig nahm sie die Flugtickets entgegen.

Die Wochen bis zum Reisebeginn verflogen. Voller Vorfreude ver-
tiefte sie sich in etliche Reiseführer und sog jede Menge Tipps zum
Backpack-Reisen in sich auf. Sie las sogar den Abenteuerroman von
Alexander Lubensky, von dem Grace geschwärmt hatte, obwohl er im
Amazonas und nicht in Thailand spielte.

»Reisen ist Reisen«, dachte Molly und las fasziniert weiter.

Rose erkundigte sich interessiert nach ihren Reisezielen und Molly
zeigte ihr stolz die rotmarkierten Stellen im Reiseführer.

Sie lernte, wie sie ihren Rucksack am besten packte, und wählte
sorgfältig aus, denn viel Platz war nicht. Darum probierte sie verschiedene Falttechniken aus und war ungeheuer zufrieden mit sich, als endlich alles gut verstaut war.

»Da bin ich mal gespannt, wie ich mit so wenig Kleidung aus-
komme. Das allein wird eine Erfahrung für sich.« Sie hatte ein mulmiges Gefühl im Magen. »Besser, ich wasche jeden Abend. Und wenn es
sein muss mit der Hand.«

Als sich der letzte Arbeitstag dem Ende zuneigte, verabschiedete sich Molly von Rose:»Auf Wiedersehen, Rose! Mach's gut inzwischen.«

»Ich wünsche dir eine sensationelle Zeit, Molly. Ich bewundere dich für den Mut, dich allein auf die Socken zu machen. Komm heil wieder zurück.« Sie umarmten sich etwas zögerlich, dann verließ Molly den Laden.

Es war so weit. Der Rucksack stand gepackt in der Garderobe und das Taxi war für 17 Uhr bestellt. Ungeduldig saß Molly auf der Couch und zappte durch die Fernsehkanäle. Sie warf einen Blick auf die Uhr: 14 Uhr. Sie seufzte, griff zum Handy und rief Charlotte an.

»Hallo?«

»Hi Charlotte! Wie geht's?«

»Ganz gut. Bin zu Hause, Finn arbeitet schon wieder ...«

»Hm, er arbeitet wirklich viel. Aber gut für heute! Hast du Lust, was Trinken zu gehen? Ich flieg ja heute Abend. Auf einen Abschiedsdrink sozusagen.«

»Ah ... ja, warum denn nicht! Tolle Idee.«

»Super, bis gleich, ich mach mich fertig.«

»Bis dann!«, verabschiedete sich Charlotte.

Schnell schlüpfte Molly in eine andere Jeans und schminkte sich etwas – die Zeit für Make-up war wiedergekommen.

Charlotte saß schon im Café, als Molly eintrat, vor ihr eine große Limo. Molly lachte und umarmte ihre Freundin zur Begrüßung.

»Ich nehme dasselbe«, rief sie dem Kellner zu.

»Nun erzähl schon, was hast du alles eingepackt? Was wirst du dir als Erstes anschauen?«, sprudelte Charlotte los.

Molly berichtete über ihren bevorstehenden puristischen Kleidungsstil und über die vielen Orte, die sie sich im Reiseführer markiert hatte.

»Das klingt ja spannend! Ich freu mich schon auf die Fotos.«

»Und du?«, wollte Molly wissen, »wie läuft's mit Finn?« Endlich hatte sich Charlotte auf eine Beziehung eingelassen. Sie hatte Finn vor einigen Wochen in der Arbeit kennengelernt. Charlotte war Projektmanagerin, Finn der Leiter der Einkaufsabteilung. Seit kurzem lag sein Büro direkt neben ihrem und so liefen sie sich mehrmals täglich über den Weg und waren ins Gespräch gekommen.

»Wir haben uns von Anfang an gut verstanden«, schwärmte sie, »er ist lustig und interessiert. Ich finde, er hat einen echt coolen, trockenen Humor und er sieht sehr gut aus.«

»Aber?«, fragte Molly, als sie Charlottes gequälten Gesichtsausdruck sah.

»Aber … er arbeitet so furchtbar viel. Ich meine, ich arbeite auch gerne, aber ich habe noch ein Leben außerhalb der Firma. Weißt du, was ich meine?«

Molly nickte.

»Wenn wir zusammen sind, verstehen wir uns prima. Er liebt es wie ich, ins Kino zu gehen, auszugehen und Sport zu treiben. Doch unsere gemeinsamen Stunden sind schon jetzt eine Seltenheit – dabei sind wir erst seit fünf Wochen zusammen.«

Sie seufzte und nahm einen großen Schluck.

Molly musterte ihre Freundin und wusste, dass sie die Beziehung ernsthaft zu überdenken begann.

»Wenn's dir reicht, dann steig einfach in den Flieger und komm nach!«, schlug Molly vor.

»Ja genau!« Charlotte lachte. »Vielleicht bin ich ja in ein paar Tagen schon da.« Auf diese Idee stießen sie an. Sie rauchten ein paar Zigaretten und genehmigten sich einen Cocktail. Sie besprachen das Männerthema und Mollys bevorstehende Reiseabenteuer. Um kurz nach vier verabschiedeten sie sich.

»Gute Reise, Molly!«, raunte Charlotte ihr ins Ohr und umarmte sie, »komm gut wieder zurück.«

»Mach ich, meine Süße«, antwortete Molly, »bleib stark. Wir sehen uns!«

Pünktlich um 17 Uhr läutete der Chauffeur an Mollys Tür und sie trug ihren Backpack wie einen besonderen Schatz zum Taxi. Schweigend fuhren sie durch die Abenddämmerung zum Flughafen.

»Der Tag geht zu Ende«, dachte Molly, als die Felder außerhalb der Stadt an ihr vorbeizogen, »wie meine Zeit hier. Nun kommt was Neues.«

Langsam versank die Sonne hinter den Hügeln.

Der Taxifahrer hielt am Eingang der Abflughalle. Molly verabschiedete sich freundlich und nahm ihren Backpack entgegen. Im Bauch kribbelte es wieder einmal gewaltig, als sie die riesige Halle betrat. Unzählige Menschen saßen, standen oder gingen wartend darin umher. Molly faszinierte diese besondere Stimmung und sie machte sich Gedanken darüber, wo sie alle hinflogen und was sie dort erwartete.

Nachdem sie ihr Gepäck abgegeben hatte, schlenderte sie durch die Duty-free-Geschäfte und betrachtete, was dort angeboten wurde: Zigaretten, Alkohol, Schokoladen und jede Menge Spielzeug. »Gut, dass ich nichts brauche«, dachte sie zufrieden und erblickte hell blinkende Lichter am Rollfeld. Staunend näherte sie sich den riesigen Fensterflächen und beobachtete, wie sie den Flugzeugen den Weg wiesen, die rauschend in die Dunkelheit emporstiegen.

»Flug 536 nach Bangkok. Fertig zum Einsteigen.«, tönte es durch die Gänge. Molly begab sich zum Boardinggate, wo auch die anderen Passagiere warteten. Interessiert beobachtete sie die Mitreisenden aus aller Herren Länder. Neben vielen Deutschsprachigen gab es einige Thailänder, die sich in ihrer Sprache unterhielten. Molly verstand zwar kein Wort, sie hörte aber fasziniert zu.

Die Stewardess nickte, Molly passierte das Drehkreuz und ging den langen Tunnel hinunter, der zum Flugzeug führte. Kühle Luft und ein steriler Geruch schlugen ihr entgegen. Aufmerksam hielt sie nach ihrer Sitzplatznummer Ausschau. Da war er, 36C. Erleichtert ließ sie sich in den Sitz fallen.

Als sie starteten, rüttelte das Flugzeug kräftig und Molly krallte ehrfürchtig ihre Finger in die Armlehnen. Als der Flieger in die Höhe stieg, schaute sie neugierig durch das kleine Bullauge: Immer weiter entfernten sich die blinkenden Lichter und die erleuchtenden Straßen der Stadt bildeten nur mehr ein Lichtmuster auf der Erdoberfläche. Dann verschwamm alles ineinander und sie flogen durch die Dunkelheit. Als sie die Flughöhe erreicht hatten, entspannte sich Molly endlich. Dankbar nahm sie die Kopfhörer entgegen, denn mehr als elf

Stunden Flugzeit lagen vor ihr. Sie lauschte der ruhigen Musik und schloss die Augen. Kurz darauf war sie eingeschlafen.

Als sie wieder erwachte, klirrte und knarzte es neben ihr. Die Stewardess reichte ihrer Sitznachbarin gerade ein Essenstablett. Sie hatte ihr Tischchen heruntergeklappt.

»Möchten Sie auch ein Frühstück, Madame?«

Molly nickte schläfrig und klappte ihren Tisch herunter. Sie blickte auf ein in Plastik verpacktes Sandwich.

»Tee oder Kaffee?«

»Kaffee, bitte, schwarz«, antwortete Molly schnell, »und ein Wasser, bitte.«

Freundlich lächelnd reichte ihr die Stewardess die Getränke.

»Müde sieht sie aus«, schoss es Molly durch den Kopf. Schon war die Frau mit ihrer Aufmerksamkeit beim nächsten Passagier.

Vorsichtig probierte Molly das sterile Frühstück. Es schmeckte seltsam süß und der Kaffee war dünn. Doch die Wärme tat ihr gut.

Gedankenverloren schaute Molly aus dem Fenster. Nun flog sie ihrem gewohnten Leben davon und bemerkte, wie müde sie war. Sie dachte an Arnold, Rose und den Laden, an Grace und ihre Eltern, ihre Freundinnen Charlotte und Rachel und ihr Haus. Das alles ließ sie hinter sich. Bald würde sie in eine neue Welt eintauchen – was sie dort wohl erwartete?

Molly wünschte sich Freude und Spaß, unberührte Natur und neue Kulturen. Vielleicht würde sie liebenswerte, faszinierende Menschen kennenlernen. Sie hoffte es.

Die Flugzeit verging schnell, denn den größten Teil verschlief Molly, hörte Musik oder schaute aus dem Fenster. Als das Flugzeug zur Landung ansetzte, kribbelte es wie eh und je in ihrer Magengegend.

Heiße, stickige Luft schlug ihr entgegen, als sie die Gangway hinunterstieg. Es war Mittag in Bangkok und die Sonne stand hoch am Himmel. In England war es Morgen und die Menschen wachten erst auf. Molly atmete tief durch, um sich an die neuen Klimaverhältnisse zu gewöhnen. Die Luft roch unangenehm.

»Das muss Smog sein«, dachte sie.

Sie zog ihren Pullover aus und stopfte ihn in ihre Tasche. Dann folgte sie den anderen Passagieren in einen Zubringerbus, der sie zur

Ankunftshalle brachte. Geschmeidig rollte er über das riesige Gelände, vorbei an unzähligen, eindrucksvollen Flugzeugen.

In der Ankunftshalle erblickte Molly ihr Spiegelbild in den blankgeputzten Glasflächen: Zerzaust, aber kraftvoll schritt sie in Sneakers, Jeans und T-Shirt in ein neues Abenteuer.

Lautes Stimmengewirr, Durchsagen und das Piepsen der elektrischen Gepäckwagen umgaben Molly. Es war fast kalt, so stark kühlte die Klimaanlage die stickige Luft herunter. Molly erblickte ein langes, schwarzes Gebäckband, das massenhaft Gepäckstücke gemächlich vor sich hertransportierte. Ihre Flugnummer leuchtete am Bildschirm darüber. Geduldig beobachtete sie die vorbeigleitenden Koffer, Trolleys und Taschen und schließlich entdeckte sie ihren Rucksack. Erleichtert hievte sie ihn vom Band und auf die Schultern. Dann wandte sie sich um und erblickte den Ausgang.

Kurz nachdem sie ins Freie getreten war, bildeten sich erste Schweißperlen auf ihrer Stirn. An diese heiße Luft musste sie sich erst gewöhnen. Überall warteten Tuk-Tuks, aber keine Taxis. Ihre Fahrer drängten auf die herauskommenden Passagiere zu.

»Hallo Lady! Guter Preis!«, rief ihr einer in gebrochenem Englisch zu und lud sie mit einer ausladenden Handbewegung zu einer Fahrt ein. Molly folgte ihm, legte ihr Gepäck auf die schmale Sitzbank. »Wie viel? Ich muss ins Hotel Bangkok Garden.«

»105 Baht.«

Molly rechnete. Das waren circa 2,50 Pfund.

»Okay«, erwiderte sie und stieg ein.

Der drahtige, braungebrannte Thailänder setzte sich auf sein Moped und fuhr ohne Umschweife los. Das Tuk-Tuk schaukelte gefährlich und Molly hielt sich, so gut es ging, fest. Geschmeidig reihte er sein Gefährt in die völlig überfüllte Hauptstraße ein, auf der sich die Fahrzeuge dichtgedrängt ihren Weg bahnten. Das Tuk-Tuk fuhr mal langsam, dann wieder rasend schnell an Autos, Mopeds und Fußgängern vorbei. Alle schienen wild durcheinander zu fahren. Molly hielt sich die Hand vor den Mund, um nicht zu viele Abgase einzuatmen.

»Woher du kommen?«, schrie der Fahrer über seine Schulter.

»Aus England.«

»Wie lange bleiben?«

»Zwei Wochen.«

»Hm«, machte er und hielt plötzlich am Straßenrand. Er zeigte auf ein kleines, rotes Geschäft, das Schmuck und Souvenirs feilbot. Es war Teil einer Reihe roter, mit goldenen Schriftzeichen verzierter Läden.

»Du gehen und schauen!«, forderte er sie bestimmt auf.

»Was ist das?«

»Schöner Schmuck – sehr gut.« Er zeigte auf den Schmuck in der Auslage und dann auf die Eingangstür. Molly zögerte, doch der Fahrer machte nicht den Eindruck, weiterfahren zu wollen.

»Aber ich muss ins Hotel.«

»Erst schauen. Dann Hotel!«

Gehorsam stieg Molly aus und betrat den Laden. Einheimische Frauen begrüßten sie lächelnd und boten ihre Waren an. Als sie Molly mit erwartungsvollem Blick musterten, fühlte sie sich endgültig überrumpelt. Sie war irritiert. Eigentlich wollte sie nur ins Hotel. Doch sie entschied sich mitzuspielen. Sie wusste, wie arm die Menschen hier oftmals waren, und wollte helfen.

»Diese Armkette, bitte.«

Mit leuchtenden Augen überreichte ihr eine junge, hübsche Frau ein Säckchen mit der Kette.

Als Molly ins Tuk-Tuk stieg, bemerkte sie, wie eine der Verkäuferinnen dem Fahrer drei Bons zusteckte.

»Aha«, dachte sie, »er bringt die Touristen und kassiert dafür Benzingutscheine. Eine andere Welt eben.«

Das Hotel glich einem Palast. Den Eingang und die Wände zierten pompöse Goldverzierungen und unzählige Türmchen ragten kerzengerade in die Höhe. Der Fahrer bremste abrupt ab, verabschiedete Molly mit einem kurzen Wink und nahm das Geld wortlos entgegen. Dann brauste er mit seinem Gefährt davon. Verwundert schaute sie ihm nach.

»Guten Tag!«, sagte eine junge Thailänderin in einem gestärkten hellblauen Hemd, als Molly die Eingangshalle betrat. Freundlich lächelte sie hinter einem wuchtigen Rezeptionspult hervor und erfasste sachlich Mollys Daten. Dann reichte sie ihr den Zimmerschlüssel.

»Vielen Dank!«, erwiderte Molly und ging zum dunklen Aufzug im hinteren Teil der Halle. Lautlos glitt sie acht Stockwerke nach oben und trat hinaus in einen langen, schmalen Gang, der mit dickem, rotem Teppich ausgelegt war. Wieder war die Luft schwer und staubig und kratzte in der Nase. Molly öffnete die Tür des Zimmers 867. Im Halbdunkel erkannte sie ein Doppelbett mit glatten, weißen Laken und davor einen kleinen, runden Tisch mit einem Stuhl. An der Wand ein wuchtiger Einbauschrank aus schwarzem Holz. Es war kühl im Zimmer, eine silbrig schimmernde Klimaanlagenbox rauschte an der Decke. Molly trat zum Fenster und schob die schweren Vorhänge beiseite. Grelles Sonnenlicht strömte ein, und als sie nach unten sah, lag ihr Bangkok mit unzähligen Gebäuden und einem riesigen Straßennetz zu Füßen. Trotzdem wuchsen Palmen und Sträucher in sattem Grün an den dicht befahrenen Straßen und immer wieder blitzten goldene Tempeldächer in der Sonne. Mollys Herz hüpfte, obwohl sie sich von der langen Reise leicht verkatert fühlte. Ihre Glieder schmerzten.

»Schlafen kann ich später«, stellte sie pragmatisch fest, »ich möchte raus. Bangkok wartet!«

Sie duschte und schlüpfte erfrischt in kurze Hosen und ein T-Shirt. Sie bürstete ihre Locken und band sie zu einem Dutt zusammen. Dann packte sie den Reiseführer, etwas Geld und Wasser in ihre Umhängetasche und verließ das Hotel.

»Tuk-Tuk«, rief sie etwas zögerlich. Mutig hob sie die Hand.

»Lady!« Ein älterer Herr hielt mit seinem Tuk-Tuk vor ihr am Straßenrand und lud sie mit einer Handbewegung ein, einzusteigen.

»Zum Königspalast, bitte. Wie viel?«

»105 Baht.«

»70«, verhandelte Molly.

»90«

Molly schüttelte den Kopf und bot:»75«.

»90, meine Freundin.«

»Nein. 80 und ohne Zwischenhalt!« Schon hob sie die Hand, um einen anderen Fahrer heranzuwinken.

»Okay, okay, 80 Baht. Kein Halt«, willigte er ein. Zufrieden setzte sich Molly auf das schwarze Kunstleder.

KAPITEL 11

Das Dach des Königspalasts glänzte in der Sonne. Seine aufwendig angelegten Mauern, Gebäude und Plätze erstreckten sich weit übers Land. Noch immer galt er als spirituelles Herz des Königreiches, obwohl König Rama X. nicht mehr hier wohnte. Molly bekam Gänsehaut, als sie durch das mächtige Portal trat. Sorgfältig knotete sie ihren Sarong, ein bedrucktes Seidentuch, aus Respekt vor der Göttlichkeit enger um die Hüften. Sie bewunderte die prächtigen Bauwerke und schmuckvollen Goldverzierungen und malte sich aus, welche Anstrengungen es gebraucht haben musste, das alles zu erbauen.

Neugierig trat sie in den Tempel des Smaragd-Buddhas ein. Ein warmer, kratzender Duft von abgebrannten Räucherstäbchen stieg ihr in die Nase und langsam gewöhnten sich ihre Augen an das düstere Licht. Ehrfürchtig betrachtete sie das Innere des Tempels, das eine berauschende Feierlichkeit ausstrahlte. Sie war ergriffen von der Schönheit der sitzenden Jadestatue. Sie war mit filigranen Goldverzierungen übersät und rotgoldene Spitztürmchen umgaben seine Heiligkeit. In diesem Moment fühlte sich Molly in der thailändischen Kultur angekommen und sie verneigte sich vor Buddha. Eine Weile stand sie andächtig vor ihm, dann bedankte und verabschiedete sie sich von ihm.

Draußen hatte der Tuk-Tuk-Fahrer auf sie gewartet und sie schlängelten sich durch den Verkehr bis zum Wat Po, einem Tempel, in dem ein 46 Meter langer liegender Buddha gütig auf die Menschen blickte. Molly betrachtete ihn tief beeindruckt und berührte vorsichtig das matte Gold seiner Beine. Sie glaubte, seine feine friedliche Energie in ihren Armen zu spüren. Ehrfürchtig atmete sie durch.

Dann beobachtete sie die Einheimischen, die andächtig am Boden knieten und Frieden sowie neues Vertrauen aus ihrem Glauben schöpften. Am Rande des Tempelraumes saßen Mönche in orangefarbenen Wickelumhängen am Boden und meditierten.

Respektvoll senkte Molly den Blick und schlich ins Freie bis zu einem mit bunten Kacheln gedeckten Brunnen, aus dem frisches, kaltes Wasser sprudelte. Dankbar nahm Molly tiefe Schlucke.

»Woher kommst du?« Eine tiefe, männliche Stimme mit starkem thailändischem Akzent ertönte hinter ihr. Verwundert drehte sie sich um und blickte in zwei freundliche, braune Augen. Sie gehörten zu einem jungen Mönch, der die traditionelle, orangefarbene Kutte trug.

»Oh, hallo! Aus England komme ich.«

»Mhm …, du allein?«

Molly nickte und sagte: »Ja. Ich freue mich, hier zu sein. Damit erfüllt sich ein großer Traum.«

Er nickte leicht.

»Ich bin Jiraphorn, wie ›Ewiger Segen‹.« Mit einer Handbewegung lud er sie ein, ein Stück mit ihm zu gehen. Sie schritten zu einem kleinen, etwas versteckten Tempel und hinein in einen dunklen Tempelraum, in dem ein mit brennenden Kerzen übersäter Altar stand. Jiraphorn nahm eine hölzerne Rolle aus einem schmalen Regal und öffnete sie. Dünne Holzstäbchen kamen zum Vorschein.

»Du nehmen zwei!«

Unsicher fingerte Molly nach zwei Stäbchen und hielt sie abwartend vor ihren Körper. Nun öffnete der junge Mönch eine Holzdose und sagte: »Hole Papier raus.«

Vorsichtig zog sie einen Reispapierzettel mit den Stäbchen heraus und reichte es ihm. Er öffnete ein Buch voller kunstvoll geschriebener Schriftzeichen und verglich sie mit dem Zeichen auf dem Papier. In Mollys Bauch kribbelte es wieder.

»Botschaft für dich«, murmelte er und ließ seine Finger über die Symbole gleiten.

»Hier: du viel Glück im Leben. Licht des Friedens und Freude scheinen für dich. Du fallen in Whims Garten.«

Molly schluckte.

»Was ist Whims Garten?«

»Garten der Fülle und Freude, Liebe und Wohlstand! Sehr gute Botschaft …!« Seine Augen leuchteten begeistert. »Und ein neuer Mann kommen«, fügt er noch hinzu. Mollys Herz pochte. Wie konnte er das wissen? »Das klingt ja gut. Woher weißt du denn das?«, sprudelte sie aufgeregt los und verneigte sich tief vor Buddhas Statue. Der Mönch antwortete nicht, sondern lächelte ihr nochmals zu. Dann verschwand er leise zur Tür hinaus. Mollys Herz hüpfte freudig und sie marschierte leichtfüßig zum Tuk-Tuk, das auf sie gewartet hatte. Der Fahrer gab sogleich Gas und Molly konnte es kaum erwarten, diese unglaubliche Stadt weiter zu erleben. Welche Wunder hielt sie noch für sie parat?

Molly stieg ins Longtailboot und glitt damit durch die Clongs, die Wasserstraßen der Stadt. Ein alter, faltiger Mann saß am Steuer am hinteren Ende und lenkte es geschickt durch die breiten Kanäle und verwinkelten Flussarme von Bangkok. Molly staunte nicht schlecht, als sie sah, wie sich die Menschen mit dem Wasser arrangierten. Sie wohnten ganz nah dran oder auf Pfahlbauten direkt darin. Reich und Arm lebten nebeneinander, oftmals standen wunderschöne Häuser neben einfachen Hütten. Im braun-grünen Wasser schwammen vereinzelt riesige Pangasius-Welse. Sogar einen bedrohlich aussehenden Waran entdeckte Molly am Ufer.

Neben ihr saß eine junge, blonde Dame mit einem riesigen Sonnenhut. Genauso wie Molly sog sie die Umgebung begeistert in sich auf und fotografierte, was das Zeug hielt.

»Hallo!«, sprach Molly sie freundlich an.

»Hallo!«, antwortete diese mit deutschem Akzent, »toll hier auf dem Boot, nicht wahr? Ich bin begeistert.« Molly nickte.

»Der Waran dort sieht aber bedrohlich aus …, wenn der am Abend um die Hütten zieht …«

»Ja, da würde ich nicht schlafen wollen«, erwiderte die Frau.

»Ich bin Molly.«

»Ich heiße Luise. Ich komme aus Hamburg.«

»Dein Englisch ist klasse«, stellte Molly fest.

»Danke! Wir lernen es schon früh in der Schule und ich spreche es gern.«

Angeregt tauschten sie sich über ihre bisherigen Reiseerlebnisse aus. Luise war schon länger in der Stadt und gab Molly wertvolle Tipps zu den Sehenswürdigkeiten. Sie war ein offener, freundlicher

Typ und ziemlich groß. Ihre schulterlangen blonden Haare hingen offen über ihre braungebrannten Schultern. Das ließ ihre hellblauen Augen strahlen.

Die gesamte Bootstour verbrachten die beiden plaudernd nebeneinander und am Ende erzählte Luise, dass sie in zwei Tagen nach Chiang Mai und zum Goldenen Dreieck aufbrechen werde.

»Dann möchte ich noch zu einem Bergvolk wandern«, sagte sie.

»Ah, Chiang Mai. Das steht auch auf meiner To-do-Liste«, erwiderte Molly, »und ein Bergvolk?«

»Ja, ich möchte eine Wanderung durch das Hinterland machen und eines der Bergvölker, die abgelegen in den Bergen wohnen, besuchen. Da bekommt man noch ihre ursprüngliche Lebensweise zu sehen.«

»Das klingt ja spannend.«

»Komm doch mit! Wir könnten uns in Chiang Mai zwei Bungalows mieten. Die sind echt billig dort.«

»Warum denn eigentlich nicht?«, überlegte Molly laut, »ich habe noch nichts weiter gebucht. Ich müsste mir nur noch ein Zugticket besorgen.« Luise nickte zufrieden und sie verabredeten sich für den übernächsten Tag am Bahnhof.

Bis dahin genoss Molly die verbleibende Zeit in der Metropole. Sie besuchte China Town und schlenderte endlich die Khaosan Road hinab. Dort bestaunte sie die eng aneinander gereihten bunten Geschäfte, die von Kleidung über Taschen, DVDs und Spielzeug so ziemlich alles anboten. Ein Großteil der Markenware war kopiert und spottbillig. Fasziniert sog Molly diese fremde, neue Welt in sich auf. Mutig probierte sie einige unbekannte Früchte und erfuhr, was »hot«, also scharf, in Thailand bedeutete: Ihr Gemüsereis war so scharf, dass ihr Mund wie Feuer brannte.

Molly bewunderte die hübschen jungen Thailänderinnen, die an den Verkaufsständen arbeiteten oder gemächlich durch die Straßen schlenderten. Doch auch die Blicke der europäischen Männer auf sie entgingen ihr nicht. Und als sie in den berühmt-berüchtigten Rotlichtbezirk kam, wurde sie traurig. Sie verscheuchte die aufsteigenden Bilder in ihrem Kopf, als sie die jungen Mädchen halb nackt und imposant geschminkt in den Schaufenstern der Lusthäuser sitzen sah. Sie wusste, für viele Frauen und deren Familien war die Prostitution die einzige Möglichkeit, um zu überleben.

»Doch zu welchem Preis!«, protestierte sie in ihrem Inneren.

Plötzlich hakten sich zwei junge Burschen bei ihr ein und versuchten, sie in eines der Lusthäuser ziehen.

»Komm, Lady! Komm, komm!«

Schnell zog Molly ihre Arme zurück und wehrte die Kerle ab. Keinesfalls wollte sie ihre Leistungen in Anspruch nehmen. Sie hastete davon und tauchte in der Menschenmenge unter. Sie entspannte sich wieder und ließ sich mit der Menschenmenge durch die Straßen treiben. Aufmerksam sog sie alles in sich auf: Bangkok – eine Mischung aus thailändischer Hochkultur, Menschen aus aller Welt, exotischem Essen, chaotischem Verkehr und drückender Hitze. Diese Eindrücke konnte ihr niemand mehr nehmen.

Zwei Tage später stiegen Molly und Luise in den Nachtzug nach Chiang Mai.

»Schön, dass du mitkommst«, freute sich Luise, »es wird sicher klasse im Norden.« Stöhnend hievten sie ihre Rucksäcke auf die Ablage und ließen sich auf die weichen Sitze fallen. Der Zug war sauber und modern. Zusätzlich zu den Sitzplätzen hatten sie je eine Schlafkoje gebucht. Diese bestand aus einem heruntergeklappten Bett, das mit frischen Laken und einem surrenden Ventilator ausgestattet war. Schwere Vorhänge boten die nötige Privatsphäre.

»Mhhh, ich freue mich auf etwas Ruhe hier. Die Stadt war schon ziemlich laut.« Molly seufzte und schloss die Augen.

Doch es dauerte nicht lange, bis der erste Verkäufer an ihnen vorbeikam. Der Zug war noch nicht mal losgefahren. Denn als europäische Touristinnen stachen die beiden mit ihrer hellen Haut und Luises strohblonden Haaren exotisch hervor. Sie waren ein gefundenes Fressen und immer wieder kamen einheimische Männer und Frauen vorbei und drängten ihnen ihre Waren auf: »Frische Früchte! Frisch, frisch! Lady, bitte probieren!«

Ein älterer Mann hielt Molly sogar zwei schwarze Polster mit goldenen Ringen unter die Nase. »Wunderbare Ringe! Gold und Silber mit Diamanten!« Von körperlichem Abstand hatte er wohl noch nie etwas gehört!

Anfangs lehnten Molly und Luise noch freundlich und geduldig ab, doch mit der Zeit wurden sie ärgerlich. Trotzdem zwangen sie sich zur Freundlichkeit. Wie die Buddhisten versuchten sie, ihr Gesicht zu wahren. Als es endlich Abend wurde, beruhigte sich die Lage und sie verkrochen sich müde in ihre Kojen. Der Zug rauschte durch die dunkle Nacht. Die beiden schliefen angenehm gekühlt und ungestört.

Als sie am Morgen Chiang Mai erreichten, stand die Sonne schon am Himmel und ein warmer Wind wehte am den Bahnhof. Erleichtert traten die beiden Frauen ins Freie. »Lass uns ins ›Green Garden‹ gehen. Dort können wir Bungalows mieten«, schlug Luise vor. Molly stimmte zu und war froh, mit Luise, die sich anscheinend auskannte, unterwegs zu sein. Chiang Mai war ruhiger und kleiner als Bangkok und lag weich eingebettet in einer braunen Hügellandschaft. An den Straßenrändern ragten majestätische Palmen in die Höhe und goldene Tempeldächer blitzten darin hervor. Nach einem halbstündigen Marsch durch die Stadt erreichten sie den Eingang des »Green Garden«. Es war ein niedriges Sandsteinhaus mit einem einfachen Flachdach. Ein thailändisches Mädchen saß hinter einem mit Papierstapeln beladenen Schreibtisch und tippte konzentriert auf einer staubigen Tastatur eines alten Standcomputers. Ein verbogener Ventilator blies ihr kühle Luft ins Gesicht.

»Hello!«, begrüßte Luise sie.

Sie blickte auf, sagte jedoch kein Wort.

»Bungalow?«

Das Mädchen schaute sie fragend an. Molly zeichnete ein Haus in die Luft und legte ihren Kopf schlafend in die Hände.

Da lächelte das Mädchen und griff zu einer abgegriffenen Mappe, gefüllt mit Bildern verschiedener Bungalows.

Molly und Luise entschieden sich für zwei kleine Häuschen mit einem einfachen Bett, einer Veranda sowie mit Frühstück im dazugehörigen Restaurant.

Das Mädchen tippte angeregt in den Computer und überreichte ihnen die Schlüssel. Vergnügt tapsten sie über große flache Steine, die ihnen den Weg zu ihren Hütten wiesen. Ringsherum und um die Bungalows breiteten riesige Laubbäume ihr schützendes Blätterdach aus.

»Das ist ja wie im Jungle – echt cool!«, freute sich Molly, als sie auf den Holzboden der kleinen Veranda stieg. Zwei wackelige Stühle standen darauf.

»Zum Glück gibt es ein Moskitonetz!«, stellte Luise fest, als sie aus dem Inneren des Bungalows herauskam. Plötzlich klatschte sie mit ihrer flachen Hand auf ihren Oberschenkel. »Echt nervig, diese Dinger!«

Molly blickte ebenfalls hinein: Über dem großen Bett, das den Großteil des Innenraumes einnahm, hing ein feinmaschiges, weißes Moskitonetz, das die gesamte Liegefläche abdeckte. Molly setzte sich auf die Matratze und fühlte sich wie eine Prinzessin im Himmelbett. »Wenn Arnold das sehen könnte«, dachte sie und spürte einen kleinen Stich im Herzen.

»Du bist mit dabei«, murmelte sie und legte ihre Hand auf ihr Herz. Einen Moment lang hielt sie inne.

»Geeeko, Geeko«, ertönte es plötzlich über ihr. Sie blickte zum Dachgiebel und entdeckte einen armlangen, braunen Gecko.

»Welch ein Abenteuer«, dachte Molly atemlos.

Schon klopfte Luise an der Tür.

»Hunger?«

»Ja!« Molly spürte, wie leer ihr Magen war.

»Wollen wir ein Restaurant suchen? Ich habe jetzt keine Lust auf Essen von einer Garküche an der Straße.«

»Gehen wir die Straße runter, da ist sicher was«, meinte Molly und schlüpfte in ihre Flip-Flops.

Tatsächlich fanden sie ein typisch thailändisches Restaurant. Es stand gleich neben einem Fußmassagestudio, in dem man sich für nur ein paar Baht müde Füße und Zehen durchkneten lassen konnte.

Eine freundliche Thai in einem violetten Kleid und mit glänzend schwarzem Haar wies ihnen einen Tisch am Boden zu. Die beiden Frauen nahmen auf bunten Matten mit weichen Sitzpolstern Platz und schlürften heißen Tee, der ihnen in kleinen Schälchen gereicht wurde. Dann bestellten sie Suppe, Gemüse und natürlich Reis.

Molly erzählte von Arnold und dem Unfall und Luise hörte aufmerksam und betroffen zu.

»Wow, Molly«, sagte sie dann, »ich finde es echt stark, dass du alleine aufgebrochen bist, um dir deinen Traum zu erfüllen.« Anerkennend blickte sie Molly an.

»Sag mal, warum reist du denn überhaupt alleine?«, wollte Molly im Gegenzug wissen.

»Ach, ich wollte schon immer mal hierher«, erwiderte Luise trocken. »Nachdem ich mein Studium im Juni abgeschlossen hatte, erschien mir der richtige Zeitpunkt gekommen. Mein Freund Thorsten wollte eigentlich mitkommen, aber unsere Beziehung ist kurz vor dem Start kaputtgegangen.«

»Das tut mir leid.« Molly fühlte ehrlich mit.

»Es tat weh, aber es war an der Zeit. Jammern bringt nix – nicht wahr?« Luise lachte, senkte dann aber traurig den Blick. »Er hat sein Ticket weiterverkauft. Ich wollte die Reise aber unbedingt machen.«

»Das versteh´ ich«, stimmte ihr Molly zu, »was hast du studiert?«

»Architektur, in Hamburg. Eigentlich komme ich ja aus Heidelberg, dort bin ich aufgewachsen.«

»Wie hast du Thorsten kennengelernt?«

»Wir waren in der gleichen Vorlesung, im zweiten Semester. Er saß neben mir. Dann ist es schnell gegangen und wir sind zusammengezogen. Zu schnell würde ich heute sagen, aber im Nachhinein weiß man immer alles besser.«

»Warum?«

»Na ja, er ist eigentlich ein angenehmer, lustiger Mensch, doch sein Selbstbewusstsein war ziemlich angeknackst. Er war krankhaft eifersüchtig. So richtig hat sich das erst später gezeigt, als wir schon eine Weile zusammenwaren.«

»Oh …«

»In den ersten beiden Jahren fand ich es ja noch süß, dass er überall Konkurrenten sah. Aber irgendwann nervte es.«

»Konntest du nicht mit ihm reden?«

»Habe ich versucht.« Luise seufzte. »Tausende Male hab ich ihm die Treue geschworen, aber es kam einfach nicht an. Und als er mir dann eines Nachts unterstellte, ich hätte mich in der Bar nach anderen Männern umgesehen und dass er das nicht länger dulden könne, reichte es mir endgültig und ich habe einen Schlussstrich gezogen.«

»Wie hat er reagiert?«

»Für Thorsten brach eine Welt zusammen. Klar, er tat mir leid. Zuerst war er ganz still und fertig, doch dann ist er richtig aggressiv geworden, das ängstigte mich. Er fing an herumzuschreien und schlug mit der Faust auf die Wand. Da stand es für mich fest. Ich blieb mir treu und machte Schluss, sonst hätte ich keine Freiheit mehr gehabt, verstehst du?«

»Ja … natürlich. Das war richtig so.«

Insgeheim war Molly dankbar, dass Arnold so ein sanfter und liebevoller Mensch gewesen war, wenn auch nicht gerade reiselustig.

»Wir kündigten die Wohnung und unsere Wege trennten sich.«

»Und wie geht's dir jetzt damit? Ich meine, so eine Trennung ist irgendwo auch wie ein Tod – der Mensch ist aus dem Leben verschwunden.«

»Ja …, ich habe mich viel mit mir selbst, meinen Gedanken und Ansichten beschäftigt. Ich bin spirituell geworden, könnte man sagen«, formulierte sie vorsichtig. »Weißt du, ich bin der Meinung, dass das Sprichwort stimmt, dass man seines Glückes Schmied ist. Ich habe gelernt, dass wir uns die Dinge in unserem Leben sehr wohl selbst gestalten können.«

»Hm«, machte Molly nur, dann sagte sie leise: »Ich habe schon öfter davon gelesen, aber so wirklich verstehen tu ich es nicht. Obwohl ich schon erlebt habe, dass Dinge so passieren, wie ich es mir vorgestellt und gewünscht habe.«

»Ja, das ist es.« Luises blaue Augen blitzten.

»Aber gleichzeitig sind viele Dinge passiert, für die ich mich nicht bewusst entschieden habe, wie der Unfall meines Freundes zum Beispiel«, fügte Molly hinzu.

»Ja. Vieles läuft völlig unbewusst.«

Molly fuhr fort: »Ich glaube schon, dass es da noch mehr gibt, als wir vor uns sehen. Ich glaube an eine gute Kraft, die uns durchs Leben trägt.«

Luise nickte eifrig und fuhr fort: »Diese Reise zum Beispiel: Nach dem Studium suchte ich eine passende Arbeit in einem Architekturbüro. Ich bewarb mich bei verschiedenen Stellen, doch ohne Erfolg – ständig wurden andere Personen vorgezogen. Sehr frustrierend, sag ich dir.«

»Kann ich mir vorstellen«, erwiderte Molly und blickte dankbar auf ihren Job zurück, der so leicht auf sie zugekommen war.

»Doch dann eröffnete mir mein Vater, dass er einen Teil meines Erbes ausbezahlen würde, wenn ich wollte.«

Molly staunte.

»Natürlich sagte ich zu. Mit so viel Geld konnte ich nun locker reisen und trotzdem etwas sparen. Ich habe ja noch einiges vor.« Luise lachte. »Also beschloss ich, eine größere Reise zu machen und dem Bewerbungswahnsinn für eine Weile zu entfliehen.« Sie pausierte.

»Ich kann nur sagen, ich hätte es nicht besser planen können. Ohne das Geld und mit neuem Job hätte ich mir diese Reise wahrscheinlich nicht gegönnt und wäre gleich ins Berufsleben eingestiegen. Und dann, wer weiß … so leicht geht man nicht mehr weg – mehrere Monate lang, meine ich.«

Molly nickte fasziniert. Ihre Suppen wurden serviert und die beiden Frauen kosteten sie vorsichtig. Sie waren ziemlich scharf.

»Das müssen wir festhalten«, beschloss Molly und zückte ihr Handy. Sie lachten in die Kamera. Es war ein wunderbarer Abend.

Die nächsten Tage waren erfüllt von neuen Orten und unvergesslichen Erfahrungen. Sie wanderten durch Chiang Mai und standen am Goldenen Dreieck. Molly war fasziniert von dieser fremden Kultur, den prächtigen Tempeln, den mild lächelnden Buddhas und der besonderen Ausstrahlung der thailändischen Bevölkerung.

»Sie sind nie verschwitzt, selbst bei der größten Hitze, und sie haben immer ein friedliches Lächeln im Gesicht«, bemerkte sie, als sie durch die Straßen schlenderten.

»Das stimmt, echt toll.«

»Wenn doch nur Arnold das alles hätte sehen können. Er wäre so beeindruckt gewesen«, dachte Molly laut. »Hätte er doch mehr mitgezogen bei den Reiseplänen, dann wären wir vielleicht schon früher gereist.«

»Hm«, machte Luise, »wer weiß. Nun ist deine Zeit gekommen, genieße es, wie es ist. Auch wenn es nicht leicht ist.«

Molly spürte, er war da in ihrem Herzen. Sie lächelte.

KAPITEL 12

Die beiden Frauen gingen in ein kleines Ticketbüro und buchten eine Wanderung zu den Bergvölkern im Norden von Chiang Mai. »Ich bin ja so aufgeregt«, kicherte Molly, mit den Tickets in den Händen. Ihre dunklen Haare hatte sie locker auf dem Hinterkopf festgeknotet. Und sie trug wie immer eine Short, ein T-Shirt und Flip-Flops. Seit sie auf Reisen war, trug sie kein Make-up mehr. Sie genoss die Freiheit und ihre Haut war inzwischen samtig weich und schön braun geworden. »Mit meinen wenigen Klamotten komm ich eigentlich gut zurecht, und du?«, fragte sie Luise.

»Ja, ich auch. Mehr braucht man eigentlich nicht. Unglaublich, was ich mir da zu Hause oft für Gedanken gemacht habe.«

Sie spazierten zu Luises Veranda, füllten billigen Rotwein in Pappbecher und beobachteten die Sonne, wie sie langsam, aber sicher hinter den Dächern von Chiang Mai verschwand. Es wurde stockdunkel.

»Gehen wir schlafen!«, schlug Molly vor und sprühte sich nochmals mit Mückenspray ein. Ein paar Stiche hatte sie schon, trotz des Moskitonetzes. Sie juckten wie verrückt. Luise nickte und gähnte. Morgen wartete ein großer Tag auf sie. Molly verkroch sich in ihr Himmelbett. Der Gecko war verschwunden.

Ein weißer Minibus stand bereit, als die beiden Abenteuerinnen am nächsten Morgen zum Ausgangspunkt der Wanderung kamen. Sie stiegen zu den anderen Backpackern in den Bus. Er rumpelte über eine löchrige Straße, die aus der Stadt hinaus und in eine grüne Hügelland-schaft führte, die langsam in trockene Steppe überging. Der Bus blieb stehen und entließ seine Fahrgäste. Fasziniert ließ Molly ihren Blick über die menschenleere Gegend schweifen. Nur ursprüngliche Natur rings um sie. Hinter der Steppe erhoben sich die Berge. Hoch und mächtig streckten sie ihre Gipfel in die Wolken. Eine heiße Brise wehte Molly ins Gesicht und es roch nach staubiger Erde und verbranntem Gras. Ein Vogel kreischte in der Ferne. Ihr einheimischer Reiseführer kam auf sie zu und reichte ihnen freundlich die Hand. Taiko hieß er und war circa Mitte zwanzig. Er war ein durchtrainierter, stämmiger Bursche – für die schmalen Thailänder eher ungewöhnlich. Mit seinem zerzausten, schwarzen Haar und einem roten Bandana auf dem Kopf machte er einen coolen, wilden Eindruck.

Nachdem er sie begrüßt hatte, stellten sich alle Personen der Wandergruppe kurz vor: Dan aus Chicago, das Pärchen Lucie und Arno aus Amsterdam, James aus einer kleinen Stadt in der Nähe von London und Mel aus Brisbane. Molly reichte allen herzlich die Hand und freute sich, mit Menschen aus verschiedenen Winkeln der Erde unter-wegs zu sein. Taiko schulterte seinen Rucksack, stapfte los und gab da-mit das Zeichen zum Aufbruch. Molly tat es ihm gleich und war froh, mit nur leichtem Gepäck und einer Wasserflasche unterwegs zu sein. Es ging durch die Steppe und in die Berge, über ausgetrocknete Reis-felder und durch die Wälder, vorbei an wiederkäuenden Büffeln. Mor-gens war die Luft angenehm warm, aber tagsüber wurde sie heiß und trocken.

Die Sonne knallte vom Himmel und nur vereinzelt zogen dünne Wolkenteppiche an ihnen vorbei. Im Gänsemarsch schritt die Gruppe den schmalen Pfad entlang. Molly freute sich, diesen ursprünglichen Teil des Landes kennenzulernen und in so unberührter Natur zu wan-dern. Zwischendurch plauderte sie mit ihren Begleitern und sie lern-ten sich langsam besser kennen. Dan aus Chicago versuchte bei jeder Gelegenheit ein Foto zu schießen: vom Panorama der Landschaft, den Bäumen, den Blüten oder Insekten. Er trug eine Kamera samt Stativ mit sich und baute sein Equipment auf, sobald er die Gelegenheit dazu erhielt. Zu Beginn schmunzelte Molly noch über seinen Eifer, doch mit der Zeit nervte es sie sowie den Rest der Gruppe.

»Hey Mann! Nicht schon wieder!«, murrte James. Doch Taiko erhob keinen Einwand. Er wanderte an der Spitze der Gruppe und erzählte mit starkem, thailändischem Akzent von sich:»Ich bin in einem der kleinen Dörfer in den Bergen um Chiang Mai aufgewachsen. Wir waren sieben Familien in dem Dorf – mit vielen Kindern.« Er grinste.»Viel Spaß, aber keine Arbeit … viele Freunde sind weg. Meine Eltern sind noch da. Ich sorge für sie.«

»Verdienst du dein Geld mit den Touren?«, erkundigte sich Molly.

»Ja, mit Trekkingtouren für Touristen. Ich zeige ihnen die Berge, mein Land und das ursprüngliche Leben.«

»Das ist schön«, sagte Molly,»ist das okay für die Menschen?«

»Ja … es ist gutes Geld. Das ist wichtig für sie.«

Molly verstand.

»Wir schlafen eine Nacht in dem Dorf und ein Mann und seine Frau bereiten Essen für uns zu. Ihr solltet ›Danke‹ auf Thailändisch lernen – als Zeichen des Respekts.«

»Okay«, stimmten alle neugierig zu.

»Guten Tag heißt ›sawadii kah‹ für Frauen und ›sawadii khrap‹ für Männer – okay? und ›Danke‹ heißt ›koorb kunn ka‹ für Frauen und ›koorb kunn krabb‹ für Männer.«

Sie übten vor sich hin.

»Das vergesse ich sicher, bis wir dort sind«, befürchtete Molly. Luise lachte.

»Dann falten wir die Hände, das ist auch eine höfliche Geste.«

Während sie wanderten, sang Taiko ein thailändisches Volkslied. Ab und zu hielt er an, um seinen Gästen die Natur zu zeigen. So fasste er zum Beispiel blitzschnell eine kleine grüne Schlange am Schwanzende. Sie bäumte sich gefährlich auf. Molly staunte. Später pflückte Taiko kleine, grüne Mangos von einem der Bäume, die den schmalen Waldweg säumten. Geschickt öffnete er sie mit seinem kleinen Messer:»Versucht mal. Sie schmecken sehr süß!«

Molly biss in das saftige, süße Fruchtfleisch und war begeistert. So viel hatte sie über Thailand gelesen und nun konnte sie alles selbst spüren, schmecken und erfahren! Wie anders waren doch die Luft, die Gerüche, die Pflanzen und die Tiere. Von den Menschen ganz zu schweigen. Selbst das Sonnenlicht erstrahlte anders.

Während sie weiterwanderten, plauderte Molly mit Dan, dem Hobbyfotografen:»Was machst du denn zu Hause, Dan?«

»Ich bin im Investmentgeschäft, in Chicago.«

»Spannend!«

»Na ja, ich verdiene viel Geld. Aber der Druck und die Skrupellosigkeit der Branche machen mir manchmal sehr zu schaffen.«

»Setzt du auch auf riskante, undurchsichtige Finanzprodukte?«

»Manchmal …, sie bringen die größten Gewinnspannen. Man muss mithalten in der Branche, sonst ist man schnell weg vom Fenster«, erwiderte er trocken. »Ich habe mich auf die Natur, die Ruhe und etwas Bodenständigkeit gefreut, das kann ich dir sagen.«

»Dein Job ist sicher nicht einfach«, dachte Molly laut, »ob das auf Dauer glücklich macht …?« Dan schwieg und sein Blick schweifte in die Ferne, weit über die Wiesen und die Berggipfel hinweg.

Am liebsten unterhielt sich Molly mit Luise. Sie waren inzwischen gute Freundinnen geworden und Molly mochte Luises pragmatische, nüchterne Art. »Jammern bringt doch nix«, war ihr Lieblingsspruch. Sie war lebenslustig, neugierig und spirituell. Diese Mischung amüsierte Molly und sie lauschte gespannt ihren Ansichten.

»Ich versuche, nach den kosmischen Gesetzen zu leben, weißt du?«, verriet sie Molly, als sie so vor sich hin trotteten, »ich möchte sie für mich nutzen, denn alles ist Energie und mit dem freien Willen des Menschen ist alles für jeden wählbar.«

»Alles?«, fragte Molly ungläubig.

»Ja, das Gesetz der Anziehung wirkt immer.«

Molly dachte nach und sagte dann: «Ich habe mir zum Beispiel im Flugzeug vorgestellt, dass ich tolle Menschen kennenlerne. Also das hat schon mal funktioniert. Die Reise an sich auch.«

»Siehst du!«

»Aber ich vermisse Arnold«, fügte sie hinzu und senkte den Blick.

»Vielleicht hilft es dir, wenn du Frieden und Freude in deinem Herzen wählst. Damit ziehst du es zu dir, auch wenn du es im Außen nicht siehst. Lass es geschehen.«

»Das klingt so einfach«, stellte Molly fest.

»Pause!«, verkündete Taiko und ließ sich auf den Waldboden fallen. Dort war es schattig und angenehm kühl. Neben ihnen plätscherte ein Bächlein durch den dicht bewachsenen Waldboden. Überall ragten Büsche, Farne und Bäume ins Licht. Molly staunte über die dichte Vegetation, die sich so rasend schnell in trockenes Gestrüpp verwandelte, sobald das Wasser fehlte.

»Ich gehe meditieren, kommst du mit?«, fragte Luise und entfernte sich von der Gruppe.

»Warum nicht?«

Sie setzten sich ans Ufer des Baches und schlossen die Augen. Molly genoss die Stille und nahm die frische Luft bewusst in sich auf.

»Lass jede Schwere, alle Gedanken und Emotionen, die dir nicht mehr dienen, abfließen«, flüsterte Luise neben ihr. »Nimm deine Energie, dein Herz, wahr und dehne dich aus – weit … und noch viel weiter.«

In Mollys Kopf wurde es ruhig. Sie ließ ihre Traurigkeit über Arnolds Tod in den Boden fließen und nahm sich selbst, ihre Wärme und ein inneres Lächeln im Bauch wahr. Alles fühlte sich mit jedem Atemzug leichter an und Dankbarkeit durchflutete ihr Herz: Sie war dankbar für sich und ihr Leben. Eine ganze Weile saßen sie so am Wasser. Langsam öffneten sie ihre Augen und kehrten erfrischt zur Gruppe zurück. Taiko packte schon zusammen und sie brachen auf.

Nachdem sie einige Stunden durch Laubwälder, über Reisfelder und trockene Landschaft gewandert waren, kamen sie an das Ufer eines breiten Flusses. Ruhig bahnte er sich seinen Weg durch den lehmigen Boden. Links und rechts am Ufer ragten die Kronen riesiger Bäume in den Himmel und dichte Büsche kämpften um das Licht am Boden. Sie versperrten jede Sicht.

»Wieder Dschungel«, schoss es Molly durch den Kopf. Da fasste Taiko ein Seil und zog ein Floß aus dem Dickicht hervor.

»Bitte aufsteigen!«

»Der ist ja wirklich immer für Überraschungen gut.« Molly lachte unsicher und kletterte vorsichtig auf das Floß vor ihr. Es wackelte gefährlich.

»Achtung! Piranhas«, flüsterte er ihr ins Ohr. Molly schluckte.

»Nur ein Witz!«

Doch in Molly war nun das ungute Gefühl verankert, dass da tief unten im braunen Wasser gefräßige Tierchen auf sie warteten. Fest klammerte sie sich an die Holzpfeiler, während das Floß langsam mit der Strömung dahinschwamm. Der dichte Wald öffnete sich. Am weit entfernten Ufer erblickte Molly riesige Mangroven, die ihre Wurzeln in das braune Nass tauchten. Tief hingen ihre weiten Blätter herunter. Vogelrufe tönten durch den Wald und immer wieder raschelte es geheimnisvoll. Molly verfolgte jede Regung gespannt. Das Floß glitt weiter mühelos mit der sanften Strömung flussabwärts. Taiko stand an dessen Ende und hielt es mit einer Holzstange in Balance.

»Gleich sind wir da«, verkündete er und brachte sie sicher zur Anlaufstelle.

»Da bewegt sich etwas!«, flüsterte Molly Luise zu und zeigte auf ein leichtes Kräuseln im Wasser. Eine Schildkröte! Sie war dabei, sich aus dem Fluss zu schieben und Halt im Uferschlamm zu suchen. Ihr grünbrauner Panzer glänzte in der Sonne, während ihre kurzen Beine den Körper ruckartig nach vorne hievten.

Beeindruckt stieg Molly vom Floß und folgte Taiko, der munter in den Wald marschierte. Ihre Beine waren schwer vom langen Gehen. Doch der Weg durch den Wald war noch nicht zu Ende. Die Sonne färbte sich orange und es wurde Abend. Mittlerweile waren sie hoch in die Berge gestiegen und erste, wackelige Holzzäune wiesen auf ein Dorf hin. Sie erreichten einfache, teils schiefe Holzhütten, die auf schwarzem Erdboden standen. Das wies auf Brandrodung hin. Langsam näherten sie sich den Hütten, vor denen einige mit langen Tüchern bekleidete Frauen hockten und schwere Steinmörser in ihre Schüsseln stießen. Ringsherum spielten Kinder am Boden oder jagten den Hühnern hinterher. Hinter den Hütten konnte Molly grasende Ziegen erkennen.

»Ich bin gleich wieder da«, versprach Taiko und ließ seine Schützlinge stehen. Er verschwand in einer der Hütten und kam einige Minuten später mit einem älteren Mann zurück.

»Sawadii khrap«, grüßte die Gruppe artig, wie sie es gelernt hatten.

»Das ist Anuwat«, erklärte Taiko. Er war klein und hatte, wie fast alle, schwarzes Haar. Seine Haut war sonnengegerbt und braun. Er trug eine abgenutzte Hose sowie ein schmutziges T-Shirt. Seine Zähne waren schwarz.

»Das kommt vom Tabakkauen, das hier alle machen«, schoss es Molly durch den Kopf. Anuwat lächelte und hob die Hand. Er zeigte sein volles Gebiss. Mit einer weiteren Handbewegung lud er sie in eine der größeren Hütten ein – ihre Schlafhütte.

»Besonders stabil sind die ja nicht«, dachte Molly und sah sich um, »aber richtig kalt wird's hier ja nie – höchstens starken Regen müssen sie aushalten.«

In der Schlafhütte gab es nichts außer einen Holzboden und einige Moskitonetze.

»Lasst die Rucksäcke hier und breitet die Schlafsäcke aus«, wies Taiko sie an, »und kommt dann zum Abendessen. Anuwat und seine Frau Apiradi kochen für uns.«

Molly und Luise breiteten ihre Schlafsäcke am linken Ende des Holzbodens aus. Sie teilten sich ein Moskitonetz.

»Ob ich auf dem harten Boden schlafen kann?«, bezweifelte sie laut.

»Hm. Was anderes gibt es nicht«, stellte Luise trocken fest. »Jammern bringt nix.«

Als sie ins Freie traten, dämmerte es und sie griffen nach ihren Taschenlampen. Unter dem Vordach einer Hütte loderte ein Feuer, an dem Anuwat und seine Frau hockten und in alten, abgenutzten Alutöpfen rührten. Taiko brachte Holz und sie unterhielten sich in Thai. Ab und zu lachten sie laut auf. In den restlichen Hütten war es ruhig. Molly, Luise und die anderen Backpacker gingen auf sie zu und warteten vor der Hütte. Anuwat und Apiradi waren wie die meisten Thais fein und drahtig gebaut. Ihre Falten um die Augen ließen ihr Alter jedoch nicht bestimmen. Um die vierzig vielleicht. Molly fielen auch wieder ihre schwarzen Zähne auf – im Licht des Feuers erschienen ihre Münder wie kleine schwarze Löcher.

Plötzlich ertönten Kinderstimmen und eine Gruppe von Jungen und Mädchen in bunten Kleidern kam herübergelaufen. Sie lachten und schrien laut durcheinander. Anuwat hob die Hand, da beruhigten sie sich und stellten sich artig vor ihre ausländischen Gäste. Mit seinem Zeichen begannen sie einen traditionellen Tanz darzubieten und stimmten das dazugehörige Volkslied an. Leise drangen ihre hohen Kinderstimmen durch die Dämmerung.

Gerührt, aber etwas irritiert beobachtete Molly das bunte Treiben. Sie musterte die rot-blauen Mützen der Jungen, die mit zarten Mustern bestickt und mit kleinen Spiegeln geschmückt waren. Die Mädchen trugen entsprechende Kleider aus blau-violettem Stoff. Sie wusste, sie tanzten und sangen, um etwas Geld zu verdienen. Hell und fröhlich klang ihr Lied und sie hüpften im Kreis, die Hände abwechselnd nach oben gestreckt. Als ihre Vorführung zu Ende war, nickte Anuwat zufrieden und sie wandten sich wie erwartet an die Gäste. Lächelnd kam ein Mädchen mit geöffneter Hand auf sie zu und Molly zog einen Geldschein aus der Tasche.

»Koorb kuun ka«, antwortete das Mädchen und verneigte sich leicht. Molly tat es ihr gleich.

Mittlerweile hatten sich mehrere Dorfbewohner zu ihnen gesellt und beobachteten neugierig, was da unter dem kleinen Vordach der Hütte vor sich ging. Molly erinnerte sich an Taikos Erzählungen über ihre Lebensweise. Die Menschen hier lebten vom Ackerbau und den Tieren, die sie hielten: Schweine, Hühner und Ziegen. Nur in den seltensten Fällen konnten sie sich eine Kuh leisten. Die meiste Arbeit wurde von den Frauen und Kindern verrichtet, denn viele Männer waren dem Opium verfallen, das sie ebenfalls auf den hochgelegenen Wiesen anbauten.

In der Ferne hörte Molly das Grunzen der Schweine und Hühner gackerten vor sich hin. Sie fühlte sich geehrt, diese Lebensweise kennenlernen zu dürfen, die in krassem Gegensatz zu ihrer eigenen und der der Menschen im fernen Europa stand.

Anuwat wies auf einen einfachen Holztisch mit zwei langen Bänken, auf denen die Reisenden Platz nehmen durften. Erwartungsvoll setzten sie sich hin.

»Achtung!«, rief Taiko und stellte eine heiße Schüssel mit grünem Curry in die Mitte des Tisches.

»Mhhh, Curry!«, freute sich Molly. »Mein Bauch knurrt ja schon die ganze Zeit.«

»Meiner auch«, stimmte ihr Luise zu, »und unsere Körper brauchen dringend Kraftstoff!«

Sie griffen nach den kleinen Aluschüsseln mit Reis und den Gabeln, die vor ihnen lagen. Taiko verteilte das Curry und stellte noch ein kleines Schälchen Chili-Öl auf den Tisch.

»Very hot!«, warnte er.

Das war das Stichwort! Dan und James grinsten sofort. Schon den ganzen Tag hatten sie sich über thailändisches Essen unterhalten und geprahlt, wie scharf sie essen konnten. Molly sah Schlimmes auf sie zukommen. Und es kam, wie es kommen musste.

Schon wetteiferten die beiden darum, wer das Chili-Öl wohl austrinken könne.

»Ich zeig dir's«, prahlte Dan und griff nach dem Schälchen.

»Soll ich ein Foto machen?«, scherzte James. Als Dan das Chili-Öl tatsächlich Schluck für Schluck austrank, verstummte die Runde und starrte ihn an. Langsam füllten sich seine Augen mit Tränen, doch er hörte nicht auf. Erst als das Schälchen vollkommen leer war, setzte er es ab.

»Du bist echt verrückt, Mann!«, rief James.

»Ughh. Das war scharf.« Dan grunzte. Schnell steckte er sich einige Löffel Reis in den Mund. Molly schüttelte den Kopf. Solche Kindsköpfe! Wenn Arnold hier gewesen wäre, hätte er sicher versucht, sie zu stoppen. Denn für den Magen und den Darm konnte dieses Öl nur die Hölle sein. Molly sah Arnold bildlich vor sich, wie er eingreifen wollte. Sie hätte ihn sicher gestoppt und gesagt:»Das müssen sie selbst wissen, sie sind alt genug.«

»Ja, du hast ja recht«, hätte er sich geärgert und es schließlich gelassen und seinen Arm wieder um ihre Schultern gelegt. Sie vermisste seine Nähe, vermisste es, seinen Körper zu spüren. An diesem Abend war sie stiller als sonst. Taiko und die Gruppe spielten noch ein Trinkspiel und die Stimmung wurde immer ausgelassener. Doch Molly zog sich zurück.

»Ich habe keine Lust«, flüsterte sie Luise zu,»ich brauche etwas Ruhe.«

»Alles okay?« Luise schaute sie besorgt an.

»Ja, geht schon.«

Molly senkte den Blick. Dann knipste sie ihre Taschenlampe an und machte sich auf den Weg zum Schlaflager. Es war noch nicht ganz dunkel und sie erkannte, wie jemand vor einer Hütte am Boden saß und rauchte. Die Hütte lag erhöht über den anderen und bot einen wunderbaren Ausblick auf die Wälder und die Berge. In der Ferne leuchtete das Abendrot orange-rot. Ein Mann saß dort und rauchte an einer Pfeife. Molly begrüßte ihn freundlich und näherte sich ihm. Er lud sie ein, sich zu ihm zu setzen.

»So schön«, staunte sie,»ihr habt so ein friedliches und ruhiges Leben hier. Manchmal wünschte ich, mein Leben wäre auch so friedlich.«

»Hm«, gab der Mann von sich und sagte erstmal nichts. Hin und wieder nahm er einen Zug aus seiner Pfeife. Molly war sich nicht sicher, ob sie er verstanden hatte. Doch dann antwortete er:»Du kannst die Welt ansehen. Wir sind immer hier und haben kein Geld für Reisen. Du hast Glück.«

»Wie recht er hat«, dachte Molly und schwieg beschämt. Da reichte er ihr wortlos seine Pfeife. Zögernd griff sie danach und war überrascht, wie schwer sie war. Ein süßer, rauchiger Duft stieg ihr in die Nase. Vorsichtig nahm sie einen Zug. Sie fühlte den Rauch in ihrem Mund, wie er an ihrem Gaumen kratzte. Einige Sekunden später machte sich schon ein unglaubliches Hochgefühl in ihr breit. Hell und warm strömte es aus ihrem Bauch herauf.

»Opium!«, schoss es ihr durch den Kopf, dann lehnte sie sich zurück und schloss die Augen. Dem Hochgefühl folgte eine wohlige Ruhe mit tiefem, innerem Frieden. Molly nahm einen weiteren Zug und genoss. Den Mann neben ihr nahm sie nicht mehr wahr, denn was sie spürte, war Frieden und unglaubliche Freude. Gleichzeitig verspürte sie den Drang, die Augen zu öffnen. Sie tat es und glaubte zu träumen: Neben ihr saß Arnold! Wieder. Wie immer, in Jeans und seinem grauen Lieblingsshirt, die ungestümen Haare durch einen Seitenscheitel gezähmt. Er leuchtete hell und lächelte sie an, voller Liebe.

»Arnold!«, flüsterte Molly, »du bist wieder da?«

Er erwiderte nichts. Sie starrte ihn ungläubig an. Dann musterte sie dankbar sein Gesicht, seine ganze Person. Sie hatte schon befürchtet zu vergessen, wie er aussah. Still betrachteten sie sich gegenseitig und Molly fühlte ihre ewige Verbundenheit. Arnolds Licht verblasste langsam und zurück blieb die Schwärze der Nacht sowie der andere Mann an Mollys Seite. Molly drehte sich zu ihm, doch er rauchte seelenruhig vor sich hin und schien nichts bemerkt zu haben.

»Wow!«, dachte sie, »ich kann verstehen, dass das manche nicht mehr loslässt …«

»Danke sehr«, sagte sie und schlich zum Schlaflager. Nach einer Katzenwäsche verkroch sie sich im Schlafsack. Draußen hörte sie die Schweine grunzen und zwischendurch das Lachen ihrer Wegbegleiter.

Sie hatte das Gefühl, Arnold zu spüren. Die feine Energie und seine Wärme – hier, direkt neben ihr. »Bist du da?«, flüsterte sie und wartete. Nichts.

KAPITEL 13

Molly erwachte vom Gemurmel und dem Rascheln um sie herum. Mel, Luise und Dan packten ihre sieben Sachen. Es war noch früh, aber sie wollten zeitig aufbrechen. Gähnend erhob sich Molly. Auch die restlichen Reisekumpanen erwachten nach und nach.

»Mann! Mein Kopf!«, stöhnten sie, »wohl etwas zu viel Alkohol erwischt.« Sie kamen nur schwer aus ihren Schlafsäcken, doch mit heißem Kaffee und süßem Brot von Apiradi tankten sie neue Energie.

»Auf geht's!«, spornte Taiko seine Gruppe an und gehorsam schulterten sie die Rucksäcke.

»Herzlichen Dank für alles!« Molly verbeugte sich leicht vor ihren Gastgebern. Diese lächelten freundlich, zeigten ihre schwarzen Zähne.

»Ich werde sie nie mehr wiedersehen«, dachte Molly wehmütig und winkte ihnen, bis sie hinter den Bäumen verschwunden waren.

Taiko führte seine Gruppe gutgelaunt, wie immer, über weite Wiesenlandschaften in den Wald. Er sang vor sich hin und präsentierte Besonderheiten der thailändischen Natur: »Das ist ein Mormonen-Schmetterling. Er ist dunkelblau.« Molly staunte über die Größe und die prächtigen Farben des Falters. Sie kamen gut voran, doch im Vergleich zu gestern wanderte die Gruppe eher still und müde vor sich hin. Dan stöhnte. Sein Magen schmerzte vom Chili-Öl. Anscheinend hatte er Durchfall – kein Wunder. Da blickte Taiko besorgt zum Himmel, denn dunkle Wolken verdichteten sich hinter ihnen.

»Alles okay?«, wandte er sich an Dan.

»Mhhh, es tut höllisch weh.« Er stöhnte und verzog das Gesicht. »Ich kann nicht mehr …« Er ließ sich auf die Erde fallen und hielt sich den Bauch. James grinste schadenfroh.

»Immer dieser Wettbewerb«, ärgerte sich Molly.

»Wir können jetzt nicht umdrehen«, erwiderte ihr Anführer, »der Rückweg ist viel länger als der Weg, der vor uns liegt. Ich kann dich nicht alleine runterbringen. Wir haben hier nicht mal Netzempfang.« Da wurde Molly bewusst, wie sehr sie sich im Niemandsland befanden. Rund um sie nur Wiesen, Wälder und Berge, keine Menschenseele meilenweit. Nur dunkle Wolken. Dan durfte jetzt nicht aufgeben. Sie fühlten sich zusehends unwohl.

»Was sollen wir tun, wenn er wirklich nicht mehr kann?«, fragte Luise in die Runde. Dan grunzte.

»Dann tragen wir ihn«, meinte Taiko gelassen. Molly stöhnte und wurde blass. Sie sah sich schon mit Dan auf den Armen den schmalen Pfad dahinstolpern.

»Aber keine Angst«, sagte Taiko und schaute sich suchend um.

»Was macht er jetzt?«, fragte Molly Luise.

»Vielleicht sucht er eine Schlange für den Todesbiss«, meinte Luise trocken. Molly schwieg. Da fielen erste, dicke Tropfen und Taiko kam endlich mit ein paar Pflänzchen zurück.

»Regen kommt. Und Wind. Wir müssen uns unterstellen!«, rief er und suchte die Gegend abermals ab. Sie waren in weiter Steppe mit trockenem, gelbem Gras zu ihren Füßen.

»Laufen! Da vorne ist der Wald – und Felsen.« Taiko zeigte auf eine Baumreihe in der Ferne.

»Und ich?«, stöhnte Dan vom Boden herauf.

»Tragen!«, verkündete Taiko und hockte sich vor Dan. Es sah komisch aus, wie der kleine, drahtige Thailänder vor dem, großen, massigen Amerikaner hockte. Dan griff nach Taikos Schultern und zog sich hoch. Der wankte und James und Mel eilten zu Hilfe. Gemeinsam hievten sie Dan hoch und stützten Taiko an den Armen. Molly und Luise nahmen Dans Rucksack und die Kamera und eilten dem komischen Gespann hinterher.

Der Regen hatte inzwischen eingesetzt und flutete regelrecht vom Himmel. Innerhalb weniger Sekunden waren sie völlig durchnässt und ihre Schuhe klatschten bei jedem Schritt.

Der Boden war weich und lehmig geworden und es war schwer, vorwärts zu kommen. Molly löste Mel an Taikos Arm ab und versuchte, ihn, so gut es ging, zu stützen. Taiko rutschte und schnaufte. So eilten sie über das Steppengras. Regen rann über ihre Wangen und der Himmel war noch immer tief grau.

Die rettenden Bäume kamen langsam näher und sie erblickten zwei schützende Felsen, die Taiko gezielt ansteuerte.

»Geschafft!«, sagte Taiko und ließ sich samt Dan auf den Boden fallen. Alle sanken erschöpft zu Boden.

»Da habt ihr uns ja was Schönes eingebrockt!«, schimpfte Lucie, die Holländerin, los. Sie ergriff die Hand ihres Verlobten und schaute finster in die Runde. »Das hätte gefährlich enden können. Ihr Kindsköpfe!!«

Dan und James blickten verlegen zu Boden, doch wirkliche Reue ließen sie nicht erkennen. Lucie schnaubte und Arno streichelte beruhigend ihre Hand.

»Wir warten«, entschied Taiko emotionslos und lehnte sich müde an den Felsen. Er schloss die Augen und bewegte sich nicht mehr. Der Regen hörte langsam auf. Letzte Windböen streiften um die Bäume.

»Schläft er jetzt?«, flüsterte Luise.

»Sieht so aus …«, erwiderte Molly und musterte den entspannten, jungen Mann.

»Seine Ruhe möchte ich haben«, sagte sie und lehnte sich ebenfalls zurück. Sie waren pitschnass, aber glücklicherweise wurde es wieder wärmer.

Dan lehnte ebenfalls mit geschlossenen Augen am Felsen und schlief.

»Na, dann erholen wir uns doch auch ein bisschen«, schlug James vor und drückte seine nasse Hose aus.

»Reisen ist Abenteuer!«, stellte Mel grinsend fest und schloss die Augen. Molly tat es ihr nach, setzte sich und war kurz darauf eingeschlafen.

Als sie ihre Augen öffnete, hockte Taiko vor Dan am Boden und rieb exotische Pflanzen, zwischen zwei Steinen, bis sie nur mehr aus Fasern bestanden. Er strich die Paste auf Dans Lippen.

»Nimm das. Das hilft.« Angewidert leckte Dan sie ab und spülte Wasser nach. Er verzog das Gesicht.

»Selber schuld!«, murrte Molly, »erst bringt ihr uns in Gefahr und dann noch beschweren.«

Sie warteten eine Weile. Das Zeug wirkte schnell und Dan ging es besser. Er konnte aufstehen und stapfte gebückt vorwärts. Taiko nahm zuerst Rücksicht, dann schritt er aber wieder flott voran. Er führte sie weiter über trockene Reisfelder und durch die Savanne. Endlich hatte die Gruppe einen gemeinsamen Rhythmus gefunden und sie kamen gut voran. Dans Magen hatte sich dank Taikos Heilkräutern beruhigt. Bei Einbruch der Dunkelheit stiegen sie einen steilen, schmalen Pfad bergab und erreichten den Endpunkt der Wanderung. Augenblicklich sackte Dan am Straßenrand zusammen, er war am Ende seiner Kräfte. Auch Molly und Luise freuten sich, angekommen zu sein. Sie waren verschwitzt und ihre nackten Beine staubverschmiert. Die kurzen Hosen und T-Shirts starrten vor Staub und Schweiß. Molly stützte sich auf Luise und klopfte ihr auf die Schulter. Diese lachte und sagte: »Gut gemacht, English Girl! We did it!«

Voller Freude waren sie am Ziel.

Es dauerte nicht lange, und der Minibus kam durch die Dämmerung gefahren. Er würde sie zu ihren Unterkünften bringen. Erschöpft, aber erleichtert und stolz stiegen sie ein und nahmen auf den engen Bänken Platz. Der Minibus startete und auf dem Weg ins Tal wurden seine Insassen ordentlich durchgeschüttelt. Die Straße war mit tiefen Rillen und erdigen Höckern übersät. Es war dunkel geworden. Die Scheinwerfer des Minibusses warfen zwei helle Lichtkegel auf die Straße, doch der Rest versank in tiefer, schwarzer Nacht. Molly beschlich ein mulmiges Gefühl.

»Hoffentlich weiß der Fahrer, was er da tut«, dachte sie und blickte konzentriert auf die Straße. Der Mann lenkte das Fahrzeug geschickt von der Hochebene in die Stadt hinab. Kurve für Kurve näherten sie sich dem Tal. Es rumpelte und wackelte immer wieder gewaltig und Molly klammerte sich an ihren Sitz. Luise sah blass aus. Doch Taiko saß entspannt, aber konzentriert vorne neben dem Fahrer. Das beruhigte Molly, und als der kleine Bus endlich auf die asphaltierte Hauptstraße bog, hatten sie es geschafft. Der Bus hielt vor dem »Green Garden« und Taiko versammelte seine Gruppe ein letztes Mal um sich.

»Das hat Spaß gemacht! Trotz Chili-Öl-Unfall. Danke, dass ihr mit mir gewandert seid!«, rief er und klatschte alle mit einem High Five ab.

»Wir danken dir, Taiko! Es war wirklich beeindruckend!«, erwiderte Molly und sie steckten ihm etwas Trinkgeld zu. Taiko strahlte. »Du hast uns wirklich gut durch die Berge geführt und uns einen tollen Einblick in deine Heimat gewährt.« Wieder spürte sie einen kurzen Stich im Herzen – auch Taiko würde sie nie wiedersehen.

»So ist das mit dem Reisen«, dachte sie still, »jedem neuen Abenteuer liegt ein Abschied inne und das Voranschreiten ist die Essenz des Reisens.«

Sie umarmten sich und Dan sammelte alle Adressen ein. Er wollte jedem eine Foto-CD der Wanderung zukommen lassen.

»Weil ihr so geduldig mit mir wart.« Er lachte und zwinkerte ihnen zu. Molly und Luise packten ihr kleinen Rucksäcke und gingen zu ihren Bungalows.

»Jetzt wird erstmal geschlafen«, entschied Molly gähnend. Luise umarmte ihre Freundin und sagte: »Schlaf gut, Süße! Es war toll. Bis morgen beim Frühstück. Im Restaurant? Wann auch immer?« Molly nickte zufrieden und küsste sie auf die Wange. »Gute Nacht, Luise!«

»Dieses Porridge mit frischen Früchten ist einfach der Hammer!«, schwärmte Luise lautstark, als Molly im Restaurant des »Green Garden« erschien, »du musst es unbedingt probieren.«

Molly bestellte erstmal einen starken Kaffee.

»Der weckt Tote auf!«, stellte Molly nach dem ersten Schluck zufrieden fest. Ihre Lebensgeister waren wiedererwacht. Sie hatten beide Muskelkater, aber jammern hilft bekanntlich nix.

Es war stickig heiß und die Sonne stand hoch am strahlend blauen Himmel. Es war schon später Vormittag.

»Ich kann mich nicht entscheiden, wohin ich als nächstes reisen möchte …«, dachte Molly laut, »auf jeden Fall in den Süden – zu den Inseln. Aber ich weiß nicht, ob es nach Ko Tao oder nach Ko Phi Phi don gehen soll?«

Luise dachte kurz nach.

»Ko Tao ist eine ruhige Taucherinsel und auf Ko Phi Phi Don ist Baden und Party angesagt.« Sie bestellte noch eine kühle Limo und band sich die Haare zusammen. Sie war inzwischen so schön braun und genoss es jeden Tag in Shorts, T-Shirt und Flip-Flops herumzulaufen.

»Hm, eine Woche Urlaub habe ich noch … dann flieg ich zurück in mein vertrautes Leben.« Molly seufzte wehmütig. Aber sie war nicht mehr dieselbe, das spürte sie.

»Also, ich will weiter nach Ko Phi Phi Don. Ich habe schon ein Zimmer in einem kleinen Hotel reserviert. Komm doch mit«, schlug Luise vor, »erholen kannst du dich auf Ko Phi Phi auch. Und einen Tauchschein willst du ja nicht unbedingt machen, oder?«

»Nein, dafür ist die Zeit zu kurz. Aber vielleicht ein anderes Mal«, erwiderte Molly träumerisch, »ich würde mich gern am Meer entspannen und mit dem Longboat um die Insel fahren.«

»Das kannst du auf Ko Phi Phi auch. Und wir könnten mal richtig Party machen. Ich würde mich freuen!« Luise schob grinsend ihren letzten Löffel Porridge in den Mund. Ihre blauen Augen leuchteten, als würden sie »Das Leben kann kommen!« rufen.

Molly lachte und dachte: »Es ist so lustig mit ihr. Warum nicht? Mir steht alles offen.«

»Na gut!«, entschied sie laut, »lass uns morgen aufbrechen.«

»Prost!«, rief Luise und hielt ihr ihre Kaffeetasse entgegen. Lachend prostete ihr Molly mit ihrer Tasse zu.

Den restlichen Tag verbrachten sie damit, einen passenden Inlandsflug nach Krabi und ein anschließendes Speedboat nach Ko Phi Phi Don zu finden. Sie hatten Glück, denn es waren noch Plätze frei.

»Perfekt«, jubelte Molly, »dann haben wir noch einen Tag hier in Chiang Mai. Lass uns die Stadt anschauen.«

»Mir ist irgendwie komisch. Mein Magen … ich glaub, ich habe mir was eingefangen«, ächzte Luise plötzlich. Sie verzog das Gesicht. »Ich bleib besser hier.«

»Ich hoffe, du hast kein Chili-Öl getrunken«, scherzte Molly. Luise verdrehte die Augen.

»Brauchst du was? Kann ich dir irgendwie helfen?«

»Nein, danke. Nur meine Ruhe. Mir ist schlecht«, murmelte sie und verkroch sich in ihrer Hütte.

So machte sich Molly alleine auf den Weg und flanierte vergnügt durch die Hauptstraßen der Stadt. Ihr Leben zu Hause kam ihr so weit weg vor, fast unwirklich. Molly war im Frieden mit sich selbst. Klar, sie vermisste Arnold. Sein Tod war erst einige Monate her, aber die

Zeiten, in denen sie nach vorne schaute und das Leben mit offenen Armen begrüßte, waren zur überwiegenden Mehrheit geworden. Dafür war sie dankbar.

Mittlerweile hatte sich Molly an das heiße Klima gewöhnt und sie schwitzte nicht mehr so viel. Trotzdem vermied sie die pralle Sonne. Darum ging sie im kühlen Schatten unter den Palmen, die neben den Straßen wuchsen. Auf den Straßen Chiang Mais bahnten sich Tuk-Tuks, Mopeds, Autos und Busse ihren Weg durch die Stadt und überall waren Menschen: auf den Gehsteigen, in den Geschäften und in den Restaurants. Meist waren es Einheimische, aber auch unzählige Touristen aus aller Welt durchkämmten Chiang Mai. Molly flanierte an vielen kleine Geschäften und Ständen vorbei, die das Innere der Stadt säumten. Neugierig, aber teilweise irritiert betrachtete sie, was dort angeboten wurde: geräucherte Enten samt Kopf und Füßen, riesige getrocknete Korallenschwämme, in Alkohol eingelegte Tigerpenisse und getrocknete Schweineklauen. Dann kam sie an riesigen Obstständen vorbei, deren Früchte sie noch nie gesehen hatte. Heute war sie nicht experimentierfreudig und kaufte, was sie kannte: eine Mango und eine halbe Papaya. Die schmeckten wunderbar süß und saftig. Als sich die Sonne neigte, kehrte sie müde und erschöpft ins »Green Garden« zurück. Sie klopfte bei Luise, doch niemand öffnete.

»Sie wird wohl unterwegs sein«, dachte Molly bei sich und beschloss, mit dem Packen zu beginnen. Mittlerweile war sie darin routiniert und bald hatte sie ihre sieben Sachen beisammen. Danach spazierte sie zum Restaurant, wo sie Luise fand, die in ihrem Reisetagebuch schrieb.

»Wie geht es dir, Luise?«, wollte Molly gleich wissen.

»Schon besser, ich glaube, ich hab's überstanden. Verdammtes Virus oder was immer das war. Vielleicht war etwas mit dem Essen. Ich habe jedenfalls gekotzt wie ein Reiher.«

»Oh, das tut mir leid. Gott sei Dank, geht's dir jetzt besser. Also können wir morgen los?«

»Auf jeden Fall! Ich bin schon so gespannt auf die Inseln.« Luise strahlte wie eh und je.

Molly erzählte ihr von den heutigen Erlebnissen.

»Ich finde diese Kultur echt faszinierend, aber teilweise auch irritierend. Ich könnte diese Tiere nie einfach so essen zum Beispiel.«

»Ich weiß, was du meinst«, antwortete Luise, »den Thailändern geht's wahrscheinlich auch so, wenn sie bei uns gewisse Dinge sehen.«

»Wahrscheinlich. Unsere Kulturen sind extrem verschieden. Lass uns gehen.«

Luise und Molly spazierten über die Flachsteine zu Luises Bungalow und ließen sich auf den Boden der Veranda nieder.

»Meditieren?«, fragte Luise und Molly nickte. Sie verschränkten die Beine, schlossen die Augen und versanken dankbar in sich selbst.

KAPITEL 14

Es war 10 Uhr morgens, als sie am Flughafen mit ihren Rucksäcken aus dem Tuk-Tuk stiegen. »Koorb kunn krabb«, bedankten sie sich und gaben dem Fahrer ein gutes Trinkgeld. Als Dank zeigte er ihnen alle seine schwarzen Zähne. Sie nickten leicht angeekelt und gingen in die Abflughalle.

Dort legten sie ihre Rucksäcke beim Check-in aufs Band und Molly staunte einmal mehr, wie wenig verschwitzt und wie entspannt die Einheimischen aussahen. Sie musterte die Dame am Check-in-Schalter, den Mann am Boarding Gate und die Mitarbeiterin an der Gepäckkontrolle. Alle trugen blitzsaubere dunkelblau-weiße Uniformen und lächelten die teils zerzausten westlichen Touristen freundlich und ausgeglichen an. Die einheimischen Reisenden unterhielten sich zwar emsig, wirkten aber trotzdem entspannt.

»Das muss der buddhistische Glaube sein«, flüsterte Molly Luise zu, »und das Meditieren …«

»Oder die Absicht, nie das Gesicht zu verlieren«, stellte Luise trocken fest.

»Diese Ruhe und Ausgeglichenheit möchte ich mir aber trotzdem mit nach Hause nehmen. Und Meditieren möchte ich auch weiterhin.«

Die zwei Stunden im Flugzeug verflogen im wahrsten Sinne des Wortes und Molly döste mit entspannender Musik aus ihren Kopfhörern vor sich hin. Sie fühlte sich leicht und frei.

Nachdem sie ihre Rucksäcke in Empfang genommen hatten, stiegen sie in den Bus nach Krabi und fuhren zum Town Pier, wo die Speedboote auf sie warteten.

»Noch eine Stunde bis zur Abfahrt«, stellte Luise fest und ließ sich neben ihrem Rucksack am Pier nieder. Molly setzte sich daneben und gedankenverloren blickten sie beide aufs offene Meer hinaus. Still beobachteten sie die Wolkenpolster, die fast unmerklich übers Wasser zogen.

»Das Leben kann so einfach sein«, schwärmte Molly.

»... und so schön!«, fügte Luise hinzu.

Ein Speedboat legte an und die Touristen aus Ko Phi Phi Don stiegen aus. Kurz darauf gab ein Matrose das Zeichen zum Einstieg und Molly, Luise und die anderen Reisenden gingen vorsichtig an Bord.

»Gut festhalten! Es gibt starke Wellen!«, warnte er durch einen Lautsprecher, bevor sie loslegten. Tatsächlich flogen sie regelrecht über die Wasseroberfläche und platschten immer wieder auf große Wellen. Das Boot wankte und stockte, doch kurz darauf brauste es problemlos weiter. Molly stand an der Seite und hielt sich an der Reling fest. Ihr Blick ging in die Ferne, der Wind zerrte an ihrem Haar und sie sog die salzige Luft ein.

»Ist das nicht toll?«, rief sie Luise neben sich zu. Diese drehte den Kopf im Wind und nickte. So flogen sie übers Wasser, ab ins nächste Abenteuer.

Geschmeidig legte das Speedboat am Pier an. Im Gänsemarsch gingen sie an Land und Molly schaute sich um. Es war ganz anders hier: Es herrschte Urlaubsstimmung und die hauptsächlich westlichen Touristen trugen Badekleidung oder schöne Urlaubsgarderobe, schleckten entspannt an ihrem Eis oder saßen in der Sonne. Überall gab es Cafés und Kneipen und bunte Schilder wiesen den Weg zu Hotels, Pensionen und Bungalows. Mollys Herz hüpfte: »Ja ... Urlaub! Strand, Sonne und Meer. Yeah!«

Luise ging auf einen Mann zu, der ein Logo ihres Hotels hochhielt. Er winkte ihnen und begrüßte sie freundlich:

»Hello! Welcome. Bitte einsteigen.«

Er öffnete die Tür eines Minibusses, der sie zu ihrer Unterkunft brachte. Aufgeregt stiegen die beiden Frauen ein und kurz darauf folgten weitere Backpackerinnen. Sie rückten zusammen und der Mann startete den Motor. Rasant kurvten sie über die Insel zum Hotel. Im Bus war es drückend heiß. Molly versuchte sich zu kühlen und fächerte sich mit dem Reiseführer frische Luft ins Gesicht.

Auf einmal tauchte ein strahlend weißes Hotel vor dem blauen Horizont auf. Es stand auf einer kleinen Anhöhe und der Weg zum Eingang war gesäumt von königlichen Palmen.

»Oh, das ist ja ein Palast«, staunte Molly, »zu Hause könnte ich mir das niemals leisten.« Eine entspannt lächelnde Dame empfing sie an der Rezeption und führte sie durch einen schattigen Innenhof zu ihrem Doppelzimmer. Bunte Brunnen plätscherten lustig vor sich hin. Sie öffnete eine Eingangstür aus geschliffenem, dunkelbraunem Holz, dessen Maserung ein tolles Muster ergab.

Die beiden Frauen traten in ein helles, mit antiken Möbeln ausgestattetes Zimmer ein. Sein Boden war mit meeresblauen, fein gemusterten Kacheln gefliest und leichte weiße Vorhänge bewegten sich im Einklang mit der vorbeiwehenden Meeresbrise. Alles erschien luxuriös und aufwendig. Leise surrte eine Klimaanlage an der Decke. Molly öffnete die Balkontür und ließ ihren Blick übers Meer schweifen.

»Ist das nicht klasse?« Sie seufzte und ließ sich dann aufs Bett fallen. »Urlauuuubb!«

Luise lachte und öffnete ihren Rucksack vor dem Schrank. Sorgsam legte sie ihre wenigen Sachen hinein.

»Ich will Meer und Strand«, rief Molly dramatisch, »jetzt sofort!« Sie erhob sich, holte die Badesachen aus dem Backpack und fragte: »Kommst du mit? Ich schau mal, wo's zum Meer geht.«

»Ja, ich komme gleich. Ich möchte nur noch schnell meine Schmutzwäsche zum Waschservice bringen. Ich komme nach, okay?«

»Klar. Bis dann!«

Molly ging durch den Innenhof und freute sich über die Sauberkeit und Eleganz des Hotels und genoss es, wieder einmal für längere Zeit angekommen zu sein. Das ständige Unterwegssein und das damit verbundene Leben aus dem Rucksack waren zwar aufregend, aber auch anstrengend. Ankommen tat gut. Dann kam ihr ihr gefüllter Kleiderschrank in England in den Sinn. Unendlich weit weg schien er zu sein.

»Ich werde mich wohl nicht mehr entscheiden können, was ich anziehe, wenn ich zu Hause bin«, dachte Molly lächelnd. Bis jetzt war sie mit so wenig ausgekommen und es hatte ihr an nichts gefehlt. Natürlich kam ihnen das warme Klima entgegen.

Wenige Minuten später stand sie am Strand. Er war fast menschenleer und so lang, dass Molly seine Enden nicht erblicken konnte. Glücklich trat sie barfuß in den feinen fast weißen Sand. »Das ist ja wie im Reisejournal«, stellte sie fest und breitete ihren Sarong im warmen Sand im Schatten einer Palme aus. Sie zog sich ihr Shirt über den Kopf und legte sich im Bikini auf das Tuch.

»Wie ruhig das Meer doch ist«, dachte sie. Sein Wasser schimmerte blau-grün und sanfte Wellen rollten an den Strand. Der Horizont war erfüllt von warmen Sonnenstrahlen und dünne Wolkenfetzen standen unbeweglich am Himmel. Molly ließ Sand durch ihre Finger rieseln, dann drehte sie sich auf den Rücken, schloss die Augen. Nachdem sie einige Male zufrieden durchgeatmet hatte, war sie auch schon eingeschlafen.

»Kalt, ihhh … Nein!« Molly riss die Augen auf und schoss in die Höhe. Ihr Bauch war klitschnass und kalt. Luise kniete mit triefend nassem Haar vor ihr und lachte.

»Aufgewacht, Schlafmütze! Du bist schon krebsrot!«

Tatsächlich. Molly hatte fast zwei Stunden unter der Palme geschlafen. Sie bot zwar etwas Schatten, doch die Sonne war zu stark.

»Oje! Ein Sonnenbrand. Da wirst du dir wohl was anziehen müssen«, riet sie ihr. Zerknirscht stülpte sich Molly ihr T-Shirt über.

»Lass uns in den Schatten gehen und was trinken«, schlug Luise vor. Molly packte ihre Tasche und sie tapsten durch den heißen Sand zur Strandbar. Mit ihrem hellen Strohdach, den Barhockern und gemütlichen Hängematten unter Palmen wirkte sie einladend. Entspannt nahmen sie auf Barhockern Platz und eine hübsche Thailänderin mixte Cocktails für sie. Anmutig reichte sie ihnen zwei große, mit Ananasscheiben und bunten Blüten dekorierte Gläser.

»Das ist mal ein Cocktail«, freute sich Molly und drehte das Glas langsam im Kreis. Dann nahm sie einen kräftigen Schluck.

»Mhhh, total süß und erfrischend!«

»So lässt es sich leben, nicht wahr?« Luise schmunzelte. Sie nippten eine Weile an ihren Drinks und bewegten sich langsam im Rhythmus der Musik. Tiefe Trommelschläge und mystische Klänge erfüllten die Luft. Ein Longboat glitt im Wasser vorbei und seine bunten Bänder flatterten lustig im Wind.

»Ich möchte auch so eine Longboat-Tour machen«, träumte Molly laut vor sich hin.

»Ja, dann machen wir doch eine«, erwiderte Luise und leerte ihren Cocktail. Sie sprang auf. Jetzt war Action angesagt.

»Lass uns checken, wann die nächste Tour startet!« Molly war sofort dabei und sie machten sich auf zur Rezeption, um sich über mögliche Bootsfahrten zu erkundigen.

Tatsächlich. Am nächsten Morgen waren noch Plätze frei. Sie würden die Küste von Ko Phi Phi Don entlangfahren, bei einem Riff schnorcheln und an wunderbaren Stränden in der Sonne liegen. Rasch kauften sie die Tickets.

Mit Sonnenhut und Brille warteten Molly und Luise am nächsten Morgen am Pier. Ihre bunten Sommerkleider wehten leicht im Wind und ihre Badesachen hatten sie in einem kleinen Rucksack verstaut. Im Wasser schaukelten mehrere Boote vor sich hin. Sie waren aus edlem Holz gebaut und liefen vorn und hinten spitz zusammen. An beiden Enden ragten dünne Balken in die Höhe, die mit bunten Bändern geschmückt waren. Ein weißes Sonnendach in der Mitte spendete etwas Schatten.

Ein älterer Mann öffnete eines der Boote. Er winkte Molly und die anderen Touristen zu sich herüber.

»Willkommen! Einsteigen, bitte«, begrüßte er sie in brüchigem Englisch.

Vorsichtig nahmen sie auf schmalen Holzbänken Platz. Molly genoss die Gesellschaft von Menschen aus verschiedenen Ländern der Erde und erkannte Sprachen wie Holländisch, Chinesisch, Spanisch und Deutsch.

Das Boot setzte sich langsam in Bewegung und ihr Steuermann führte es sicher aufs offene Meer hinaus. Sie glitten die Küste entlang. Hohe Felswände zogen an ihnen vorbei und immer wieder ragten riesige, mit Gras bewachsene Felsblöcke aus dem Wasser heraus.

»Wie sind die denn da bloß hingekommen?«, wunderte sich Molly, »sie sehen aus, als wären sie vom Himmel ins Wasser gefallen und dort einfach steckengeblieben.«

»Keine Ahnung.« Luise zuckte mit den Schultern.

Die salzige Luft, das Rauschen des Meeres und die warmen Sonnenstrahlen verwöhnten Mollys Sinne. So schipperten sie etwa zwei

Stunden an der Inselküste entlang und Molly bewunderte die einzigartige Naturlandschaft. Der Mann reichte ihnen saftige, süße Ananasstücke.

»Das Obst ist um Welten besser als zu Hause«, schmatzte Molly.

»Ja. Hier kann es auch reifen und wird nicht grün geerntet und ewig lang in die Welt transportiert«, antwortete Luise.

Das Longboat ankerte in einer kleinen Bucht und ihr Steuermann und Kapitän öffnete eine Kiste mit Taucherbrillen, Schnorcheln und Flossen.

»Bitte sehr… Vorsichtig ins Wasser springen. Korallen sind scharf.«

»Gibt es viele Fische da unten?«, fragte Luise.

»Ja, viele. Groß und Klein!«, erwiderte er und lächelte stolz.

»Klasse!«, rief Molly begeistert und schnappte sich eine Taucherbrille. Sie schlüpfte aus ihren Shorts und ließ sich im Bikini langsam ins Wasser gleiten. Es war warm und die Wellen hoben und senkten ihren Körper. Molly nahm den Schnorchel unverzüglich in den Mund, um kein Salzwasser zu schlucken. Dann steckte sie den Kopf ins Wasser und schaute sich tief atmend um: Unter ihr lag eine unglaubliche neue Welt. Überall wuchsen Korallen in den unterschiedlichsten Farben und Formen. Sie standen auf Felsen, die von der Bucht bis weit ins Meer reichten. Lange, grüne Farne schwangen zwischen den Korallen langsam in der Strömung hin und her. Dazwischen blitzten immer wieder Fische auf. Sie schimmerten in allen Farben und sie tummelten sich zwischen den Korallen oder versteckten sich hinter großen Muscheln.

Molly brauchte Luft und hob ihren Kopf aus dem Wasser. Sie atmete tief ein und tauchte dann mit kräftigen Schwimmbewegungen in die Tiefe. Sie schaffte an die drei Meter und beobachtete fasziniert die feinen Arme der Korallen, die sich in der Strömung ausbreiteten. Einige Fische blinzelten vorsichtig aus ihren Verstecken hervor. Plötzlich schoss ein bunter Triggerfisch auf Molly zu. Er biss in ihre Flosse und Molly fuhr erschrocken herum. Sie strampelte wild, und der Fisch ließ los. Eilig tauchte sie auf und schnappte nach Luft.

»Ein riesiger Fisch!«, rief sie dem Kapitän zu, »er hat mich angefallen!« Der erklärte ihr, dass Triggerfische nur ihr Revier verteidigten, wenn man ihnen zu nahekommt. Erschrocken blieb sie erstmal an der Oberfläche und ließ sich im Wasser liegend treiben. Da tauchte auch Luise prustend auf.

»Das ist mega! So viele Fische!«, rief sie begeistert. Molly konnte nur zustimmen.

Molly fasste wieder Mut und sie tauchten nochmals gemeinsam ab. Fasziniert betrachteten sie die schroffen Felsen, die feinen Farne und die vielen bunten Meerestiere.

»So muss sich eine Meerjungfrau fühlen«, ging es Molly durch den Kopf, als sie schwerelos in der Tiefe schwebte, »so frei und leicht und umgeben von so viel Schönheit.«

Sie tauchten noch etwas und kletterten dann erschöpft ins Boot. Die anderen waren schon da. Der Mann nickte Molly zu und steuerte das Boot zum Strand, wo sie sich nun für ein paar Stunden erholen konnten. Zufrieden wateten sie durch das Wasser zum fast weißen Sand und breiteten ihre Tücher aus.

»Weißt du, Molly«, sagte Luise, »ich bin so dankbar, diese Reise gemacht zu haben. Was ich hier erlebe, kann mir niemand mehr nehmen«, schwärmte sie. Molly stimmte ihr lächelnd zu.

In den nächsten Stunden brutzelten sie in der Sonne und bewegten sich nur, um sich zur anderen Seite zu drehen. Also Entspannung pur.

Als der Bootsführer zur Weiterfahrt rief, kletterten Molly und Luise etwas widerwillig, aber glücklich mit den anderen Touristen ins Boot und langsam glitten sie übers grün-blaue Wasser zurück. Molly schaute in die Tiefe und nahm plötzlich graue Schatten unter dem Boot wahr. Der Bootsmann hatte sie beobachtet und sagte: »Fischschwärme, tief unten.«

Beeindruckt fühlte sich Molly eins mit der Natur und sich selbst. Dankbar atmete sie durch. Es wurde Abend und die Sonne färbte sich orange-rot. Stück für Stück versank sie im Meer und die Dämmerung breitete ihre Schatten über der Insel aus. Nach einer guten Stunde erreichten sie den Pier, wo sie sich von ihrem Kapitän verabschiedeten.

»Das war eine tolle Tour«, sagte Molly zu ihm. »Vielen herzlichen Dank!«

Er nickte und winkte ihr zum Abschied freundlich nach.

KAPITEL 15

Auf dem Rückweg zum Hotel fielen Molly und Luise bunte Plakate auf, die zu einer Party in einer Bar am Strand einluden. Luise war Feuer und Flamme:»Wollen wir einmal Party machen? Spaß haben und die Nacht zum Tag werden lassen? Komm schon, bitte!« Sie sah Molly flehend an.

»Okay! Lass uns einen heben«, antwortete sie lachend.

»Okay. Dann essen wir schnell etwas, duschen und los geht's.«

Sie verschwanden in ihrem Doppelzimmer und standen eine Stunde später ausgehfertig im Innenhof.

»Das Styling ist so einfach hier«, schwärmte Molly und drehte sich in ihrem Jeansrock, dem schulterfreien Top und ihren Flip-Flops einmal um sich selbst. Sie sah gut aus: mit ihrer gebräunten Haut, den trainierten Beinen und dem erholten Gesichtsausdruck. Gutgelaunt schritten sie eingehakt die Straßen entlang bis zur Beachbar, aus der ihnen ein mitreißender Rhythmus entgegenschallte. Der Bass ließ Mollys Bauch vibrieren.

»Ich hol uns was zu trinken«, rief Luise und verschwand in der Menge. Molly stellte sich an einen Stehtisch. Kurz darauf tanzte ihre Freundin mit zwei kleinen Alukübeln an, aus denen neongrüne Strohhalme ragten. Molly nahm einen Schluck: Es schmeckte süß und stark.

»Das ist SangSom mit Cola«, schrie Luise durch die Musik,»thailändischer Rum. Total lecker.«

»... und stark!« Molly hustete.

Luise nickte, drehte sich um und schaukelte auf die Tanzfläche. Molly gesellte sich zu ihr und gemeinsam überließen sie sich dem Rhythmus der Musik. Über der Tanzfläche schimmerten bunte Glühbirnen und vor der Bar brannten Fackeln im Sand. Es war angenehm warm.

»Pause!«, stöhnte Molly nach einer Weile und ließ sich auf einen Barhocker fallen. Kleine Schweißperlen glitzerten an ihren Schläfen. Luise pausierte ebenfalls und sie sogen SamSong aus ihren Alukübelchen. Amüsiert beobachteten sie das bunte Treiben. Junge Backpacker und Touristen lachten, tanzten und nippten an ihren Drinks. Die Stimmung war ausgelassen und die Party pulsierte.

Da nahm Molly den Blick eines dunkelhaarigen Mannes wahr, der in ihre Richtung schaute.

»Der sieht ja unglaublich gut aus«, schoss es Molly durch den Kopf und bewunderte, wie sich sein trainierter Körper in seinem hellen Leinenhemd abzeichnete. Dunkle mittellange Haare hingen ihm fransig ins Gesicht und seine strahlend blauen Augen fixierten sie. Mollys Atem stockte. Sie lächelte und senkte den Blick.

»Komm, wir gehen tanzen!« Luise zog sie auf die Tanzfläche und Molly war froh, sich zu bewegen. Sie konzentrierte sich auf die Musik. Hier fiel ihr das Tanzen unglaublich leicht, ganz anders als zu Hause.

Es dauerte nicht lange, da kam der Typ mit den strahlend blauen Augen auf sie zu und bewegte sich, nah bei ihr, im Rhythmus der Musik. Sein Freund tanzte auf Luise zu, die Molly vergnügt zuzwinkerte. Sie wandten sich ihren neuen Tanzpartnern zu, hoben die Arme, schüttelten ihr Haar und schwangen die Hüften. Die Männer bewegten sich lässig im Takt und so tanzten sie gemeinsam durch die Nacht.

»Was zu trinken?«, fragte der Dunkelhaarige nach einer Weile mit griechischem Akzent.

»Warum nicht?«, erwiderte Molly. Er gefiel ihr. Sie gingen an die Bar und er bestellte zwei Gin Tonics.

»Wie heißt du?«, wollte er wissen. Die Musik war ziemlich laut und Molly schrie:»Molly. Ich komme aus England …«

»… und du bist sehr schön«, vervollständigte er ihren Satz.

»Danke. Und woher kommst du?«, fragte Molly nervös.

»Mein Name ist Aris. Ich komme aus Athen. Ich reise mit meinem Bruder Callisto. Wir sind seit einem Monat auf der Insel.«

»Einen Monat! Luise und ich sind seit zwei Tagen hier. Wir lieben es hier, es ist so entspannend.«

Aris nickte und erzählte, so gut es ging, über seine Reise: »Davor waren wir auf Ko Tao. Zum Tauchen ... auch schön!«

Molly war fasziniert: »Ich möchte auch einmal einen Tauchkurs machen. Ein anderes Mal ...«

Aris beschrieb die bunten und teils riesigen Fische und wie leicht es ihm gefallen war, das Tauchen zu erlernen. Molly erzählte ihm von ihrem Erlebnis mit dem Triggerfisch. Aris lachte und ließ Molly dabei nicht aus den Augen.

Molly blickte zu Luise, die noch immer mit seinem Bruder tanzte. »Er ist zwei Jahre jünger als ich«, erwiderte Aris.

»Sollen wir auch wieder tanzen?«, schlug Molly vor.

»Natürlich, ich liebe es, wie du tanzt.«

Aris und Molly gesellten sich zu den beiden auf die Tanzfläche. Molly fühlte sich leicht und wunderbar im Moment. Aris nahm ihre Hände und drehte sie. Er zog sie zu sich hin und stieß sie sanft wieder weg. Dann tanzten sie auf Luise und Callisto zu und wieder weg. Alle lachten. Nun begannen auch Luise und Callisto komische Tanzfiguren aufzuführen. Sie schnitten Grimassen, verbogen sich und wanderten im Chicken-Shake über die Fläche. Sie prusteten vor Lachen, der SangSom tat sein Übriges und die Stunden verflogen.

Irgendwann flüsterte Aris in Mollys Ohr: »Gehen wir ein bisschen an den Strand?«

Sie fühlte sich wohl in seiner Gesellschaft und spürte ein Kribbeln, wenn sie ihn ansah. Außerdem fand sie seine tiefe Stimme ziemlich sexy. Molly nickte und sie bahnten sich ihren Weg zum Ende der Terrasse.

Am Strand zündete sich Aris eine Zigarette an. Er nahm einen tiefen Zug und reichte sie Molly. Sie zog daran und der Rauch kratzte wohlig im Hals. Kurz darauf spürte sie einen leichten Schwindel im Kopf.

»Ich habe Glück, dass ich dich getroffen habe«, sagte Aris, »du bist schön. Ich mag dein Lachen.«

»Danke«, antwortete Molly und lächelte ihn an, »du bist auch ein schöner und interessanter Mann.«

Aris legte seine Hände auf ihre Oberarme und drehte sie sanft zu sich. Langsam strich er eine Haarsträhne aus ihrem Gesicht.

»Ich wusste gar nicht, dass es in England so tolle Mädchen gibt.«
Molly mochte seinen Akzent. Sie schauten sich an. Aris Augen waren richtig hellblau, etwas Spitzbübisches steckte darin. Sein Gesicht war fein geschnitten, die Augen mandelförmig und die Lippen voll für einen Mann. Ihr Herz klopfte. Langsam zog er sie an sich heran. Sein Kopf neigte sich leicht.

»Darf ich dich küssen?«

Eigentlich hatte Molly nichts dagegen, der Zauber der Nacht war so schön. Doch plötzlich versteifte sich ihr Körper, ihr Geist wurde klar und sie verspürte den heftigen Drang zu gehen.

»Ich kann nicht.« Sie legte ihre Hand auf seine Brust und drückte ihn sanft von sich.

»Sorry!« Arnold. Sie konnte das nicht. Im Herzen war sie noch bei ihm und er würde das nicht wollen. Sie käme sich vor wie eine Verräterin, wenn sie Aris jetzt küsste – so betrunken konnte sie gar nicht sein. Sie ließ den hübschen Griechen stehen und ging in die Bar zurück.

Luise und Callisto hatten noch immer Spaß auf der Tanzfläche und waren voll in ihrem Element.

»Ich geh heim«, rief sie ihrer Freundin zu.

»Was? Warum denn?«

»Erzähl ich dir morgen.«

»Warte, ich komm mit«, schrie Luise und verabschiedete sich hastig von Callisto, der sie verwundert ansah.

Sie wackelten aus der Bar und die Straße hinunter zum Hotel. Es war noch immer warm, aber stockdunkel, nur die Straßenlaternen warfen ihren hellen Schein auf den Asphalt.

»Was ist denn los?«, wollte Luise wissen und hakte sich bei Molly unter.

»Wir gingen zum Strand, es war sehr schön, die Sterne leuchteten und die Wellen ... und dann wollte er mich küssen«, sprudelte es aus Molly heraus.

»Ja ... und?«

»Und das war ja okay, weil ... ich fand ihn ja auch toll und gegen einen Urlaubsflirt habe ich eigentlich nichts ...«

»Aber?«

»Aber es ging einfach nicht! Ich musste weg! Ich kam mir wie eine Verräterin vor – wegen Arnold. Es ist noch nicht mal ein halbes Jahr her …, ich bin noch nicht so weit.«

Luise war zwar betrunken, doch sie verstand und zog eine zerknitterte Packung Zigaretten aus der Hosentasche. Etwas tollpatschig zwar, aber sie schaffte es, sich eine anzuzünden. Sie setzten sich auf den Bordstein, da konnten sie reden. Am Horizont bildeten sich erste helle Streifen.

»Willst du denn gar keinen anderen Mann mehr?«, fragte Luise und schaute sie verständnisvoll an.

»Doch, schon«, antwortete Molly und hielt inne. »Ich weiß nicht. Ich kann nicht. Er war mein Geliebter, mein bester Freund.«

»Du hast noch dein ganzes Leben vor dir, gib dir Zeit. Arnold hätte sicher gewollt, dass du Spaß hast, jemanden kennenlernst und irgendwann eine Beziehung eingehst. Oder … wenigstens mal einen anderen Mann küsst.«

Molly schwieg und zog an der Zigarette, die Luise ihr reichte. Luise hatte recht: Sie durfte loslassen. Eine Träne kullerte über ihre Wange.

Luise legte ihre Arme um Molly und tröstete sie: »Komm her, meine Süße. Das wird schon wieder. Ist ja gut!« Nach einer Weile fügte sie hinzu: »Aber weißt du? Ihr habt, glaub ich, schon was Schönes und Einzigartiges gehabt, ihr beide.«

So saßen sie eine Weile am Bordstein und rauchten. Als erste Sonnenstrahlen auf ihre Gesichter fielen, trotteten sie ins Hotel.

»Es war trotzdem eine tolle Nacht! Ich danke dir«, murmelte Molly, als sie in ihr Zimmer kamen, und küsste Luise auf die Wange. Luise schaute sie liebevoll an und ließ sich angezogen aufs Bett fallen. Kurz darauf war sie eingeschlafen.

Als Molly die Augen aufschlug, war Luises Bett leer. Molly lag in ihrer Unterwäsche im Bett, wenigstens hatte sie es geschafft, sich auszuziehen. Sie duschte und ging dann gut gelaunt, aber verkatert ins Restaurant. Luise saß an ihrem gewohnten Tisch und löffelte wie immer Porridge mit frischen Früchten und schlürfte an ihrem heißen Kaffee.

»Du magst das Zeug echt immer, oder?«, witzelte Molly, »ich brauche etwas Salziges.«

Sie bestellte eine Portion Toast mit Spiegelei und einen starken Kaffee. Langsam ging es ihr besser und sie bemerkte das große Blatt Papier, das Luise vor sich liegen hatte. Sie erkannte eine Punkteliste, die mit bunten Blumen und strahlenden Sonnen verziert war.

»Was ist denn das?«

»Weißt du, das ist ein hawaiianisches Ritual«, erwiderte Luise geheimnisvoll, »damit lassen sich Dinge oder Situationen ins Leben ziehen. Ich habe es schon erlebt.«

»Okay … und was möchtest du anziehen?«

»Du hast mich inspiriert! Nach unserem Gespräch heute früh wünsche ich mir auch eine ehrliche, glückliche und langfristige Beziehung. Ich möchte ankommen – bei einem Mann, wie du bei Arnold, und mich richtig zu Hause fühlen.«

»Hm, ja … Darf ich mal sehen?«, fragte Molly vorsichtig und griff nach der Liste. Sie war neugierig, man weiß ja nie, vielleicht funktionierte es ja tatsächlich.

Luise hatte einige Äußerlichkeiten ihres Traummannes aufgeschrieben und gewünschte Eigenschaften wie »ein großes Herz, gut zuhören können und mir auch mit achtzig Jahren noch liebevoll über die Haare streichen«.

»Das klingt schön«, stellte Molly fest, »und wie geht's nun weiter?«

»Gehen wir zum Strand. Dort schmücke ich meine Liste noch fertig und leg sie eine Weile in der Sonne auf. Zum Schluss verbrenne ich das Papier und dann empfange ich voller Freude.«

Molly musste lachen. Es klang so unglaublich einfach, fast naiv.

Trotzdem fasziniert, begleitete sie Luise zum Strand. Luise entschied sich für ein ruhiges Plätzchen zwischen zwei hohen Palmen und legte das Papier in den Sand. Rund um die Liste legte sie bunte Blüten und stellte brennende Teelichter auf. Dabei summte sie andächtig vor sich hin. Sie breitete ihre Hände darüber und ließ Energie von sich auf das Blatt fließen. Dabei lächelte sie wissend und nickte dankbar. Molly fühlte sich geehrt, dabei sein zu dürfen.

Sie setzten sich auf ihre Sarongs in den warmen Sand und schauten schweigend aufs Meer. Die Wellen rauschten gleichmäßig an den Strand. Nach einer Weile stand Luise auf, nahm das Blatt und zündete es an. Das Feuer flackerte kurz auf, dann zerfiel das Papier in kleine Aschestücke, die der Wind über den Sand davontrug.

»Lass uns gehen«, beschloss Luise und blies die Teelichter aus. Molly nickte und stand auf.

»Die Beziehung kommt, wenn der Moment stimmt«, sagte Luise zufrieden. Molly lächelte und war gespannt, ob es tatsächlich funktionieren würde. In jedem Fall fühlte sie sich heute gut und war dankbar für sich und ihr Leben – und die Partynacht.

KAPITEL 16

Molly lag auf ihrem Bett und überlegte.

»Zwei Urlaubstage noch ..., was will ich denn noch erleben?«, dachte sie laut und drehte sich auf die andere Seite. »Am besten gar nichts. Am liebsten würde ich faulenzen und den Strand mit dem Meer genießen.«

»Dann mach das doch!«, bestärkte sie Luise. Die war dabei, ihren Rucksack zu packen. Sie wollte in Kürze auf eine andere Insel aufbrechen und hatte noch einige Wochen freie Zeit vor sich.

»Ich bin schon so gespannt auf Ko Tao und den Tauchkurs«, sprudelte sie los, »vor kurzem hat man dort Walhaie gesichtet, und wenn ich Glück habe, sehe ich sie vielleicht.« Sie strahlte und rollte ihre Jeans, so fest es ging, zusammen und stopfte sie in den Rucksack.

»Ach Luise. Ich werde dich vermissen.« Molly seufzte und beobachtete sie gedankenverloren. »Es war echt cool mit dir.«

»Ja, wirklich! Wer hätte gedacht, dass wir uns treffen und so lange gemeinsam durchs Land ziehen?«

»Ja ..., ich habe mir im Flugzeug nach Bangkok gewünscht, tolle Menschen zu treffen, und ich muss sagen, das hat schon mal geklappt.« Luise stand auf und umarmte Molly fest. Dann gingen sie los, sie wollten ein letztes Mal gemeinsam Abendessen. Entspannt flanierten sie ins Zentrum, wo viele angesagte und hippe Restaurants auf ihre Gäste warteten.

»Mal vegan?«, schlug Luise zwinkernd vor.

»Warum nicht?«

Sie traten ein in ein offenes, aus weißen Holzbalken gezimmertes Lokal und nahmen am Boden auf einer bunten, geknüpften Matte Platz. Eine freundliche Frau servierte ihnen heißen Tee und zündete eine Räucherkerze an ihrem Tisch an. Sie bestellten vegane Tofu-Wraps und bissen gleich darauf ins warme Fladenbrot.

»Mhhh, lecker!« Luise schmatzte zufrieden.

»Die selbstgemachte Zitronenlimonade passt super dazu!«, ergänzte Molly. Vergnügt verputzten sie die gesunden Speisen und als sie satt waren, nahm Luise ihr Handy aus der Tasche und sie erinnerten sich an ihre gemeinsame Zeit: angefangen am Longboat in Bangkok über die Wanderung durch die Berge Chiang Mais bis hin zur wilden Partynacht auf Ko Phi Phi Don.

»Mah, Dan und James! Weißt du noch?«, prustete Luise los, »die beiden Blödmänner mit ihrem Chili-Öl …«

»Wie könnte ich die vergessen«, sagte Molly und verdrehte die Augen, »und die wilden Mangos und das Floß auf dem braunen Fluss. Das war vielleicht unheimlich«

»Ja, echt abenteuerlich. Wir sind ganz schön weit gewandert.«

»Mhm.«

Luise wischte über das Display und die Fotos wanderten an ihnen vorbei.

»Die bunten Fische – das Schnorcheln, hach, war das schön!« erinnerte sich Molly.

»Gib mir Bescheid, ob eine ernsthafte Liebesbeziehung in dein Leben gekommen ist, okay?«

»Mach ich«, versprach Luise, »aber wenn ich zurück bin, muss ich als Erstes mit der Jobsuche beginnen. Wie anstrengend …, hab echt überhaupt keine Lust.«

»Das wird schon! Du wirst sehen.«

»Du hast wahrscheinlich recht. Jammern bringt nix«, antwortete Luise und Molly lachte.

Es war dunkel geworden und es wurde Zeit für Luise, zu gehen. Molly begleite sie noch zum Pier, wo sie ins Speedboat steigen würde.

»Komm her!«, murmelte Molly und nahm Luise fest in den Arm.

»Alles Gute, Molly. Ich hab dich lieb. Ich schreib dir, okay?« Molly nickte und vorsichtig stieg Luise in das wackelnde Boot. Molly winkte ihr nach, bis sie nur mehr ein Punkt am Horizont war.

Am nächsten Morgen wachte sie früh auf, schnappte sich ihre Badesachen und ein Buch und verkrümelte sich zum Strand.

»Die nächsten eineinhalb Tage wird mich hier niemand mehr wegbringen«, dachte sie und legte ihr buntes Tuch in den warmen, feinen Sand. Und so war es dann auch: Stundenlang lag sie mit einem ausladenden Sonnenhut und einer riesigen Sonnenbrille unter majestätischen Palmen im weißen Sand. Sie bewegte sich kaum und drehte sich nur ab und zu von einer Seite auf die andere. Manchmal tapste sie zum Wasser und kühlte sich ab. Dann lag sie wieder im Sand und entspannte sich. Es gab nichts Schöneres!

Die letzten Tage auf Ko Phi Phi vergingen schnell. Schon saß sie mit ihrem treuen Begleiter, dem Backpack, im Minibus zum Flughafen. Zufrieden und dankbar schaute sie aus dem Fenster und versuchte, sich die Bilder, die an ihr vorbeihuschten, für immer einzuprägen: die starken Palmen, die aufgesprungene Straße, die kargen Felder und die üppigen Regenwälder. Etwas aufgeregt stieg Molly ins Flugzeug.

Wie im Traum flog sie zurück in eine andere Welt. Sie machte sich bereit für eine mittlerweile winterliche Stadt, in der der Wind am Abend eisig durch die schneebedeckten Straßen pfiff. Wo die Menschen ihrer Arbeit nachgingen, sich um ihre Familien und Freunde kümmerten und mit Alltagssorgen und Rückenschmerzen kämpften. Molly kannte diese Welt, sie kannte ihren Kummer und ihre Ängste, aber auch ihre Freude und Vertrautheit. Langsam sank der Flieger tiefer, um sich für die Landung bereit zu machen. Als er auf der Landebahn in London aufsetzte, holperte es einmal gewaltig. Molly krallte ihre Finger in die Lehne, doch schon waren sie sicher gelandet und sie war wieder daheim. Wehmütig stieg sie aus, gleichzeitig fühlte sie sich bereit für Neues!

Es war kalt und wie erwartet wehte ihr ein scharfer Wind entgegen. Schnell hatte sie die Jeansshorts gegen eine lange Hose eingetauscht und war froh, endlich zu Hause anzukommen. Dankbar reichte sie dem Taxifahrer das Geld und ging zum Haus. Das Schloss in der Eingangstür klackte wie gewohnt und der vertraute Geruch ihres Hauses empfing sie. Molly stellte den Rucksack auf den Boden und ließ den

Blick durch die Garderobe, die Küche und das Wohnzimmer schweifen. So unverändert, so vertraut. Jeden Moment würde Arnold um die Ecke biegen.

Molly streifte ihre Schuhe ab und machte sich erst einmal einen Tee. Sie spürte die Trauer in sich hochsteigen, doch sie drückte sie weg. Noch wollte sie das gute Gefühl der Reise bewahren und ermahnte sich, nach vorne zu blicken. Darum ließ sie sich aufs Sofa fallen und legte die Beine hoch.

»Wie schön ist es, wieder da zu sein«, sagte sie sich, »und wie schön, so viele Räume nur für mich zu haben ... und so viele Kleider!« Nach dem Leben aus dem Rucksack schätzte sie ihre vielen Dinge ungemein. Wie gut es ihr ging!

»Auspacken ist morgen. Heute will ich nur noch schlafen«, dachte sie und ging ins Bad.

Als sie zwei Tage später die Tür zum Buchladen öffnete, war alles wie gehabt. Rose stand an einem Regal und sortierte Romane, am Verkaufspult standen Kartons mit neuen Büchern und feiner Kaffeegeruch lag in der Luft.

»Guten Morgen, Molly!«, freute sich ihre Chefin.

»Hallo Rose! Wie geht es dir?«

»Bestens. Wir hatten ein gutes Geschäft in der letzten Zeit. Schön, dass du wieder da bist, es gibt viel zu tun!«, erzählte sie und zwinkerte Molly aufmunternd zu.

»Das freut mich! Ich bin auch froh, zurück zu sein. Aber ich muss dir sagen: Es war toll. Nur zu empfehlen. Das solltest du auch einmal machen: einfach aufbrechen und los!«

»Ja ... ich habe schon daran gedacht. Na, wer weiß, es ist ja noch nicht aller Tage Abend. Du musst mir erst einmal ein paar Fotos zeigen.«

»Gerne«, schmunzelte Molly und ging zum Computer, »ich lasse einige entwickeln.« Es waren viele Buchanfragen eingetrudelt. Sie setzte sich und kümmerte sich um sie. Ja, es war schön, wieder da zu sein.

Roses Handy klingelte.

»Ja hallo! Ja ...« Ihre Stimme wurde sanft.

»Das ist schön ... ja, gerne. Du holst mich ab?«

Molly hob den Kopf. So kannte sie ihre rüstige Chefin gar nicht. Diese legte auf und schaute Molly an.

»Ich habe jemanden kennengelernt …«, verriet sie, »gleich nachdem du weg warst. Und … wir treffen uns immer noch. Es ist noch ganz frisch. Aber trotzdem, ich hab mir gedacht: Rose, nun reiß dich mal zusammen. Wag einen Schritt nach vorne. Du hast mich inspiriert Molly.«

»Oh Rose! Das ist ja wunderschön!« Molly blickte ihre Chefin freudig an. »Wo hast du ihn kennengelernt?«

»In einer Galerie. Er ist ebenso verrückt nach Kunst wie ich. Er ist schon in Pension und ziemlich wohlhabend. Wir fachsimpeln bis zum Umfallen!« Sie lachte. Mollys Herz hüpfte.

»Wie schön! Vielleicht gelingt es dir dieses Mal, dich auf eine Beziehung einzulassen. Ich wünsch' es dir!«, jubelte Molly und konnte nicht anders, als Rose zu umarmen. Diese lachte auf und drückte Molly fest.

Die Tage vergingen wie im Flug und Molly bediente ihre Kunden wie gehabt mit viel Gespür. An den Abenden traf sie ihre Freundinnen und erzählte Rachel und Charlotte sprudelnd von ihren Erlebnissen. Auch mit Grace telefonierte sie und erfuhr, dass sie Steve rausgeschmissen hatte, nachdem er sie, nach wiederholten Gesprächen, immer weniger bei den Kindern und dem Haushalt unterstützt hatte.

»Momentan ist es so leichter«, erzählte Grace, »jetzt muss ich nicht auch noch für ihn mitdenken, sondern kann mich auf die Kinder und mich konzentrieren.«

»Ja, ich verstehe«, erwiderte Molly.

»Trotzdem vermisse ich ihn …«, gab Grace zu, »ich liebe ihn halt einfach, diesen Trottel.«

Molly lächelte. Ja, das waren sie, Grace und Steve, unterm Strich unzertrennlich.

Arnolds Spuren im Haus waren mittlerweile fast verschwunden. Nur die Urne stand nach wie vor an ihrem Platz im Schlafzimmer.

»Schlaf gut!«, wünschte sie Arnold wie jeden Abend, bevor sie ins Bett schlüpfte. Oder sie erzählte ihm, was sie besonders beschäftigte. Dabei hatte sie immer das angenehme Gefühl, dass er sie hörte.

So war sie wieder voll in ihrem Leben angekommen und es ging ihr gut. Einige der schönsten Reisefotos ließ sie rahmen und brachte sie an der Garderobe, im Wohnzimmer oder über ihrem Bett an.

Auch Luise meldete sich nach einigen Wochen:

Hallo Molly,

wieder gut in Northampton und im Winter angekommen? Ich bin nun seit drei Wochen in Hamburg. Der Bewerbungswahnsinn läuft, aber es war noch nicht das Richtige dabei ☹

Ko Tao war der Hammer, sag ich dir. Du hättest echt mitkommen sollen. Ich habe die Walhaie gesehen! Auf einmal tauchten sie aus der Tiefe auf und glitten leise an uns vorbei. Ich hab fast vergessen zu atmen. Sie schwebten so voller Grazie dahin und waren einfach nur GROSS.

Und … tadaaa … ich habe Nick kennengelernt. Wir waren zusammen im Tauchkurs. Er ist Australier und wir hatten tolle Partynächte, und küssen konnte er. Hui! Doch irgendwie ist das Ganze mittlerweile abgekühlt – er ist dort und ich hier. Wir wollten uns wiedersehen, aber ich weiß nicht genau.

Du möchtest sicher wissen, ob er meiner Liste entspricht, stimmt's? In einigen Punkten schon: Er ist sympathisch, sportlich und hat ein schönes Lachen. Er kann gut zuhören. Aber leider ist er nicht sehr verlässlich. Wohl doch nicht der Märchenprinz ☺

Machs gut,

Luise

Auch Mollys Gefühl sagte ihr, dass Nick nicht DER Mann für Luise war. Vielleicht eine Affäre – aber nicht mehr.

»Schön, meine Süße. So ersparst du dir eine Menge Herzschmerz«, dachte Molly zufrieden und klappte den Computer zu.

Der Frühling kam ins Land und der Winter verkrümelte sich widerwillig. Sanft und unbarmherzig ließen seine Sonnenstrahlen das letzte Eis dahinschmelzen und erste zarte Blümchen lugten vorsichtig aus der Erde hervor.

Molly genoss ihren morgendlichen Weg zur Arbeit und beobachtete interessiert, wie die ersten Bäume austrieben und dicke, weiße Sprossen hervorbrachen. Im Laden angekommen, ließ sie sich eine duftende Tasse Kaffee herunter und widmete sich dem Lieferschein, der am Pult lag. Sie glich ihn am Computer mit ihrer Bestellung ab.

»Guten Morgen, Molly!« Rose kam aus dem Lager und legte einen Stapel Bücher auf dem Pult ab.

»Hallo Rose«, erwiderte Molly und konzentrierte sich wieder auf die Liste. Rose begann damit, die Einbände sorgfältig zu beschriften.

»Guten Morgen!«, begrüßte sie den Kunden, der die Ladentür hinter sich schloss.

»Wie kann ich Ihnen helfen?«

»Ich suche ein Buch …,« erwiderte der Mann. Seine Stimme ließ Molly aufhorchen: so ansprechend, rau und irgendwie vertraut.

»Den Namen weiß ich leider nicht mehr. Doch es liest sich wie eine Melodie. Die Atmosphäre der Landschaft und mittendrin ein Detektiv, der nach dem Täter jagt. Etwas düster ist es, wie eine Melodie in Moll«, schwärmte er, »der Täter lebt auf einem verlassenen Hof im Moor mit seinen Leichen. Er hat sie präpariert.«

»Hm. Klingt nach ›Irrlicht‹. Einen Moment, bitte«, sagte Rose und machte sich auf den Weg zu den hinteren Regalen.

Molly ging einen Schritt nach vorne und riskierte einen Blick. Er erblickte sie und seine Augen blieben an ihr hängen. Augenblicklich lag eine Art wissende Bekanntheit, Neugierde und ein Knistern in der Luft. War es Liebe auf den ersten Blick oder nur dieselbe Wellenlänge? Rose kam zurück. »Hier haben wir das gute Stück. Meinten Sie das?«

Ihr Moment löste sich auf und sie fielen zurück in die Wirklichkeit. »Genau, das ist der Roman. Vielen Dank!«, freute er sich und bezahlte. Doch bevor er aus dem Laden verschwand, schaute er noch einmal zurück zu Molly. Sie stand am Regal, ihr Haar fiel locker über ihre Schultern, während sie die Krimis sortierte. Sie lächelten sich zu. Dann fiel die Tür ins Schloss.

Er kam nicht wieder. In den nächsten Wochen jedenfalls nicht. Mollys Leben verlief wie gewohnt, doch der unbekannte Mann ging ihr nicht mehr aus dem Kopf.

»Warum kann ich ihn nicht einfach vergessen?«, grübelte sie eines Abends beim Zähneputzen und betrachtete sich dabei im Spiegel. Sein Erscheinen hatte sie tief berührt.

»Irgendetwas an ihm war so Besonders. So anders, so ansprechend und passend für mich.« Sie gurgelte und spuckte aus. Dann ging sie ins Schlafzimmer und setzte sich gerade ins Bett und blickte auf die silberne Urne vor ihr im Regal. Schön sah sie aus mit den feinen, rot-gelb-blauen Einlegearbeiten. Wer, wenn nicht er, hatte so eine Urne verdient?

»Arnold«, begann sie, »ich muss dir was sagen … ich habe da jemanden gesehen. Ich meine, wir haben nicht einmal miteinander gesprochen oder Nummern ausgetauscht oder uns näher kennengelernt. Trotzdem … ich muss dir sagen, dass dieser Mann in meinem Kopf herumspukt. Ich möchte nur, dass du das weißt …«

Sie senkte den Kopf und fühlte sich schuldig.

»Aber das ist doch schön«, antwortete er plötzlich. Molly fuhr herum.

»Arnold? Du bist wieder hier?«

»Ich bin immer bei dir, weißt du nicht mehr?«, erwiderte er mit einem gespielten leicht verletzten Unterton.

Molly schwieg betreten.

Er lächelte und fuhr fort:»Ich möchte dir helfen, einen neuen Mann zu finden. Ich möchte, dass du wieder richtig glücklich wirst.«

»Warum?«

»Weil ich dich liebe und es immer tun werde.«

»Okay«, raunte sie,»dann hast du nichts dagegen?«

»Ganz und gar nicht. Ich freue mich sogar. Schreite voran, erfreue dich des Lebens und genieße es in vollen Zügen. Lebe, was das Zeug hält!«

»Aber was ist mit dir? Du bist tot und kannst es nicht mehr. Das tut mir so leid. Ich vermisse dich.«

»Das muss es nicht. Ich bin frei und vollkommen. Vollkommen angekommen. Mir geht es hervorragend! Doch ich freue mich immer, dich zu sehen.«

Molly verstand.

»Also, wie willst du's angehen?«, wollte er wissen.

»Was angehen …?«

»Na, um ihn einmal kennenzulernen. Der erste Schritt, damit er irgendwann in dein Leben kommt.«

»Keine Ahnung«, antwortete sie,»ich weiß ja nicht mal, wer er ist oder wie er heißt, ganz zu schweigen wo er wohnt. Er ist einfach so im Buchladen aufgetaucht und gleich darauf verschwunden.« Sie konnte es immer noch nicht fassen, dass sie mit Arnolds Geist plauderte, und saß stocksteif im Bett.

»Keine Sorge, er kommt wieder. Er kriegt dich auch nicht aus dem Kopf und er kann es sich nicht erklären. Es beschäftigt und ärgert ihn, weil er es nicht kontrollieren kann.«

»Ist das so? Woher weißt du das?«

»Molly! Ich bin ein Geist, schon vergessen? Geister können so was – ganz leicht zwischen Orten, Menschen und Situationen wechseln. Gedanken lesen, Gefühle anderer fühlen und so weiter. Die ganze Palette.«

Nicht zu glauben.

»Aber ich muss dich warnen. Er ist nicht komplett ehrlich.«

»Wie meinst du das?«

»Er liebt die Frauen – und kann nicht widerstehen.«

Molly stöhnte.»Jetzt ist aber mal genug. Ich habe ihn gerade erst einmal gesehen. Du sagst, ich soll meinem Gefühl vertrauen, mich öffnen. Jetzt mach ich das. Ich will ihn wiedersehen!« Trotzig verschränkte sie die Arm.

»Du entscheidest, Molly und ich unterstütze dich – bedingungslos.«

Sie atmete tief durch und entspannte sich. Schließlich fragte sie ihn:»Okay ... und was schlagen Sie vor, Herr Geist?«

»Also. Wenn er wieder in den Laden kommt und vorgibt, ein bestimmtes Buch zu suchen, dann bedienst DU ihn, okay, nicht Rose.«

»Ok.«

»Alles Weitere wird sich weisen«, war Arnold überzeugt.

»Wie du meinst ...«, sagte Molly und gähnte. Sie war ziemlich müde.

»Ich lass dich jetzt alleine. Genieße das Leben, mein Augenstern.« Und weg war er. Der Lehnstuhl stand leer in der Dunkelheit.

Noch immer etwas ungläubig, lehnte sich Molly in ihre Kissen zurück.

Eine Weile lag sie wach, löschte dann das Licht und glitt in einen wunderbar erholsamen Schlaf. Sie schlief so tief und friedlich wie schon lange nicht mehr.

In den nächsten Tagen passierte nichts Besonderes. Kunden kamen und gingen. Molly bearbeitete interessante Anfragen und ganz gewöhnliche. Zu Beginn schlug Mollys Herz noch jedes Mal höher, wenn die Ladentür geöffnet wurde und es bimmelte. Sie schaute sofort nach vorne, wer da zur Tür hereinkam. Doch ihr Herzblatt war nicht dabei.

»Hm«, dachte sie,»vielleicht habe ich mir alles nur eingebildet. Arnold als Geist?« Sie schüttelte den Kopf.»Wenn man trauert, sollen so Sachen ja vorkommen – Halluzinationen und so weiter. Besser, ich konzentriere mich auf das Hier und Jetzt – und auf die Arbeit.«

Sie ging die Liste der Neuerscheinungen durch und markierte, welche Bücher sie Rose für den Einkauf vorschlagen wollte. Ihre Geschmäcker ergänzten sich mittlerweile hervorragend und das Sortiment des Ladens konnte sich sehen lassen.

Da entdeckte sie den Nachfolgeroman von »Irrlicht«, den ihr Schwarm damals gesucht hatte. Der Roman war soeben erst erschienen.

»Hm. Den sollten wir einkaufen«, entschied sie,»nur für den Fall der Fälle.« Schnell notierte sie die Bestellnummer auf der Einkaufsliste. In dem Moment hörte sie ihn.

»Guten Morgen! Ich war von einiger Zeit schon einmal hier und habe ›Irrlicht‹ gekauft, vielleicht erinnern Sie sich«, sagte er zu Rose, die sich am Verkaufspult aufhielt. Wie von der Tarantel gestochen, sprang Molly auf. Stocksteif stand sie da.

»Okay, ich muss nach vorne«, schoss es ihr durch den Kopf. Langsam ging sie zum Pult. Nur nichts anmerken lassen.

»Hallo!«, begrüßte sie ihn und stellte sich neben Rose.

Sein Blick fiel auf Molly und er wurde etwas nervös, wie sie zufrieden feststellte.

»Hallo …« Pause.»Schön, Sie zu sehen«, fügte er schnell hinzu. Sie lächelte und glaubte, knallrot zu werden. Hoffentlich nicht wirklich.

»Atme, Molly. Jetzt!«, sagte sie sich. Sie nahm einen tiefen Atemzug und fragte:»Suchen Sie den Folgeroman von ›Irrlicht‹?«

»Ja, genau! Woher wissen Sie das? Er ist vor kurzem erschienen«, antwortete er.

»Ach so?«, wunderte sich Rose,»davon habe ich ja noch gar nichts mitbekommen. Wissen Sie davon, Molly?«

»Ja, die Info ist soeben reingekommen – mit der Neuerscheinungsliste.« Molly strahlte.»Ich habe ihn schon bestellt. Er soll übermorgen hier sein.«

»Das ist ja mal ein toller Service, vielen Dank!«, freute er sich und reichte ihr plötzlich die Hand. Rose wunderte sich, sagte aber nichts und ließ die beiden allein.

Molly schüttelte seine Hand.

»Bitte, gern geschehen. Das ist doch selbstverständlich«, lachte sie.

Da nutzte er den Moment:»Ich bin David. Darf ich mich mit einem Abendessen revanchieren?«

Sie schluckte und hielt inne.

»Äh … ja, gerne.«

»Sehr schön. Donnerstagabend? Im Nuovo?«

»Okay«, antwortete Molly.

»Treffen wir uns dort? Ich reserviere für halb acht.«

»Gut. Bis dann. Ich nehme das Buch mit!«

Er nickte und verließ den Laden.

Molly atmete erst einmal durch. Es war tatsächlich passiert!

»Danke Arnold!«, flüstere sie in den Raum. Sie war sprachlos.

»Was war denn das, Molly?« Rose zwinkerte ihr schmunzelnd zu.

Molly lächelte und schwieg.

David studierte schon die Speisekarte, als Molly das Restaurant betrat.

»Geschmackvoll gekleidet in feinem Zwirn«, dachte sie und lächelte in sich hinein. Sein elegantes Hemd, die trendige Stoffhose und die dunklen Lederschuhe gefielen ihr. Seine hellbraunen Haare trug er verwuschelt, seine Haut erschien weich und leicht gebräunt.

Als er Molly erblickte, stand er auf und kam ihr entgegen: »Wie schön, dass du gekommen bist! Darf ich dir helfen?«

Er nahm ihre Jacke und führte sie zum Tisch.

»Du siehst fabelhaft aus. Ich bin ein Glückpilz«, stellte er amüsiert fest. Molly fühlte sich geschmeichelt.

»Was möchtest du trinken?« Sie einigten sich auf französischen Rotwein und Molly wählte sautierten Fisch. David entschied sich für Roastbeef.

»Wohnst du also schon lange in der Stadt?«, erkundigte er sich. Molly erzählte aus ihrem Leben und David hörte aufmerksam zu – voller Sympathie und ehrlichem Interesse.

Ihre Speisen wurden serviert und Molly genoss das Essen. Auch David lobte die hervorragende Küche des Hauses.

Nun war David dran und er ließ sie in sein Leben blicken. »Was soll ich sagen ...?«, sagte er kauend, »ich kam vor gut zwei Jahren nach meiner Scheidung in die Stadt. Zuvor wohnte ich mit Gale, meiner Ex-frau, und unseren beiden Töchtern in London. Die Mädels sind mittlerweile fast zwanzig und üben sich darin, ihr eigenes Leben erfolgreich zu meistern.«

Er pausierte und nahm einen Schluck Wein.

»Wir haben uns auseinandergelebt ... Gale und ich«, erzählte er. »Als die Mädchen größer waren, ging sie wieder ihrer Arbeit nach – als Agentin für Sänger und Sängerinnen. Das hieß, dass sie öfter unterwegs war. Ich bin Architekt und arbeitete oft von zu Hause aus. Als die Mädchen älter wurden, merkten wir, dass wir eigentlich nur noch nebeneinander her lebten. Wir redeten kaum noch miteinander und stritten auch nicht mehr.«

131

»Hm«, machte Molly. Sie hatte schon davon gehört, dass es schlimmer war, gar nicht mehr zu sprechen, als ständig zu streiten.

»Irgendwann erkannten wir, dass es Zeit war, zu gehen. Für beide. Es tat nicht mehr sehr weh und das Gute ist, dass wir uns gegenseitig immer wohlgesonnen waren. Wir liebten uns einfach nicht mehr, sondern waren eher Freunde geworden. Aber was uns am meisten verbindet, sind unsere beiden Mädels, auf die wir stolz sind: Wir haben sie gut großwerden lassen.«

Molly freute sich über die wertschätzende Art, mit der er über seine Exfrau sprach.

»Und wie es das Leben so will, kontaktierte mich eines Morgens ein Headhunter und warb mich für das Architekturbüro ab, für das ich jetzt hier in Northampton arbeite. Ich sagte zu und somit auch „Ja" zu meinem neuen Leben.« Er hob das Glas und prostete ihr zu.

»Wie das Leben so spielt … Siehst du deine Töchter noch oft?«, fragte Molly und prostete zurück.

»Wir telefonieren und alle paar Monate sehen wir uns – hier oder dort. Manchmal vermisse ich sie, aber ich freue mich, dass es ihnen so weit gut geht.«

»Was machen sie denn?«

»Claire hat soeben zu studieren begonnen – Medizin. Sie möchte Chirurgin werden. Rudy arbeitet als Kindergärtnerin in einem großen, städtischen Kindergarten. Sie kann gut mit den Kleinen.«

»Fühlst du dich wohl hier in der Stadt?«, fragte Molly.

»Ja, ich kann nicht klagen. Die Arbeit ist fordernd, aber interessant und ich genieße die Ruhe, gehe gern laufen.«

»Du treibst also viel Sport?«

»Ich bewege mich total gerne an der frischen Luft. Danach fühle ich mich wie neugeboren, voller Energie und total entspannt«, schwärmte er.

Der ersten Flasche Rotwein folgte eine zweite und sie unterhielten sich prächtig. Nach einigen Stunden verließen sie das Lokal und Molly hatte rote Wangen von dem vielen Wein. Vergnügt hakte sie sich bei David unter und sie spazierten die erleuchtete Straße hinunter.

»Hättest du Lust, einmal mit laufen zu gehen?«, fragte David vorsichtig.

Molly blieb stehen, schaute ihn an und sagte:»Dann musst du aber vom Gas runter, das ist dir hoffentlich klar? Hm, lass mich überlegen … – warum denn nicht?«

»Sehr schön! Ich kenne eine nicht zu schwere Runde, die wird dir gefallen.«

Sie gingen ein Stück weiter, dann beschloss Molly, sich zu verabschieden und ein Taxi zu rufen:»David, ich gehe jetzt. Danke, es war ein schöner Abend.« Sie drehte sich zu ihm und schaute ihn an. Er legte seine Hand auf ihren Oberarm und erwiderte:»Ich danke dir, Molly. Es war so schön, dich näher kennenzulernen! Wie gut, dass ich den Roman bei euch gesucht habe!«

»Ach ja, der Roman!« Molly kramte in ihrer Tasche und zog das bestellte Buch heraus.»Gruselige Grüße aus der Dunkelheit.« Sie lachte.

David nahm es, dann zog er Molly zu sich heran. Sie sahen sich in die Augen.

»Ein interessanter Abend mit einer faszinierenden Frau«, flüsterte David,»Herz, was willst du mehr?« Seine Lippen kamen langsam näher. Molly ließ es geschehen und schloss die Augen. Schon fühlte sie den sanften Druck auf ihren Lippen. Sie erwiderte seinen Kuss und spürte, wie er seine Arme um sie legte. Sie genoss und sog seinen Duft ein. Er roch nach Restaurant, aber darunter nahm sie einen männlichen, fein herben Geruch wahr. Seine Zunge stieß auf ihre und es kribbelte auf ihrer Haut. Dann legte er die Arme fester um sie und Molly fühlte sich geborgen. Er war stark und muskulös und sie fragte sich neugierig, wie sich sein restlicher Körper anfühlen würde. Eng umschlungen standen sie am Straßenrand unter einer Straßenlaterne, deren heller Schein die Nacht erleuchtete.

»Wow!«, flüsterte Molly, nachdem sie ihre Umarmung gelöst hatten.

»Du bist wow!«, schwärmte David,»darf ich dich anrufen?«

»Ja, gern.«

Molly winkte einem Taxi, stieg ein und hob die Hand zum Abschied. David stand entspannt am Bordstein, eine Hand in der Hosentasche und mit der anderen grüßte er lächelnd zurück.

KAPITEL 18

Aufgewühlt saß Molly im Taxi. Wie schön! Wie aufregend! Doch so schnell … und ein Kuss. Es regten sich erste Schuldgefühle. Ein Teil in ihr war dagegen, dass sie jemand anders als Arnold geküsst hatte. »Nein, es ist okay!«, versuchte sie sich selbst zu überzeugen, »ich gehe nach vorne und öffne mich. Es ist gut.«

Sie setzte sich aufrecht hin und schaute entschlossen aus dem Fenster.

Das unsichere Gefühl ließ sie nicht los. »Grrr,« machte sie leise, sie war wütend.

»Es war doch gut so, oder? Arnold! Gib mir ein Zeichen, dass alles okay ist!«, flüsterte sie.

»Du hast es gut gemacht!«, hörte sie da ihren langjährigen Begleiter. Erschrocken drehte sie den Kopf nach links und da saß er – direkt neben ihr im Taxi!

»Arnold!«

Nervös schaute sie durch die Scheibe nach vorne zum Fahrer. Der fuhr ungestört vor sich hin.

»Ich bin da, wenn du mich brauchst, schon vergessen?«

»Nein …, ja …, ich kann es immer noch nicht glauben. War das okay für dich? Ich meine, es tut mir so leid! Ich hätte ihn nicht …«, stotterte Molly.

»Doch, hättest du!«

Molly schaute ihn an.

»Jetzt komm, lass deinen Charme spielen. Obwohl ich dich gewarnt habe …«

Sie schwieg kurz und dann stimmte sie zu:»Okay, okay … Ich habe ihm meine Nummer gegeben. Wir werden sehen, ob er sich meldet.«

»Das wird er, Molly. Er findet dich toll.«

Dann war er verschwunden und Molly saß wieder alleine im dunklen Taxi.

Der Taxifahrer hatte nichts bemerkt. Arnold war anscheinend nur für sie sichtbar.

»Er wird anrufen«, sagte sie sich. Molly war noch immer aufgeregt. »Es war ein so schöner Abend mit wunderbarem Essen und Wein. David ist aufmerksam, interessant und gutaussehend. Ich möchte ihn wiedersehen.« Ihr Herz schlug höher. Sie fuhren durch die Nacht und vereinzelt waren Menschen unterwegs, einige sehr jung und betrunken, andere sehr arm und obdachlos.

Der Taxifahrer bog in ihre Straße und hielt vor der Eingangstür.

»Vielen Dank und gute Nacht!«, verabschiedete sich Molly und reichte ihm das Geld.

»Gute Nacht!«, grummelte er und trat ins Gaspedal.

»Taxifahrer …«, dachte sie sich,»die einen reden, was das Zeug hält, die anderen sind völlig in sich gekehrt.«

Sie schloss die Eingangstür auf. Leise summend zog sie ihre Schuhe aus und tappte ins Badezimmer. Sie schlüpfte in ihr Nachthemd und als sie Zahnpasta auf ihre elektrische Zahnbürste drückte, bimmelte ihr Handy. Eine Nachricht:

»Bemerkenswert und wunderbar … DU gehst mir nicht mehr aus dem Kopf. David.«

Das ging ja schnell. Vor ihrem inneren Auge sah sie David, in einer stylischen Pyjamahose und mit freiem Oberkörper in einem kuscheligen Bett sitzen und in sein Handy tippen. In ihr kribbelte es. Wie aufregend! Fieberhaft überlegte sie, was sie antworten könnte. Sie huschte ins Bett und starrte aufs Display.

»Unerwartet und eindrucksvoll – ein Abend so wie du. Molly.«

»Wann seh´ ich dich wieder?«, folgte kurz darauf seine Antwort.

»Nächsten Samstag?«

»Samstag geht nicht. Was hältst du von einer Segeltour am Freitagnachmittag?«

»Super!«, dachte Molly. Gleich nach der Arbeit aufs Boot klang verlockend und sie lächelte verträumt.

»Klingt gut. Um 14.30 Uhr am Steg?«

»Wunderbar. Träum süß.«

Die restliche Woche verflog. Molly versprühte neue Energie und im Laden gab es viel zu tun. Sie lächelte vor sich hin, witzelte mit den Kunden und schwebte federleicht durch das Geschäft. Rose hatte es natürlich bemerkt.

»Ist da jemand verliebt?«, zog sie Molly auf. »Er muss ja echt umwerfend sein, so wie du strahlst.«

Molly lachte amüsiert.

Schließlich war es Freitagmittag und Molly schloss die Ladentür ab. Rasch stieg sie aufs Fahrrad, um sich zu Hause fürs Segelboot fertig zu machen. Sie holte ihre kurze Jeans aus dem Schrank und schlüpfte in ein blau-weiß gestreiftes T-Shirt, das sie noch extra gekauft hatte, um ihren Matrosenlook zu unterstreichen. Dann radelte sie zum Pier.

Schon von Weitem sah sie David auf dem Segelboot hantieren. Konzentriert hievte er eine Holzkiste von einer Seite auf die andere und rollte ein langes Tau sorgfältig zusammen. Als er sie kommen sah, legte er es ab und kam ihr entgegen. Er reichte ihr die Hand.

»Hallo, meine Schöne!«, begrüßte er sie, »komm, ich helfe dir.«

Freudig kletterte Molly an Bord. Er küsste sie auf die Wange und sah sie liebevoll an.

»Kann's los gehen?«

Molly nickte und David wies ihr einen Platz in der Mitte des Bootes zu. Sie setzte sich und beobachtete, wie er ein Tau vom Pier löste.

»Kann ich irgendwie helfen?«

»Ja, gern. Bitte nimm das Tau, stoß uns leicht vom Pier ab. Ich gehe schon mal ans Steuer.«

Er hisste ein Segel und startete einen kleinen Motor, der sie aufs offene Wasser hinausbringen sollte.

Molly stieß das Boot ab und versuchte die Balance zu halten. Sie wollte möglichst grazil aussehen, doch das war gar nicht so einfach. Dann zog sie das Tau ein.

»Gut gemacht – perfekt!«, rief ihr David zu, als könnte er ihre Gedanken lesen. Sie grinste.

Sicher lotste er das Boot an den Stegen vorbei. Als sie das Ufer hinter sich gelassen hatten, setzte er die Segel in den Wind und schaltete den Motor ab. Molly genoss die augenblicklich eintretende Stille und lauschte dem Rauschen des Wassers. Der Wind spielte in ihrem Haar und die Sonne wärmte die Haut. Einige Wolken zogen behäbig dahin.

»Willst du auch mal?«

Sie nickte eifrig und stieg vorsichtig zu ihm hinüber. Auf der rechten Seite des Steuers nahm sie Platz. David rutschte zur Seite, die Segel stets im Blick.

»Backboard – Steuerboard«, erklärte er und drückte das Steuer einmal nach links und einmal nach rechts, um ihr zu demonstrieren, wie sie den Kurs setzen würden.

»Okay!« Molly nickte und griff nach dem Holz.

Sofort spürte sie den Widerstand des Wassers und fühlte sich wie eine Kapitänin einer großen Yacht. David zwinkerte ihr zu und sie lachten. So segelten sie der Sonne entgegen.

»Wie herrlich«, dachte Molly, »wer hätte gedacht, dass ich wieder so schnell in einem Boot sitze? Und noch dazu mit einem so tollen Mann.«

Nach einiger Zeit legte David den Arm um sie und küsste sie auf die Wange.

»Es ist so schön, dass du da bist. Wie geht es dir? Lust auf ein Glas Champagner?«

»Gut geht's und ja, gern. Hätte nicht gedacht, so schnell wieder auf dem Wasser zu sein.« Mollys Augen funkelten vor Aufregung. Gleichzeitig machte sich etwas Kopfweh breit, wie wenn ihr Körper ihr zeigen wollte, dass ihm irgendetwas an der Situation nicht passte. Sie rieb sich die Schläfen und atmete tief durch.

»Unverhofft kommt oft … ich habe auch nicht gedacht, in dem kleinen Buchladen so eine Überraschung zu finden,« antwortete David.

»Du verdammter Charmeur!«, erwiderte Molly schmunzelnd und boxte ihn in die Seite. Der Wind wechselte und David veränderte die Segel. Das Tempo verlangsamte sich und sie glitten ruhig auf der Wasseroberfläche dahin. Er fixierte die Taue und holte einen Korb aus der Kajüte.

»Bitte sehr, die Dame«, flötete er gespielt vornehm, als er den prickelnden Champagner einschenkte, »ein Glas für Sie.« Molly lachte.

»Danke«, sagte sie und griff vorsichtig nach dem fein geschwungenen Glas. »Wie schön. Das ist ja eine Überraschung!«

»Sehr gern! Weißt du, ich segle schon seit vielen Jahren«, erzählte
er, »es ist total entspannend, doch es kann auch abenteuerlich sein. Vor
Kroatien zum Beispiel gerieten wir in einen schweren Sturm und wären fast gekentert. Wir hatten echtes Glück! Die Küstenwache hat uns
letztendlich gefunden und an Land gezogen.«

»Oh nein! Das muss ja schrecklich sein. Wer waren „wir"?«

»Meine Exfrau, die Mädels und ich machten viele Segelurlaube, als
die Mädchen etwas größer waren.«

»Mh.« Sie stellte es sich schön vor, so als Familie am Boot. Na ja,
wenn man sich gut verstand zumindest. Wenn es Streit gab, konnte es
ziemlich eng werden.

Davids Handy piepste. Er warf einen kurzen Blick darauf und
steckte es wieder in seine Hosentasche. Dann wechselten sie den Platz
zur Vorderseite des Bootes und Molly ließ den Blick übers Wasser
schweifen. »Weißt du, so übers Wasser zu treiben und die Wolken zu
beobachten, erinnert mich an meine Reise, die ich vor kurzem gemacht
habe.« Der Wind kräuselte Mollys Haar sanft. Ihr Kopf schmerzte noch
immer leicht.

»Ach ja? Wo warst du denn?«

Molly erzählte ihm von ihren Erlebnissen in Bangkok und Chiang
Mai. Von Luise und dem SangSom im Süden. David lauschte gespannt. Er liebte es ebenfalls zu reisen und schilderte: »In den Ferien-
zeiten sind wir die Küsten verschiedenster Länder entlanggefahren.
Wo es uns gefiel, blieben wir und schauten uns das Festland an. So
haben die Mädels bereits viel von der Welt gesehen.«

»Du bist sicher ein toller Vater.«

»Danke.« Er legte wieder den Arm um sie. Molly lehnte sich entspannt an seinen Oberkörper und dachte: »Ob er mit mir auch mal so
eine Reise machen würde? Nein, Molly! Stopp! Es ist euer zweites
Date.« Sie verscheuchte diese Gedanken aus dem Kopf und konzentrierte sich auf den Moment. David schob ihr eine Weintraube zwischen die Lippen und sie biss zu.

»Au!«, schrie er auf und als Strafe küsste er sie stürmisch. Molly
bekam Gänsehaut. Ihre Münder, ihre Zungen verschmolzen ineinander und langsam fanden ihre Körper zueinander. Seine Finger strichen

sanft über ihr Gesicht, ihren Hals und ihre Schultern. Ihre Haut kribbelte. Sie ließ ihre Hände über seinen Rücken gleiten und nahm den muskulösen Oberkörper durch sein T-Shirt wahr: warm und kraftvoll.

Sie spürte seine Leidenschaft und atmete schneller, als seine Lippen zärtlich ihren Hals und ihre Schlüsselbeine nachzeichneten. Mollys Finger glitten durch sein Haar und sie neigte den Kopf nach hinten. In ihr bebte es. Langsam erkundete er ihren Körper und war im Begriff, ihr blau-weiß gestreiftes T-Shirt hochzuschieben.

»Nein, nicht«, stoppte sie ihn, »nicht so schnell.« Seine Hände hielten inne und er atmete tief in ihre Halsbeuge.

»Mhhh, ist gut. Alles gut.«

Er küsste sie vom Hals bis zur Nasenspitze und schloss sie dann fest in seine Arme. Dabei lächelte er sie spitzbübisch an: »Ich find dich ganz schön sexy, weißt du?«

»Ich dich auch … ziemlich heiß, was ich da fühle«, antwortete sie und strich über seine Schultern, »ich möchte dich nur noch besser kennenlernen …«

David nickte, setzte sich auf und zog sie weiter zu sich.

»Weißt du, wir könnten ja auch mal einen Segeltrip am Meer machen«, schlug er vor. Mollys Herz hüpfte.

»Oh, wirklich …? Werden wir dann auch von der Küstenwache abgeschleppt?«, scherzte sie. »So ein Trip wäre wunderschön!« Sie kuschelte sich tiefer in seine Arme. Vielleicht war es doch okay, so weit in die Zukunft zu denken.

Langsam sank die Sonne tiefer und der Himmel leuchtete in sanftem Gelborange. Es wurde kühler und das Wasser erschien immer dunkler. Sie kuschelten noch eine Weile an Deck, leerten die Flasche Champagner und kehrten langsam, aber sicher um.

Es dämmerte, als das Boot leise den Pier erreichte und an die Planke stieß. Als David das Tau befestigte, blieb es folgsam stehen. Gentlemenlike half er Molly aus dem Boot und küsste sie noch einmal.

»Ich lass dich nicht mehr los«, neckte er sie, während sie sich lachend aus seiner Umarmung befreite.

»Hey, du Halunke, so war das nicht abgemacht!«

Sie brachten den Picknickkorb zu Davids Wagen und Molly machte sich auf zu gehen. Das Pochen in ihrem Kopf war noch immer da. Sie küsste ihn ein letztes Mal zum Abschied.

»Das war eine super Idee heute. Ich danke dir.«

»Wann sehe ich dich denn wieder?«, wollte er wissen.

»Ich ruf dich an. Zum Abendessen?«, schlug Molly vor.

»Jederzeit.« Verliebt biss er in ihre Unterlippe.

»Mach's gut«, flüsterte sie und ging.

Besser gesagt, flog sie zum Fahrrad. Sie stieg auf, trat in die Pedale und hob ab. Auf Wolke sieben flog sie nach Hause.

Am Abend schickte ihr David zwei Fotos: Bei dem einen lehnte sie entspannt an der Reling und blickte verträumt übers Wasser und dann ein Selfie von ihr und ihm – die Arme umeinandergeschlungen.

»Mein Herz schlägt für dich«, tippte sie. War das zu gewagt? Zu viel des Guten? Egal. Sie drückte auf »Senden«.

Die Nachrichten flogen zwischen ihnen in den nächsten Tagen hin und her.

David: »I wish you were here.«

Molly: »Ich kuschle in Gedanken schon mit dir.«

David: »Ich hab dir noch so viel zu erzählen … das ist eine Warnung!«

Molly: »Möchtest du mir deine dubiose Vergangenheit beichten?«

David: »Wenn du wüsstest … – ich vermisse dich.«

Molly hatte ihr Handy im Buchladen nun immer eingesteckt. Sobald sie ein Vibrieren spürte, zog sie es hervor und lugte verstohlen darauf. Sie wusste, dass das Rose nicht gefiel, doch Molly konnte nicht anders. Es war einfach zu aufregend und ihre Chefin sagte erstmal nichts, da Molly trotzdem mit vollem Einsatz ihrer Arbeit nachkam. Sie freute sich einmal mehr über die zufriedenen Gesichter der Kunden, wenn sie die passenden Bücher überreichte, die sie mit viel Gespür ausgesucht hatte. Als eines Abends ihre Mutter anrief, erzählte sie ihr vorerst nichts von David. Es war noch zu frisch und sie wollte sich nicht den Fragen stellen, von denen sie wusste, dass sie kommen würden, sobald sie über ihn sprach.

Grace gegenüber erwähnte sie David jedoch schon. Ihre Schwester hörte ihr erstmal zu und meinte dann:

»Ist doch klasse! Genieße es und lass es langsam angehen.«

Molly lächelte erleichtert.

»Und komm einmal zu Besuch! Die Kinder wachsen schnell und wenn ihre Tante nicht bald zu Besuch kommt, gehen sie schon auf die Uni, wenn ihr euch wiederseht«, scherzte Grace.

»Und was ist mit Steve?«

»Ach Steve ...« Grace's Stimme wurde traurig. »Er wohnt bei einem Freund. Er ist jeden Tag im Atelier im Garten, aber wir sehen uns kaum. Es ist traurig.«

»Redet ihr?«

»Nein. Ich wollte erstmal keinen Kontakt mehr. Die Kinder besuchen ihn ab und zu im Atelier.«

»Könnt ihr euch nicht wieder zusammenraffen?«

»Ich weiß nicht. Er möchte, dass wir zu einem Therapeuten gehen. Er will uns nicht verlieren«, erwiderte Grace leise.

»Aber das ist doch gut! Warum machst du nicht mit?«

»Ich weiß nicht ..., sobald man beim Therapeuten sitzt, sind Hopfen und Malz verloren.«

»So schnell darfst du nicht aufgeben, Grace! Das stimmt doch gar nicht!«, protestierte Molly. »Versucht es! Eure Liebe war einmal so groß, weißt du noch?« Stille. Grace schwieg. Molly vernahm nur leises Schluchzen.

»Grace ...«

»Du hast ja recht. Vielleicht sollen wir es wagen. Ich hab dich lieb.«

»Und ich dich erst«, erwiderte Molly, »melde dich, okay?« Grace legte auf. Wie sehr wünschte sich Molly in solchen Momenten, sie würden näher beisammen wohnen.

KAPITEL 19

Es war Dienstagabend und Molly saß gedankenverloren am Küchentisch. Sollte sie ihn anrufen? Oder war es noch zu früh? Sie wollte nicht aufdringlich wirken, andererseits hatte sie versprochen, sich zu melden. Sie stand auf, ging zur Spüle und schaute in den Garten.

»Egal«, dachte sie, »ich ruf ihn an.« Sie griff zum Handy und drückte auf seine Nummer. Es klingelte.

»Hallo Molly!«, meldete sich David.

Sie atmete tief durch und versuchte so gelassen wie möglich zu klingen:

»Hallo David! Wie geht es dir? Stör ich?«

»Nein, gar nicht, ich bin zu Hause. Es geht. Anstrengende Woche, viel zu tun. Ich vermisse dich. Es fühlt sich wie eine Ewigkeit an, seit wir uns gesehen haben.«

»Hm, ja … das stimmt.« Molly war erleichtert, er kam gleich zur Sache: »Vielleicht sollten wir uns wieder einmal treffen?«

»Ja gern«, erwiderte sie.

»Freitagabend? Zum Essen? Ich hol dich ab.«

Molly überlegte. Sollte sie jetzt so tun, als wäre sie schwer beschäftigt? Dass sie an diesem Abend keine Zeit hätte und einen anderen Tag vorschlagen?

Nö, keine Spielchen, sie hatte keine Lust darauf.

»Oh … ja okay. Gerne!«, antwortete Molly, »wie chic wird es denn? Nur damit ich weiß, was ich anziehen soll?«

»Cocktailkleid reicht«, scherzte David. Als sie kurz zögerte, sagte er: «Ich dachte, wir gehen japanisch essen, wenn du magst. Am Marktplatz.«

»Oh ja, den Japaner liebe ich! Das Sushi dort ist umwerfend. Der Kugelfisch auch – im wahrsten Sinne des Wortes!« Sie lachten. »Super. Bis dann, David!«

»Bis dann. Ich freu mich auf dich, Süße!«

Sie legte auf.

Es war Freitag, die Woche war vorüber und sie schloss die Tür zum Buchladen ab. Es war ein arbeitsreicher Vormittag gewesen, denn sie hatte den Laden alleine geschmissen. Rose lag mit einer Erkältung im Bett. Neue Lieferungen waren angekommen, die sie zumindest sichten musste. Kunden mit teils komplizierten Anfragen und Wünschen hatten ihr die Zeit geraubt. Gleichzeitig hatte sie bemerkt, dass zwei Bücher fehlten. Sie würde mit Rose drüber sprechen müssen. Doch insgesamt hatte Molly alles geschafft und zufriedene Kunden verabschiedet. Sie freute sich auf etwas Ruhe in den eigenen vier Wänden und schwang sich aufs Fahrrad. Sie fuhr die Straße hinab. Vom Wochenmarkt wollte sie noch Gemüse, Fleisch und Brot fürs Wochenende besorgen.

Die Luft war kühl, die Sonne versteckte sich hinter den Wolken. Molly atmete tief durch, die Fahrt tat gut. Augenblicklich fühlte sie sich erfrischter und entspannt.

Sie bog in eine Seitenstraße, von dort kurvte sie zum Marktplatz. Es waren viele Menschen unterwegs. Sie erledigten ihre Wocheneinkäufe, verbrachten die Mittagszeit im Restaurant oder flanierten entspannt umher. Vorsichtig schob sie ihr Rad bis zum Ende der Fußgängerzone, da erblickte sie plötzlich David. Inmitten der Menschenmenge spazierte er die Einkaufsstraße hinunter, in brauner Lederjacke und mit verwuscheltem Haar, wie immer. An seiner Seite schlenderte eine große, schlanke Frau mit blondem langem Haar. Sie lachte und hakte sich wie selbstverständlich bei ihm unter. Molly blieb unvermittelt stehen, fast wäre sie mit einer Dame und ihren zwei riesigen Einkaufstüten zusammengestoßen. David hielt eine kleine Papiertüte in der Hand, die er der Frau anbot. Diese nahm eine Erdbeere heraus und sie küssten sich. Dann versperrte ihr ein Mann die Sicht. Als sie wieder nach vorne sah, waren die beiden in der Menge verschwunden.

Hatte sie richtig gesehen? War das wirklich David gewesen? Und vor allem, wer war die Frau?

»Konzentrier dich, Molly!«, ermahnte sie sich. Fast wäre sie wieder mit zwei jungen Mädchen zusammengestoßen. Molly kehrte um, erreichte die Straße und trat verstört in die Pedale. Den Einkauf würde sie ausfallen lassen. Sie wollte nur noch nach Hause. Wie in Trance fand sie den Weg. Sie stellte das Rad ab, schloss die Tür auf und setzte sich atemlos an den Küchentisch.

»Was war denn das? Wir sind heute Abend beim Japaner verabredet. Er sagte doch, er vermisse mich so sehr.« Molly war verwirrt. Vielleicht hatte sie sich getäuscht, und es war gar nicht David gewesen.

»Nein, ich habe ihn gesehen!«, schoss es ihr durch den Kopf. »Es waren seine Jacke und seine Wuschelhaare. Er war es!« Sie brauchte Zeit. Gedankenverloren brühte sich Molly Tee auf.

»Hm«, dachte sie, »also doch ein Schwindler! Dem bin ich ja schön auf den Leim gegangen … ein leichtes Spiel mit mir, einer einsamen Frau, die in naiven Träumen schwelgt.«

Traurig, aber auch zornig spülte sie ihre Tasse ab und sah zu, wie die Seifenbläschen auf ihren Händen zerplatzten.

»Ich habe einfach kein Glück, oder vielleicht war alles doch nur ein Missverständnis?«, sinnierte sie, »vielleicht war es auch nur seine Schwester oder eine Cousine, die zu Besuch war. Aber sie hatten sich geküsst!« Molly seufzte. Sie würde es am Abend erfahren.

Wie beim letzten Mal saß David schon bei Tisch und studierte die Karte, als Molly das Restaurant betrat. Wieder kam er ihr augenblicklich entgegen, als er sie erblickte.

»Ich freu mich so, dich zu sehen.« Er strahlte sie an und küsste ihre Wange. Keine Spur von Zweifel. Mollys Kopf pochte auf einmal wieder. Molly war zurückhaltend und vorsichtig. Sie setzten sich an den Tisch, den David für sie reserviert hat.

Molly bestellte gleichgültig. Der Wein schmeckte trotz allem hervorragend. David war super drauf und erzählte von seiner Arbeitswoche, von seinen Töchtern und wollte wissen, wie Mollys Woche gewesen war. Sie beschloss mitzuspielen und berichtete von einigen interessanten Büchern, die sie reinbekommen hatten, von den fehlenden Büchern und dass sie bald nach Hamburg fliegen wollte.

Das Sushi wurde serviert und Molly biss in ein eiskaltes Thuna-Stück. Mhh, lecker – kurz war sie beruhigt.

Davids Handy lag neben seinem linken Unterarm am Tisch. Es piepste und eine Nachricht kam herein. »Silvie« stand als Absender dabei. Molly ergriff die Chance und sagte: »Sag mal, David, hattest du eine neue Beziehung seit deiner Scheidung vor zwei Jahren?«

»Wie kommst du denn darauf?«, fragte er erstaunt.

»Na ja, ich habe dir ja auch meine Geschichte mit Arnold erzählt. Es interessiert mich einfach, schließlich mag ich dich ja eigentlich gern.«

»Oh, das hoffe ich doch. Vielleicht sogar ein bisschen mehr als das?«, sagte er und lächelte spitzbübisch.

»Und? Hast du?«

»Hm. Nein, nicht wirklich. Nichts Ernsthaftes.«

»Hm …, ich habe dich nämlich heute Mittag gesehen. In der Stadt mit einer blonden Frau. Ihr habt ziemlich glücklich ausgesehen …« Ihr entging nicht, wie er etwas zu lange innehielt. Langsam ließ er sein Sushi-Stück auf den Teller zurücksinken.

»Ach Molly, das war nichts. Nur eine Freundin. Wir sehen uns ab und zu, wenn ihr langweilig ist. Das verstehst du doch, du hast sicher auch männliche Freunde, nicht?«

»Ja, habe ich«, log sie, »aber so wie ihr beiden flanieren wir nicht durch die Stadt. Küssend, meine ich. War das Silvie?«

Er stockte wieder.

»Woher …?«

»Dein Handy. Ist die Nachricht von ihr?«

»Jetzt sag einmal …« Seine Stimme wurde laut und er griff zum Handy und schaute auf die Nachricht.

»Ja, sie ist von ihr. Wir sind nur Freunde, sag ich dir.« Seine Augen funkelten gefährlich.

»Tut mir leid, wenn ich jetzt so mit der Tür ins Haus falle, aber ich habe keine Lust mehr auf Spielchen. Ich mag dich und dachte, du mich auch, und zwar ganz ehrlich …«

»Tu ich ja, ehrlich!«

»… und exklusiv!«, fügte sie hinzu.

Er schluckte.

»Wenn sie eine Freundin ist, was schreibt sie dann? Darf ich es sehen?«

Eigentlich ging es total gegen ihre Prinzipien: das Handy eines anderen zu inspizieren und ihm nachzuspionieren. Aber in diesem Fall musste sie es wissen. Diese Beziehung oder was immer das auch war, stand an oberster Stelle.

»Muss das sein?« Für David wurde es ungemütlich und er wurde launisch. So hatte sie ihn noch nie gesehen. »Was soll das Theater?«

»Dann zeig her, wenn du nichts zu verbergen hast!«, erwiderte Molly beharrlich. Nun konnte er nicht mehr anders.

»Miss you, darling. Gestern Nacht war Wahnsinn … yummie! Deine Schmusemaus«

Molly starrte auf das Display. Ihr Atem stockte. Hier stand es schwarz auf weiß. Ihr Blick wechselte zu David, der zerknirscht dreinschaute. Eine Schweißperle formte sich auf seiner Stirn. Doch nicht lange: Sein Gesichtsausdruck wurde sofort sanft und er streichelte ihren Unterarm.

»Molly! Es ist nicht so, wie du denkst …«, flötete er.

»Ach, wie könnte es denn anders sein?«, fragte sie scharf und legte die Serviette auf den Tisch. »Ich weiß, wir kennen uns noch nicht lange, und unsere Freundschaft, Beziehung oder was auch immer hat noch nicht den Anspruch exklusiv zu sein. Trotzdem …, so habe ich das Gefühl, nicht die Einzige zu sein und es auch nicht zu bleiben.«

»Molly, ich mag dich doch sehr. Lass uns den Moment genießen und nicht so weit vorausdenken«, versuchte er es noch einmal.

»Das ist ja schön und gut, aber wenn du dich mit anderen Frauen triffst, ist das für mich nicht okay. So eine Art Beziehung will ich nicht!«

Sie nahm ihre Tasche und erhob sich. David sprang auf, griff nach ihrem Arm und sagte: »So warte doch!«

Sie schaute ihn an – enttäuscht, traurig und wütend. Als sie sich nicht setzte, schlug seine Stimmung um und er rief:

»Ach was, dann geh. Ihr Weiber spinnt doch immer mit eurer Eifersucht!«

Molly starrte ihn an.

»Wir Weiber? Mit unserer Eifersucht? Ist denn das nicht berechtigt? Hast du das schon öfter erlebt?«

»Ach, lass mich doch in Ruhe!« David knallte seine Serviette auf den Tisch.

Das machte sie. Enttäuscht verließ Molly das Restaurant und rief ein Taxi. Sie hatte sein wahres Gesicht gesehen. Er war ein absoluter Charmeur, der die Frauen liebte, aber eben nicht nur eine allein. Mit gesenktem Kopf saß Molly im Taxi. Tränen kullerten über ihre Wangen und sie starrte auf ihre Finger. Zerplatzt der Traum vom neuen Glück. Sie war auf ihn reingefallen und nun wusste sie, warum er samstags keine Zeit hatte. Sie war drauf und dran gewesen, sich auf etwas Neues einzulassen. Ihre Gedanken überschlugen sich:»Zum Glück habe ich ihn mit ihr gesehen, sonst wäre es womöglich noch lange so weitergegangen. Na ja, wer weiß, vielleicht hätte er mich auch plötzlich abserviert, wenn er jemand Neues kennengelernt hätte und es ihm zu viel geworden wäre! So ein Schuft!«

Sie reichte dem Taxifahrer das Geld, öffnete die Eingangstür und schoss ihre Pumps in eine Ecke.

»So ein Mist!«, schimpfte sie,»ich brauche erst mal einen Drink.«

Sie stapfte ins Wohnzimmer und schenkte sich ein Glas Whiskey ein. Sie nahm einen großen Schluck und hustete.

»Ganz schön scharf das Zeug!«, murmelte sie, ließ sich in den großen Lehnstuhl fallen und starrte erstmal in die Luft.

Das war ja schnell gegangen. Gerade war sie noch durch die Gegend geschwebt und jetzt saß sie da, tränenüberströmt und zornig. So ein Wicht! Lachte er sich doch tatsächlich gleich mehrere Frauen an und machte sich ein schönes Leben. Ja, er war gutaussehend und äußerst charmant. Ehe und Familie hatte er hinter sich. Und offensichtlich war er nicht bereit für eine neue, ernsthafte Bindung.

»Bist du es denn?«, hörte sie da eine Stimme aus der Ecke.

»Hm.« Molly schmollte.

Mit Arnold zu sprechen, darauf hatte sie keine Lust. Ja, er hatte sie gewarnt. Jetzt wollte er wahrscheinlich hören, dass er recht gehabt hatte. Sie schwieg.

»Bist du denn bereit für eine neue, feste Beziehung«, wiederholte er,»so richtig mit allem Drum und Dran? Möchtest du dich wirklich langfristig auf etwas Neues einlassen?«

Molly sagte noch immer nichts, stattdessen schlürfte sie an ihrem Whiskey. Arnold leuchtete zeitlos in der Ecke und Molly schmollte im Lehnstuhl. Es herrschte Stille – eine ganze Weile.

Schließlich erwiderte sie:»Willst du jetzt hören, dass du recht hattest? So ein Schuft.«

»Nein, Molly! Ich sagte doch, du hast die Wahl und ich unterstütze dich bedingungslos. Es geht nicht darum, wer recht hat. Seine Gefühle zu dir waren echt. Du bist ihm wirklich nicht mehr aus dem Kopf gegangen, er mochte dich. Er war total fasziniert von dir und er wollte dich ernsthaft weiter treffen.«

»Ja, aber diese andere Frau auch und wer weiß wen sonst noch.«

»Ja, das stimmt. Aber darum geht es nicht mehr.«

»Um was geht es dann, verdammt noch mal?« Sie verstand das alles nicht.

»Es ist an der Zeit, dass du dir klar wirst, was du wirklich als Nächstes in deinem Leben möchtest. Wenn es eine Liebesbeziehung ist, wie sollte sie sich anfühlen? Was möchtest du erfahren?«

Molly war irritiert. Darüber hatte sie sich keine konkreten Gedanken gemacht. Für sie hatte bis jetzt gezählt, jemanden kennenzulernen, der aufmerksam, lustig und wunderbar ist, und den Rest auf sich zukommen zu lassen. David war all das gewesen und der Rest war auch auf sie zugekommen, kein Zweifel.

»Sei ruhig traurig und zornig und alles, das ist dein gutes Recht. Überleg dir, was genau du dir wünscht, gehe ins Gefühl«, ermutigte sie Arnold.

Da erinnerte sich Molly an Luise und ihr Ritual mit der Liste. Sie hatte ihre Herzenswünsche, die Liebe betreffend, aufgeschrieben, sie ausgeschmückt und gefeiert. War das der Weg? Sollte sie es auch so machen?

Egal. An diesem Abend hatte sie darauf keine Lust mehr. Erstmal hatte sie genug von Männern und von der Liebe.

»Ich geh schlafen, Arnold. Ich brauche eine Pause. Gute Nacht!«

Sie ließ ihn stehen beziehungsweise leuchten und verschwand im Schlafzimmer.

Mollys Handy piepste. Mehrmals. Verschlafen tappte ihre Hand danach. Gähnend öffnete sie ein Auge und schielte auf das Display:»Molly! Es tut mir leid! Es ist nicht so, wie du denkst. Ich vermisse dich, dein David.«

Und:»Lass uns den Moment auskosten. Nicht so viel reden.«

Molly keuchte, drehte sich zur Seite und drückte David weg. Sie schlief weiter. Im Laufe des Vormittags schickte er ihr eine weitere Nachricht:»Lust auf einen Spaziergang? Ich vermisse dich.«

»Der ändert sich sicher nicht mehr, er wird weitermachen wie bisher. Mit mir und den anderen ...«, dachte Molly und vergrub sich weiter in ihrem Bett. Dort würde sie das Wochenende im Bett verbringen und ihre Wut und ihr Selbstmitleid voll ausleben.

Sie wollte ihm keine Chance mehr geben. Sie kannte Männer wie ihn. Sie ändern sich nicht oder nur äußerst schwer. Sie waren zu schön, zu erfolgreich und zu flatterhaft, um nur einer Frau zu gehören. Das wollte sie nicht. Sie wünschte sich ... Ja, was wünschte sie sich eigentlich?

»Nicht heute«, dachte sie, »jetzt möchte ich schmollen, fernsehen, Eis essen und pausieren.« Sie blieb die beiden Tage in ihrem Pyjama, bestellte sich Pizza, schaute eine Serie nach der anderen und ließ die Welt sich weiterdrehen.

Am Montag ging es ihr besser. Sie war noch immer zerknautscht, aber sie spürte neue Lebensfreudefunken in ihrem Bauch. Für den Abend hatte sie sich mit ihrer Freundin Charlotte in einer Bar verabredet. »Kannst du dir das vorstellen? Geht er doch eiskalt mit mir essen, nachdem er am Nachmittag die kühle Blonde geküsst hat! Und sagt dann noch, ich soll mich nicht so haben …«, schimpfte sie, nachdem sie ihr alles erzählt hatte.

»Ich weiß«, pflichtete Charlotte ihr bei, »Männer können so fies sein! So egoistisch.« Sie gab dem Barkeeper ein Zeichen für zwei weitere Sambuca und hob das Shotglas, das vor ihr stand und bis zum Rand gefüllt war, hoch: »Cheers! Aufs Single-Dasein. Vertrauen wir uns selbst – das ist immer noch das Beste.«

»Cheers!« Molly leerte das Glas in einem Zug.

»Nun versteh ich auch Rose viel besser …«, schoss es ihr durch den Kopf.

»Ich bin froh, wieder alleine zu sein«, stellte Charlotte fest, die sich mittlerweile von Finn, dem Workaholic, getrennt hatte.

»Diese ständigen Vertröstungen und Liebesschwüre – nichts weiter als leere Lippenbekenntnisse! Hätte Finn mich wirklich so geliebt, wie er immer gesagt hat, hätten wir mehr Zeit zusammen verbracht. Dann hätte er mich nicht dauernd vertröstet.«

»Ja, in jedem Fall! Sei froh, dass du ihn los bist«, stimmte ihr Molly verbittert zu. »Feste Beziehungen engen sowieso nur ein. Ständig muss man sich abstimmen, was man warum tut und wo man ist.«

»Ja, und sie vergnügen sich, wie es ihnen gefällt, ohne Rücksicht auf Verluste. Total schwanzgesteuert!«

Die nächste Runde Sambuca wurde serviert.

»Wann hast du eigentlich entschieden, dass es dir mit Finn reicht?«, erkundigte sich Molly.

»Ich hatte ihn zum Abendessen eingeladen. An einem Freitagabend um 19 Uhr, bei mir. Ganz romantisch mit Kerzenlicht und allem Pipapo. Stell dir vor, er ist nicht mal aufgetaucht. Besser gesagt, schrieb er mir um kurz nach sieben, dass er im Büro noch nicht fertig sei und es erst um circa 23 Uhr schaffen würde, wenn überhaupt«, erzählte sie und zog eine Zigarette aus der Schachtel. Gleichzeitig hielt sie Molly die Packung vor die Nase und die griff zu.

»Als ich ihm antwortete, dass er gar nicht mehr kommen soll, hat er's zuerst überhaupt nicht verstanden. Dabei haben wir zuvor so oft darüber gesprochen, dass eine Beziehung gemeinsame Zeit braucht. Ist doch logisch, oder?« Sie verdrehte die Augen. »Immer wieder hat er mir versprochen, dass er zukünftig pünktlich sein und weniger arbeiten würde.«

»Hm«

»Anscheinend hat er uns nicht richtig ernst genommen.«

Molly hielt den Shot Sambuca hoch: »Cheers! Auf uns Frauen!«

»Cheers!«, rief Charlotte und kippte den Inhalt hinunter. Schnell saugten sie an ihren Zigaretten. Der Alkohol brannte höllisch in der Kehle.

»Was hat er denn gesagt, als du Schluss gemacht hast?«

»Erst mal nichts, weil er es nicht bemerkt hat, weil er wie immer gearbeitet hat. Ich habe meine Sachen gepackt und bin kurzfristig zu meinen Eltern gefahren. Ich rief ihn einige Male an, um es ihm persönlich zu sagen und ihm eventuell noch mal eine Chance zu geben. Ich wollte ihn treffen und ernsthaft über alles reden. Aber er hat nicht mal abgehoben, geschweige denn zurückgerufen, weil er ja so beschäftigt war.« Sie seufzte. »Dann habe ich ihm eine Nachricht geschrieben: Ich bin weg. Viel Spaß mit deiner großen Liebe – dem Job. Charlotte. Danach habe ich seine Anrufe ignoriert.«

»Wann war das? Habt ihr euch seither nicht mehr gehört oder gesehen?«

»Vor circa drei Wochen. Ich habe ihn ein paar Tage später von meinen Eltern aus zurückgerufen, nachdem er mehrmals versucht hatte mich zu erreichen. Aber das hat nicht viel gebracht. Er meinte, ich reagiere über. Meine Eltern waren super. Sie haben mich total verstanden und mir Rückhalt geboten. Es würde der Richtige kommen und ich hätte jemanden verdient, der mich auf Händen trägt. Das rechne ich ihnen hoch an, ehrlich.« Sie zündete sich noch eine Zigarette an.

»Er hat sich dann oft gemeldet und mich angefleht zurückzukommen und ich solle mir alles doch noch einmal überlegen. Er sagte, er könne ja von vierzehn auf zehn Stunden Arbeitszeit pro Tag zurückdrehen.«

Molly hob die Augenbrauen. »Ein totaler Workaholic ...«

»Ja, leider. Es fiel mir schwer, wie du dir vorstellen kannst. Ich liebte ihn, ehrlich.« Charlotte wirkte unendlich müde. Zum Glück stellte der Barkeeper in diesem Moment wieder zwei Shots auf den Tisch.

Molly schob einen zu ihrer Freundin: »Cheers! Du bist stark. Du bist dir treu geblieben und hast schon den schwersten Schritt hinter dir. Ich bin stolz auf dich!«

Und weg war er, der Sambuca.

»Hm, danke ... Vor einer Woche kam ich von meinen Eltern zurück. Die Auszeit hat echt gutgetan. Ich habe die beiden neu und besser kennengelernt, wir haben uns so selten gesehen davor. Beide haben sich verändert in den letzten Jahren. Wir hatten uns viel zu erzählen – die ganzen Kleinigkeiten, weißt du?«

Molly wusste, was sie meinte.

»Ja, wenn man nur sporadisch Kontakt hat, dann beschränkt sich das Gesagte meist auf die großen Dinge des Lebens, die passieren. Das Alltägliche und vermeintlich Unwichtige bleibt außen vor. Dabei ist es doch gerade das, das uns ausmacht und verbindet.«

»Ja genau«, stimmte ihr Charlotte zu, »unsere Besonderheiten, unsere spontanen Aussagen, Ideen und die Zeit, die man zusammen verbringt.«

»Auch wenn man nur gemeinsam im Garten sitzt, ohne viel zu sagen.«

»Ja genau. Wir haben zusammen gekocht und sind am Abend vor der Glotze gehockt. Ich meine, ich habe mit ihnen ihre Sendungen angeschaut, romantische Schnulzen und Western.« Sie schmunzelte. »Aber es war so gemütlich und fast wie früher. Sie sind alt geworden. Mein Vater vergisst teilweise Sachen und meine Mutter kann am Handy nicht mal ein Foto verschicken.« Den beiden Frauen wurde plötzlich die Vergänglichkeit von allem bewusst. Sie schwiegen eine Weile.

»Darf ich noch eine …?«, fragte Molly und fingerte nach der Zigarettenpackung. »Ich glaube, ich möchte auch wieder mal zu meinen Eltern fahren. Es ist eigentlich eine super Idee. Wir sehen uns auch zu selten.«

Charlotte lachte. »Auf den Geschmack gekommen? Ja, mach es.«

»Jedenfalls können uns dort die Männer nichts anhaben«, bemerkte Molly und bestellte eine letzte Runde. Die beiden Frauen redeten noch eine Weile und kosteten die späte Stunde so richtig aus. Als ruhige Rauswerfmusik ertönte und der Barkeeper aufzuräumen begann, brachen sie auf und wankten zu den Taxis. Sie umarmten sich und versprachen sich, bald zu telefonieren. Als Molly zu Hause ankam, kämpfte sie sich zur Eingangstür. Sie schaffte es aufzusperren und fiel angezogen ins Bett.

Der klingelnde Wecker verursachte höllische Kopfschmerzen. Qualvoll erhob sie sich am nächsten Morgen aus den Federn und schleppte sich ins Bad.

»Molly! Du siehst ja schrecklich aus«, begrüßte sie ihr Spiegelbild. Irgendwie schaffte sie es trotzdem, sich fertig zu machen und im Laden zu erscheinen. Der Arbeitstag war mühsam und lang, doch sie brachte ihn hinter sich – mit einigen Flaschen Wasser und einem Spaziergang an der frischen Luft. Am Abend fiel sie todmüde ins Bett.

Am nächsten Tag ging es ihr bedeutend besser und ihre Leichtigkeit kehrte zurück. Doch was blieb und nicht mehr verschwand, war der Wunsch nach einem Menschen, den sie lieben konnte und der sie genauso sehr zurückliebte.

Die Idee, ihre Eltern zu besuchen, gefiel ihr weiterhin.

»Das freut uns aber, dass du kommst und dieses Mal etwas länger bleibst«, sagte ihre Mutter, »ist etwas passiert?«

»Nein, gar nicht. Ich denke nur, es wäre wieder einmal an der Zeit, dass wir uns sehen.«

»Schön! Wann kommst du denn genau? Dein Vater wird dich am Bahnhof abholen.«

»Nächsten Freitagabend ginge ein Zug. Ich wäre um fünf vor sieben da.«

»Hervorragend!«

Voller Vorfreude buchte Molly das Zugticket.

Als der Zug am Bahnsteig einfuhr, erblickte sie ihren Vater Bernard, der auf sie wartete. Kerzengerade stand er da, in braunen Stoffhosen, einem Feinstrickpullover und mit einem Hut auf dem Kopf.

»Er war immer schon ein aufrechter Mann«, dachte Molly liebevoll, »innerlich wie äußerlich.«

Sie stieg aus dem Waggon und sie fielen sich herzlich in die Arme.

»Hallo Papa!«

»Guten Tag, mein Kind! Wie war die Fahrt?« Er griff nach ihrem Koffer. Das ließ er sich nicht nehmen.

»Ganz okay. Ich hab Musik gehört … und bin sogar eingenickt.«

Sie stiegen in den alten Kombi. Innen roch es so wie immer, seit Molly denken konnte: etwas altbacken und nach Leder. Sogar dieselben Hustenbonbons lagen in der Ablage unterm Radio.

»Nimm dir ruhig eines.«

»Gern«, erwiderte Molly und wickelte eines aus dem Papier. Sekundenschnell entfaltete sich der Geschmack ihrer Kindheit in ihrem Mund. Schon sah sie sich und Grace als kleine Mädchen am Rücksitz sitzen und vor sich hin kichern. Vorne ihr Vater in der grünen Armeeuniform. Kerzengerade und mit hartem, stillem Gesicht.

»Wie geht es euch?«, erkundigte sich Molly.

»Ach, ganz gut, mein Kind.« Er pausierte. »Mein Rücken schmerzt zwar und mein rechtes Knie zieht, aber sonst sind wir wohlauf. Deine Mutter ist oft ziemlich müde. Aber das ist auch normal in unserem Alter. Der Garten blüht wunderbar, du wirst staunen!«

Molly freute sich schon auf den Garten. Sie wusste, er war der Stolz ihrer Eltern. Stunden verbrachten sie damit, alles Mögliche darin anzupflanzen und die wachsenden Blumen und Pflänzchen zu hegen und zu pflegen. Als Dank dafür brachten sie die schönsten Blüten hervor.

»Bei Onkel Christian wurde Bauchspeichelkrebs diagnostiziert«, erzählte Bernard,»vor einigen Wochen waren sie noch bei uns.«

Molly Atem stockte.»Das ist ja schrecklich. Das tut mir leid.«

»Ja …, es geht ihm nicht gut. Deine Mutter und ich werden demnächst zu Margret und ihm nach Chesterfield fahren und sie besuchen.«

»Bitte sagt ihm liebe Grüße.« Molly senkte den Kopf. Wieder einmal spürte sie die Vergänglichkeit und wie schnell alles vorbei sein konnte. Christian war der Bruder ihres Vaters und sie waren sich schon immer nahegestanden.

Molly musterte ihren Vater von der Seite. Er war ein stattlicher, großer Mann mit grauem, säuberlich geschnittenem Haar und frisch rasiertem Gesicht. Natürlich hatte er Falten, aber Molly sah noch immer den gutaussehenden, freundlichen Mann, in dessen Arme sie sich so gerne hatte fallen lassen.»Nur etwas dünner ist er geworden«, ging ihr durch den Kopf.

»Viel hat sich nicht verändert«, stellte sie fest, als sie in Bedford einfuhren. Der Bäcker an der Ecke war noch da und auch das Pub, in das sie begonnen hatte, abends auszugehen. Beides erschien unverändert. Das Rathaus und die Schule ebenfalls.

Einige neue Wohnhäuser gab es allerdings. Darin lebten wahrscheinlich viele ihrer ehemaligen Schulkollegen.

»Willy Weinberg wohnt hier«, sagte ihr Vater in dem Moment.»Weißt du noch? Du warst mit ihm beim Abschlussball …«

Wie könnte sie das vergessen haben!

»Mhhh, ja …«, gab sie nur von sich.

»Er sitzt jetzt im Gemeinderat und unterstützt den Bürgermeister. Ein fleißiger Kerl, nur manchmal etwas ungeschickt. Er war zum Beispiel strikt dagegen, dass das Altenheim erweitert wird, weil ein Teil des Rugby-Feldes dafür draufgehen sollte. Fast hätten er und seine Anhänger den Ausbau blockiert. Damit hätte er sich dann wohl selbst aus dem Gemeinderat geschmissen.«

»Das sieht ihm ähnlich«, dachte Molly,»schon in der Schule hatte er Vernünftiges blockiert oder einfach nicht Platz gemacht. Er hatte nie jemanden bei sich abschreiben lassen, obwohl er sehr gute Noten erhielt. Manchmal fehlte ihm einfach das nötige Mitgefühl.«

Sie bogen in die Einfahrt ihres Elternhauses. Schon leuchteten ihnen strahlend weiße Blüten entgegen. Mollys Mutter wendete den

Kopf, als sie das Auto hörte, und stieg aus dem Strauch hervor – die Gartenschere in der Hand. Sie winkte. Mit einem Lächeln im Gesicht stieg Molly aus und drückte ihr einen Kuss auf die Wange.

»Wie schön, dass du da bist«, erwiderte ihre Mutter, »ich habe dir dein altes Zimmer frei gemacht.«

»Oh, danke. Soll ich denn gleich wieder einziehen?«, scherzte Molly, denn sie wusste, dass jeglicher Besuch inklusive ihrem normalerweise im Gästezimmer schlief.

Doch da sie länger blieb, wurde ihr Koffer dieses Mal in ihr ehemaliges Kinderzimmer gestellt. Das Zimmer war schon lange nicht mehr dasselbe wie früher. Es war zu einem Bügelzimmer mit hellgelben Wänden umfunktioniert worden. Doch ihr Bett und der große weiße Schrank standen immer noch an ihrem Platz. Sie ließ sich erstmal aufs Bett fallen und blieb eine Zeitlang liegen. Da war es wieder, das vertraute Gefühl, das sich einstellte, sobald sie ihr Elternhaus betrat. Die Kindheitserinnerungen waren auf einmal präsent und sie sah ihre Schwester und sich förmlich durchs Haus stürmen.

Ihre Eltern werkten in der Küche, als sie nach unten kam, und ihre Mutter hatte Tee und Cookies auf dem Esstisch vorbereitet.

Sie setzten sich und ihre Mutter schenkte ein.

»Wie geht es dir?«, wollte sie wissen. Molly erzählte von ihrer Freundin Charlotte und ihrem gemeinsamen Abend in der Bar. Den übermäßigen Alkoholkonsum verharmloste sie verständlicherweise. Sie redete vom Buchladen und davon, was sich in Northampton tat. Sie erwähnte, dass sie ohne Arnold gut zurechtkäme. Ihre Mutter tätschelte ihr zufrieden und glücklich die Hand.

»Und bei euch? Was gibt es Neues?«

»Ach, uns geht's gut. Ich bin viel im Garten und dein Vater liest die Zeitung auf und ab.« Sie lachte. »Mrs. Marcher vom Bridgeclub hat uns zu einer Busfahrt an die Küste eingeladen, vielleicht fahren wir mit.«

»Das klingt ja super. Macht das!«

»Die Greens haben gleich zwei Enkel bekommen. Margery hat Zwillinge zur Welt gebracht!«

»Wirklich? Wie schön! Das ist eine Aufgabe.«

»Ja …, mittlerweile sind sie schon ein halbes Jahr alt. Zuckersüß sind sie, aber ich glaube, auch anstrengend.«

»Peter Fillinger hatte einen Unfall. Er ist vom Baum gestürzt«, fiel ihr Bernard ins Wort, »er war jagen und eine Sprosse der Leiter zum Hochsitz löste sich.«

»Oh mein Gott. Ist er im Krankenhaus?«, fragte Molly bestürzt.

»Ja. Es geht ihm besser, aber seine Beine sind eingegipst.« Erleichtert atmete Molly auf. Sie genoss es, von den Nachbarn zu hören. Es war vertraut, unverändert und trotzdem überraschend neu.

»Irgendwie siehst du traurig aus«, stellte ihr Vater fest, »alles okay?«

Molly schwieg. Ihre Eltern schauten sie besorgt an.

»Was ist denn passiert?«

»Nichts Schlimmes, Mum«, antwortete sie gleich, als sie die Sorge in der Stimme ihrer Mutter hörte.

»Ich habe jemanden kennengelernt. Doch es hat sich als etwas anderes entpuppt, als ich dachte, das es war.«

»Oh, das tut mir leid.« Ihre Mutter sah sie betroffen an. Molly berichtete ihnen von David und dass sie drauf und dran gewesen war, sich neu zu verlieben. Und wie er sein wahres Gesicht gezeigt hatte.

»Das tut weh, Liebes«, meinte ihre Mutter, »Das weiß ich.«

»Danke, Mum. Ja …«

Langsam dämmerte es Molly, was ihre Mutter gesagt hatte: »Das weiß ich«. Was meinte sie damit? Molly wusste nichts davon, dass ihre Mutter einmal derart verletzt worden war.

»Das weißt du? Was meinst du damit?«

»Ach nichts. Schon gut …, was ich so daherrede, wenn der Tag lang ist«, wehrte sie schnell ab. Da war ihr wohl etwas rausgerutscht.

»Mum?«, fragte Molly, »alles okay?«

»Ja, ja, schon gut.«

Sie warf ihrem Vater einen verstohlenen Blick zu. Der zuckte nicht mit der Wimper und saß kerzengerade da. Ganz still. Molly blickte zwischen den beiden hin und her.

»Sagt schon, was ist los? Verheimlicht ihr mir etwas?«

Ihre Mutter seufzte. Nun gab es kein Entrinnen mehr. Ihr Vater senkte den Blick.

»Molly, wir haben es euch nie erzählt, weil es nicht relevant war. Es ging nur uns beide etwas an – deinen Vater und mich. Aber jetzt, wo du erwachsen und so etwas Ähnliches ja gerade selbst erlebt hast, sollst du es erfahren.« Mollys Magen zog sich zusammen. Das klang alles verwirrend.

»Was meint ihr?«

»Während eines Einsatzes in Ostdeutschland habe ich eine andere Frau kennengelernt und wir haben uns verliebt«, offenbarte ihr Vater. Das Gesicht ihrer Mutter wurde traurig.

»Es ging ein paar Wochen. Dann kam ich wieder zurück. Deine Mutter hat natürlich sofort gemerkt, dass sich etwas verändert hatte zwischen uns.«

Molly schaute ihre Mutter an, die hinzufügte:»Sein Blick war anders, er als Ganzes. Ich wusste, dass etwas passiert war. Dann habe ich zufällig ihr Taschentuch in seiner Hosentasche gefunden, als ich die Wäsche sortierte. Da machte auf einmal alles Sinn.«

Mollys Atem stockte. Ihr Vater? Mit einer anderen Frau? Das fühlte sich so fremd an, passte nicht zusammen. Für sie waren ihre Eltern immer zueinandergestanden. Sie waren ihre Fixsterne am Firmament. Keine Kraft der Welt hätte ihre Position verändern können.

»Als ich sah, wie hart es deine Mutter traf und dass ich drauf und dran war, alles zu verlieren, was mir in diesem Leben etwas bedeutete, war es klar …« Er pausierte.

»Ja, was denn?«, fragte sie ungeduldig. Wie konnte er nicht weiterreden!

»Ich gehörte hierher – zu Joanna und zu euch Mädchen. Es war ein großer Fehler gewesen und ich bin eurer Mutter unendlich dankbar, dass sie mich zurückgenommen hat.«

»Es war schwer und über lange Zeit blieb ein nagender Zweifel. Die Frage, was er denn gerade macht, wenn er auf Einsatz war – weg von zu Hause.«

»Aber da war nie mehr etwas«, versicherte er ihr, »für mich wart und bleibt ihr drei der Mittelpunkt meines Lebens.«

Molly staunte. Von dieser Affäre hatten sie und Grace nie etwas bemerkt. Doch nun seit sie David kannte, konnte sie ihre Mutter ansatzweise verstehen. Für sie musste die Entscheidung schwerer gewesen sein: als Ehefrau mit zwei kleinen Kindern und dem Haus.

»Doch es war auch eine Chance«, erwiderte ihre Mutter dann, »wir haben viel darüber gesprochen. Warum es überhaupt passiert ist, zum Beispiel. Wir erkannten, was wir beide in unserer Ehe vermisst hatten – was dein Vater bei Ina, so hieß sie, gefunden hatte.«

»Wow«, sagte Molly nur. Sie staunte nicht nur über ihre Entscheidung, sondern auch über die Reflektiertheit und Weisheit ihrer Eltern. Sie waren und blieben ihre Fixsterne, das stand fest.

»Hat es geklappt?«

»Ja, es wurde viel besser. Und ich erkannte, was ich verloren hätte. Es hätte mir das Herz gebrochen«, erzählte ihr Vater.

»Mums Herz wurde beinahe gebrochen«, erwiderte Molly trocken. Ihre Mutter tat ihr leid, doch es hatte auf eigenartige Weise seinen Sinn gehabt. Sie hatten es toll gelöst, fand Molly. Sie versuchte, eine neutrale Position einzunehmen und diese Geschichte bei ihren Eltern zu lassen. Das war gar nicht so einfach.

»Und darum könnte deine Mutter auch eine Nacht mit einem anderen Mann verbringen. Dann wären wir quitt«, fügte ihr Vater noch hinzu.

»Was?«, raunte Molly. Sie konnte es nicht fassen.

Ihre Mutter lächelte und stimmte zu:

»Ja, so hatten wir es vereinbart. Gut zu wissen, dass ich es könnte. Aber bis jetzt war es nicht nötig. Ich liebe diesen alten Mann einfach, so wie er ist.«

Sie schauten sich an und stille Zustimmung sowie ewige Vertrautheit lag zwischen ihnen. Ihr Vater küsste ihre Hand. Er war ihr noch immer dankbar, das konnte Molly spüren.

»Ob sie das mit David so gekonnt hätte?«, schoss es Molly durch den Kopf. »Wahrscheinlich nicht. Aber es ist ja auch nicht direkt zu vergleichen.«

Sie räumten den Tisch ab und Molly ging mit ihrem Vater ins Freie. Er setzte sich auf seinen üblichen Platz auf der Veranda und Molly spazierte um die Beete. Sie staunte, wie immer, über die unglaubliche Blütenvielfalt, die sich dort dem Himmel entgegenstreckte. Bienen und Hummeln brummten zwischen den Blüten hin und her und ein angenehm süßer Duft wehte in Mollys Nase.

»Diese Blumen riechen wenigstens noch«, dachte sie, »viele, die ich gekauft habe, waren zwar schön, aber dufteten nicht.«

Sie steckte ihre Nase in eine große, lilafarbene Lilienblüte und sog den einzigartigen Geruch ein.

In der Ferne plätscherte Wasser, das über einen steinernen Brunnen in den kleinen Teich ihrer Eltern floss. Rosa Seerosen trieben darin und hauchdünne Wasserläufer huschten über die Wasseroberfläche. Molly verbrachte eine Weile am Wasser und schaute ihnen zu. Welch eine Erholung! Sie freute sich auf die ruhigen Tage, die vor ihr lagen.

Und so war es auch. Die drei lebten langsam in den Tag hinein. Sie frühstückten gemütlich auf der Veranda, dann ging Molly mit ihrem Vater spazieren oder half ihrer Mutter im Garten. Vaters Seitensprung tauchte nicht mehr als Gesprächsstoff auf, sondern lag wieder gut verschlossen im Erinnerungsschatz ihrer Eltern. Der einzige Unterschied war, dass Molly ihre Eltern in einem anderen Licht sah. Ein leicht bitterer Nachgeschmack blieb, doch gleichzeitig schätzte sie ihre Liebe, die ihre Herzen verband, und die Lösung, die sie gefunden hatten. Molly beobachtete sie. Wie sie sich umeinander kümmerten und sich wie zufällig über den Arm oder das Haar streichelten. An den lauen Abenden saßen sie entspannt auf der Veranda und schauten in den Garten. Molly setzte sich mit einer dampfenden Tasse Tee zu ihnen und genoss die unglaubliche Ruhe.

»Denkst du noch oft an ihn?«, wollte ihre Mutter wissen.

»Mhm. Er kommt mir immer wieder in den Sinn. Es war wirklich schön, wenn auch kurz. Aber es ist vorbei. Es ist verrückt, was in den letzten beiden Jahren passiert ist. Zuerst der Unfall und Arnolds Tod, dann die Reise und jetzt das …« Sie schwieg eine Weile. »Wo ist mein ruhiges Leben geblieben? Vorher ist nie so viel passiert.«

Ihre Mutter lachte. »Ich weiß noch, wie Grace und du geboren wurdet. Plötzlich wohnten zwei kleine Wirbelwinde bei uns. Das Leben war schlagartig anders. Es gab für eine sehr lange Zeit keine ruhige Minute mehr – es war ständig etwas zu tun. Wir mussten stark sein und wirklich zusammenhalten, dein Vater und ich. Sonst, ich weiß nicht, ob ich es gepackt hätte …« Sie lächelte. »Ist jetzt nicht mehr wichtig, denn wir haben es gut gemacht. Aus euch beiden sind zwei wunderbare Frauen geworden, die mitten im Leben stehen. Das haben wir uns immer für euch gewünscht.«

Molly sah ihre Mutter dankbar an.

»Ihr habt es richtig gut gemacht, Mum«, bestätigte ihr Molly, »ich war meistens glücklich in meiner Kindheit, obwohl wir so selten weggefahren sind. Doch manchmal hatte ich den Eindruck, dass du sehr einsam warst, wenn Papa so lange nicht da war …«

»Das war ich auch hin und wieder. Aber wir hatten es so vereinbart und er musste seiner Arbeit nachgehen. Darum war es mir wichtig, als

Lehrerin zu arbeiten. Denn das Unterrichten machte mir Spaß und ich kam unter die Leute. War das schlimm für euch?«

»Nein. Ich habe mich am wohlsten gefühlt, wenn du glücklich warst.«

Ihre Mutter schaute sie dankbar an.

Molly fügte hinzu: »Ich glaube, ich wollte zuerst zwar nicht in den Kindergarten, aber dann war's echt okay.«

»Den Eindruck hatte ich auch. Du hast dich schlussendlich eingelebt und viele Freunde gefunden. In die Schule gingst du dann sowieso gern.«

Molly grinste, wenn sie daran zurückdachte. Die Grundschule hatte sie echt gern gemocht. Sie war ein ehrgeiziges Kind gewesen und freute sich über die gestellten Aufgaben. Mit den anderen Kindern kam sie zurecht und sie war fröhlich, offen und unterhaltsam gewesen.

Die Woche bei ihren Eltern tat allen gut. Sie arbeiteten im Garten, Molly erledigte die Einkäufe und traf einige alte Bekannte im Ort. Es war schön, die eigenen Wurzeln wieder einmal zu spüren.

Molly kochte jeden Tag und an den Abenden saßen sie auf der Veranda. Sie spielte mit ihrer Mutter Bridge, während ihr Vater fernsah. So einfach und schön konnte das Leben sein.

Als sie am Samstag ihre Koffer ins Auto lud, bedankte sie sich für die angenehme Zeit. Ihre Mutter umarmte sie innig.

»Pass auf dich auf«, flüsterte sie ihr ins Ohr.

Ihr Vater stieg ein und wartete auf seine Tochter.

Dann fuhren sie los in Richtung Bahnhof. Am Bahnsteig drückten sie sich herzlich: »Es war schön, dich zu sehen!«, sagte ihr Vater.

»Mach's gut, Papa, und danke noch mal für alles. Wir hören uns!«

Kerzengerade stand er wieder am Bahnsteig, als Molly ihm aus dem Abteil zuwinkte. Nur erschien er ihr dieses Mal in einem anderen Licht: Für einige Zeit hatte sein Herz jemand anders gehört.

KAPITEL 21

Molly verbrachte ihre Mittagspause immer öfter im Freien. Vergnügt spazierte sie über die Plätze und durch Straßen der Innenstadt oder durch den Park. Besonders an herrlichen Sonnentagen tankte sie neue Energie und Schwung. Wie an diesem Dienstag, als sie durch den Park schlenderte und die mächtigen Kronen der alten Ahornbäume musterte. Sie versuchte, den laut trällernden Vogel darin zu erkennen. Gleichzeitig sog sie kräftig am Strohhalm, um die letzten Tropfen Pfirsichsaft aus der Flasche zu holen.

Plötzlich krachte sie gegen etwas Großes. Die Flasche fiel zu Boden und Molly wurde zurückgeschleudert.

»Wahh!«, schrie eine männliche Stimme und die Person, der sie gehörte, wich ebenfalls zurück. Unzählige Blätter weißes Papier fielen vom Himmel. Völlig durcheinander segelten sie zu Boden.

»Das gibt's doch nicht!«, schimpfte er, »mein Manuskript!«

Schnell ließ er sich nieder und versuchte, die Blätter, so gut es ging, vor der Erde und dem Schmutz zu retten. Molly saß verdutzt auf ihrem Hintern und hielt sich den Kopf. Der Zusammenstoß war heftig gewesen. Als sie sah, was passiert war, sprang sie auf und half unverzüglich mit, die Blätter aufzusammeln. Bedrückt gab sie ihm einige in die Hand.

»Das tut mir so leid! Das wollte ich nicht. Sie waren auf einmal da«, stotterte sie.

»Wenn Sie mal auf den Weg geschaut hätten, hätten sie mich gesehen, Sie Hans Guckindieluft!«, ärgerte er sich, »sie sind direkt in mich hineingerannt.« Er klopfte sich den Dreck von der Hose.

»Darf ich Ihnen helfen, die Blätter zu ordnen? Oder mich mit einem Kaffee entschuldigen?«, schlug Molly vor.

»Hilfe könnte ich jetzt gut gebrauchen! Ich muss die Blätter gleich abgeben«, murrte er vor sich hin, »okay, gehen wir in das Café dort drüben.«

Sie gingen zu dem kleinen Café an der Straße neben dem Park. Glücklicherweise gab es dort zwei große Tische, auf denen sie die Blätter auflegen konnten.

Erst jetzt bemerkte Molly, was darauf stand. Es war ein Romanmanuskript! Sie erblickte auch die Titelseite: Der Autor war Alexander Lubensky. In ihrem Kopf ratterte es. Sie kannte diesen Namen … Der Abenteuerroman, der in Südamerika spielte und den sie vor ihrer Reise gelesen hatte. Er war von ihm!

»Sind Sie Alexander Lubensky?«, fragte sie.

»Ja«, antwortete er mürrisch. Er war hochkonzentriert und sortierte sein Manuskript. Seine dunklen, halblangen Haare waren völlig durcheinander. Die stylische Lederjacke und der dunkle Schal, den er locker umgebunden hatte, gaben ihm ein intellektuell-künstlerisches Aussehen. Erste graue Härchen in seinem Dreitagesbart taten dem attraktiven Äußeren keinen Abbruch.

»Ich habe ihren Abenteuerroman ›Flüstern der Inka‹ gelesen«, sagte sie aufgeregt.

»Schön«, erwiderte er abwesend, »ich hoffe, er hat Ihnen gefallen.«

»Ja, sehr. Ich bin danach zwar nach Thailand gereist, aber der Roman hat mich inspiriert.«

Er hörte nicht mehr zu.

»So, jetzt hab ich's«, stellte er fest.

»Haben Sie denn keine digitale Kopie davon?«, wollte Molly wissen.

»Doch! Aber keine Zeit mehr. Ich habe gleich einen wichtigen Termin und dabei brauche ich diese Kopie. Ich muss los. Auf Wiedersehen!«

»Tut mir sehr leid, noch einmal! Ich arbeite in dem Buchladen da drüben. Falls Sie einmal vorbeikommen und ihre Bücher, die wir verkaufen, signieren möchten. Das wäre toll!«, rief sie ihm schnell nach.

Er drehte einmal leicht den Kopf und hob die Hand zum Abschied. Molly schaute ihm nach, wie er mit seinem Manuskript vor der Brust die Straße hinuntereilte.

»Alexander Lubensky!«, dachte sie sich und machte sich auf den Weg zurück in den Laden, »Seine Bücher sind großartig und in Wirklichkeit schaut er auch noch super aus.«

Im Gedanken öffnete sie die Ladentür und setzte sich an den Computer. Sie überflog die soeben eingetroffene Liste mit Neuerscheinungen interessiert. Natürlich verlor sie sich in dem einen oder anderen Vorspann.

So verflogen die Tage und Wochen. Molly genoss die Ruhe in der Routine des Alltags. Sie war wieder glücklich und hatte angefangen zu joggen. Das tat ihr gut. Nur abends überkam sie ab und zu dieses Gefühl der dunklen Einsamkeit. So gern würde sie ihre Gedanken und Erfahrungen mit jemandem teilen – so wie früher, kuschelnd mit Arnold auf der Couch. Doch Arnold war tot. Außerdem hatte er sie bei David ins offene Messer laufen lassen. Okay, er hatte sie gewarnt. Bedrückt und gelangweilt starrte sie in den Fernseher. Eine angesagte Soap lief, doch Molly fand nicht hinein. Sie nahm einen Schluck Rotwein. Da sah sie Arnold im Lehnstuhl leuchten. Voller Freude lachte er sie an.

»Hallo. Schon lange nicht mehr gesehen«, stellte sie trocken fest.

»Mhm. Stimmt. Du warst nicht so gut auf mich zu sprechen.«

»Hm«, machte Molly nur.

»Molly, hör zu. Steck den Kopf nicht in den Sand. Nutz die Chance. Zieh dir die Beziehung in dein Leben, die du wirklich willst. Wie soll es sich anfühlen? Erinnere dich an Luise. Sie hat es gut gemacht mit ihrer Liste.«

»Ja, die Liste …«, murrte Molly, »wie verrückt ist das denn? Als ob man Liebe so einfach bestellen könnte, wie ein Auto.«

»Versuch es mal. Konfigurier deine nächste Beziehung.«

»Du spinnst!«

»Egal, ob es funktioniert oder nicht. Was wünscht du dir denn?«

Molly schwieg. In ihr arbeitete es. Was wollte sie denn eigentlich?

»Okay … Weil du ein Geist bist und von Gott kommst und es ja an sich schon unmöglich ist, mit dir zu sprechen, geschweige dich zu SEHEN! Es ist alles verrückt!«

Arnold grinste. Er hatte sie so weit.

»Ich würde gerne einen Menschen finden, dem ich total vertrauen kann, bei dem ich so sein kann, wie ich bin, und der mich wirklich liebt und respektiert. Und ich ihn! Einer, mit dem ich Spaß haben kann. Und mit dem ich über alles sprechen und mit dem ich lachen kann. Ein Partner, auf den ich mich hundertprozentig verlassen kann und den ich unheimlich sexy finde. Und er mich auch. Einen Menschen, bei dem ich Schmetterlinge im Bauch habe und mit dem ich gemeinsam träumen kann.«

»Das ist ja schon mal was. Weiter!«

»Mit dem ich Hand in Hand durchs Leben spaziere, wir gemeinsam Neues erleben und ähnliche Interessen teilen.«

»Gut. Wie würde sich so eine Beziehung anfühlen?«

Molly schloss die Augen und träumte: »Leicht, wohlig und warm. Wie eine Umarmung – so geborgen, mein ich. Aber auch frei und voller Action und Spaß.« Sie schmunzelte.

»Behalte das Gefühl. Nimm es auf in dein Herz und hol´ es immer wieder hervor. Bedank dich, dass der Mann und die Beziehung bereits in deinem Leben sind.«

Molly glotzte ihn an.

»Er ist ein Geist, er muss es ja wissen«, dachte sie und sagte dann: »Okay, ich probier's aus.«

»Das genügt mir«, antwortete er, »schlaf gut, meine Liebe!«

Weg war er.

Das schöne Gefühl wollte sie sich ein bisschen behalten. Sie nahm noch einen Schluck Wein und schloss die Augen: Mhhh, so eine Beziehung fühlte sich herrlich an.

Das Piepsen ihres Handys holte sie am nächsten Morgen unsanft in die Wirklichkeit zurück. Eine Nachricht ihrer Schwester mit einem Foto von den fünf am Frühstückstisch. In der Mitte stand eine riesige Torte mit einer 13 drauf. Mary hatte ihren dreizehnten Geburtstag. »Mary! Alles, alles Gute zu deinem 13. Geburtstag, big girl!«, tippte Molly ins Handy und entschied, dass es endlich an der Zeit war, ihre Schwester zu besuchen. Sie checkte die Flüge und buchte einen Direktflug nach Hamburg für den nächsten Freitagabend.

Grace empfing sie strahlend und mit offenen Armen in der riesigen Ankunftshalle. Es wimmelte vor Menschen und Molly war erleichtert, Grace gleich gefunden zu haben.

»Wie schön, dass du da bist!«

Sie umarmten sich. Molly freute sich, endlich wieder einmal hier zu sein. Augenblicklich stellte sich die altbekannte Vertrautheit ein. Das war immer so, egal, wie lange sie sich nicht gesehen hatten.

»Wie geht's dir denn?«, wollte Grace wissen und nahm Mollys Reisetasche.

»Ganz gut …«, erwiderte Molly und erzählte ihr vom Besuch bei ihren Eltern, der Arbeit und auch von dem Zusammenstoß mit Alexander Lubensky. Arnold erwähnte sie nicht. Grace lachte und fand alles ziemlich spannend. Sie stiegen in Grace's Auto und fuhren auf die Autobahn.

»Ich habe alle Hände voll damit zu tun, die Kinder und alles zu managen«, sprudelte sie los.

»Was ist jetzt mit Steve?«

»Wir arbeiten daran. Er wohnt vorerst bei einem Freund. Wir sehen uns regelmäßig bei der Therapie. Es ist eine Art Coaching – ich finde es sehr wertvoll. Das Schöne ist, dass wir beide wollen, dass es funktioniert.«

»Okay …? Und jetzt?«

»Wir versuchen es noch einmal. Wir sind neu organisiert und Steve ist viel mehr mit dabei – mit dem Kopf und dem Herzen, meine ich. Er sieht auf einmal die Dinge, die zu tun sind, und kümmert sich von selbst darum. Und wir nehmen uns Zeit für uns zwei – einmal in zwei Wochen.«

»Zieht er wieder ein?«

»Mal schauen. Wenn es so gut weitergeht, schon.« Grace lächelte sie liebevoll an.

Molly nickte mitfühlend. Sie wusste, wie ausgefüllt Grace's Tage gewesen waren – mit Kindererziehung, Schule und Haushalt. Dann hatte sie ja noch ihren Job als Krankenschwester.

Und wenn Molly ihrer Schwester manchmal so zugehört hatte, wurde ihr ihre eigene Freiheit bewusst, die das kinderlose Leben mit sich brachte. Sie war froh darüber gewesen, doch bemerkte sie auch die schönen Momente, die Grace mit ihren Liebsten genoss. Wenn sie am Sofa kuschelten, gemeinsam aßen oder sich lustige Geschichten erzählten. Oder ihre Geburtstage feierten, Ausflüge unternahmen oder in den Urlaub fuhren. Ja, es gab viele von diesen Momenten.

Grace parkte ein und sie gingen ins Haus. Drinnen war es ruhig. Die Kinder schliefen schon.

Steve arbeitete in seinem Atelier, ein Holzhäuschen im Garten. Eine nackte Glühbirne, die durch das quadratische Fenster schien, warf einen hellen Lichtkegel auf die dunkle Wiese.

»Es läuft gut mit seinen Bildern«, erzählte Grace und blickte in den Garten.

»Wie geht's den Kindern?«

»Ganz gut und in der Schule geht's voran. Bei Mary und Rudolph in jedem Fall. Auch Tim ist motivierter als sonst. Er hat einen neuen Lehrer, der es versteht, ihn aus der Reserve zu locken. Jetzt ist er im Unterricht besser dabei und träumt weniger vor sich hin. Trotzdem spielt er noch zu viel mit seiner Konsole. Es ist jeden Tag ein Kampf.« Grace seufzte.

»Tee?«

»Gerne.« Molly setzte sich auf einen der schönen Holzstühle am Küchentisch.

»Schön und gemütlich habt ihr es hier«, stellte sie fest.

»Ja, danke. Das Haus ist wirklich unser Nest, wir fühlen uns sehr wohl hier. Es war richtig, es damals zu kaufen. Weißt du noch, wie unsicher wir waren?«

Molly nickte. Sie griff nach der Teetasse, die ihr ihre Schwester reichte und wärmte sich ihre Finger.

Die beiden Schwestern machten es sich auf der großen Couch gemütlich und plauderten eine Weile über ihren Alltag, ihre Eltern und was ihnen sonst am Herzen lag. Wie schön war es, wieder beisammen zu sein. Molly erwähnte auch Arnold.

»Er war auf einmal da. Im Lehnstuhl und leuchtete unglaublich hell!«

Grace lauschte gespannt und Molly spürte, dass sie ihr glaubte.

»Es ist echt verrückt, aber so real.«

»Das ist doch wunderschön, Molly. Ihr seid so verbunden. So was gibt es …«

»Er will mich unterstützen, dass ich wieder richtig glücklich werde.«

»Wirklich schön. Lass es doch einfach zu.«

Molly schwieg. Es beruhigte sie, dass ihre Schwester sie nicht verurteilte. Um Mitternacht beschlossen sie, ins Bett zu gehen, denn es wartete ein turbulenter Tag mit den Kindern auf sie.

Tatsächlich wurde Molly von tobenden Kindern geweckt. Sie stürzten sich auf sie und schrien:»Aufstehen, Tante Molly! Frühstück ist fertig!« Mary drückte ihr einen dicken Kuss auf die Wange.

»Ich komm ja schon ...!«, krächzte Molly und rollte sich unter den Kindern aus dem Bett. Diese stürmten in die Küche davon.

Als Molly diese betrat, war der Tisch bereits gedeckt. Sogar frische Blumen und warmes Brot warteten auf sie.

»Kaffee?«

Grace nahm große Cappuccino-Tassen aus dem Schrank.

»Ja gern. Das sieht ja fabelhaft aus!«

»Rudolph und Tim haben fleißig geholfen, da ging das ruckzuck.«

Grace lachte und zwinkerte ihren Jungs zu.

Sie nahmen rund um den großen Tisch Platz und ließen sich den Kaffee, Kakao und die frischen Brötchen schmecken. Grace stellte die noch heißen Eier auf den Tisch und holte frischen Lachs aus dem Kühlschrank. Die Stimmung war ausgelassen und fröhlich. Die Kinder freuten sich, ihre Tante wieder einmal bei sich zu haben, und erzählten ihr aus der Schule und von ihren Freunden. Sie wollten eine Fahrradtour inklusive Picknick mit Molly zusammen unternehmen.

Nach dem Frühstück ging Molly in den Garten. Sie wollte Steve wenigstens begrüßen.

»Hallo Steve«, sagte sie, als sie das Atelier betrat. Der chemische Geruch von Farbe stieg ihr in die Nase. Der Innenraum des Ateliers war viel größer, als es von außen den Anschein machte. An den Wänden hatte Steve riesige Leinwände angebracht, in der Mitte standen Holztische, die mit Farben, Pinseln und anderem Werkzeug übersät waren.

»Hallo Molly«, erwiderte er und nahm sie in den Arm,»alles klar?«

»Danke, mir geht's gut.«

»Willst du was sehen?«, fragte er.

»Ja gern. Woran arbeitetest du denn gerade?«

Er führte sie nach hinten zu einer großen Leinwand und schaltete im Vorbeigehen Musik ein. Der sphärische Beat tauchte alles in eine spezielle Atmosphäre. Molly verstand, dass Steve hier völlig in seine

Welt abtauchte. Molly musterte das Bild, auf dem ein riesiges, blaues Gesicht einer Frau abgebildet war. Große ernste Augen schauten die Betrachter direkt an. Die Nase und der Mund waren wunderschön geschwungen und verliehen dem Gesicht eine unglaubliche Anmut. Steve griff zur Farbe und malte an den Wangenknochen weiter. Das Blau leuchtete nass.

»Das ist wunderschön! Ernst, aber gleichzeitig so grazil und anmutig«, beschrieb Molly ihren Eindruck.

»Es ist für eine Ausstellung in drei Wochen. Dabei geht es um Weiblichkeit und wie sie sich heutzutage ausdrückt. Ich arbeite an verschiedenen Ansichtsweisen.«

»Interessant.«

»Ein bisschen Grace ist auch dabei … – eigentlich gar nicht so wenig«, erwiderte er ernst. Molly nickte. »Das wird sicher ein Erfolg.«

»Ich hoffe«, sagte Steve, »die anderen Ausstellungen liefen auch ganz gut.«

Als Molly ins Haus zurückkam, waren die Rucksäcke gepackt, die Räder bereitgestellt und die Kinder warteten schon ungeduldig. Schnell schlüpfte Molly in ihre Jacke und sie radelten los.

Zügig fuhren sie den Kai entlang. Sie beobachteten die riesigen Frachter, die in Richtung Hafen dahinglitten, und kurvten weiter über sattgrüne Felder und durch herrliche Auen, in denen die Sonnenstrahlen durch die Baumkronen blinzelten. Molly genoss die frische Luft und die Bewegung tat ihren müden Knochen gut. Die Kinder quatschten freudig vor sich hin.

Nachdem sie eine Stunde unterwegs waren, parkten sie ihre Räder unter einer alten Linde. Sie ließen sich auf die weiche Picknickdecke fallen und holten ihren Proviant aus ihren Rucksäcken. Inmitten der Natur schmeckte alles viel besser.

»Lasst uns die Au entdecken«, rief Mary und sprang auf.

»Oh ja!«, stimmte ihr Rudolph zu, »kommt ihr mit, Mum?«

»Geht ihr mal. Wir entspannen noch ein wenig.«, erwiderte Grace, und weg waren die Kids.

Die Schwestern streckten sich auf der Decke aus, schlossen die Augen und schliefen tatsächlich ein. Als sie nach einer Weile erwachten, war es ungewöhnlich ruhig.

»Wo sind die Kinder?«, fragte Grace besorgt.

Molly sprang auf und sie liefen in die Au.

»Mary, Rudolph, Tim! Wo seid ihr?«, rief Grace immer wieder. Plötzlich hörten sie ein leises »Hier sind wir! Beim Wasser!« Es war Tim.

Die drei Kinder hockten am Bach, die Arme bis zu den Ellbogen in Schlamm getaucht. Sie bauten einen Staudamm, an einer ruhigen Stelle im Bachbett.

»Das sieht ja toll aus«, stellte Molly erleichtert fest.

»Wollt ihr mitbauen? Wir sind schon ziemlich weit.«

Die beiden Schwestern mischten sich unter die Kinder und tauchten ihre Hände tief in den Matsch. Die Kinder strahlten. Der Damm wurde fest und hoch – nur an wenigen Stellen sprudelte kaltes Wasser hindurch. Müde und zufrieden betrachteten sie ihr Werk und stiegen schließlich auf die Räder.

»Das war echt cool«, stellte Tim begeistert fest, »der Staudamm könnte sogar eine Flut aushalten!«

Sie lachten und traten in die Pedale. Es war Zeit, denn die Sonne ging schon unter.

Zu Hause fielen die Kinder ungewöhnlich artig und müde ins Bett. Grace und Molly machten es sich vor dem Fernseher gemütlich und fieberten bei einem spannenden Thriller mit. Grace's Handy piepste. Eine Nachricht von Steve.

»Er vermisst mich.« Grace seufzte und lehnte sich zurück. Nach einer Weile sagte sie: »Ich ihn auch. Wir gehen zu einem Therapeuten. Wir schaffen das. Ich freu mich auf ihn.«

Molly sah ihre Schwester an und nickte.

»Ich weiß«, sagte sie, »das habt ihr bis jetzt immer.« Gleichzeitig rief sie sich das Gefühl ihrer Wunschbeziehung in Erinnerung und legte ihre Hand aufs Herz.

Den nächsten Vormittag nutzten Grace, Molly und die Kinder für einen Besuch in Hamburgs Innenstadt. Sie flanierten durch die Weidenallee und erfreuten sich der gemütlichen Cafés und trendigen Geschäfte.

»Wenn wir doch näher zusammenwohnen würden«, träumte Grace vor sich hin, »dann könnten wir uns viel öfter sehen.«

»Ja …., da hast du recht. Das wäre schön! Was musstest du auch zu Steve nach Hamburg ziehen! Hätte es nicht jemand anderer sein können?«

Grace lachte und seufzte zugleich. Molly wusste, wie schwer es Grace damals gefallen war, England zu verlassen. Doch ihre Liebe war so stark gewesen, dass es keinen Zweifel gab.

»Ich weiß, ich weiß. Aber mein Platz ist hier, bei Steve und den Kindern und dieser Stadt. Das spür ich einfach.«

Die Zeit verflog und Molly musste zum Flughafen aufbrechen. Die Kinder holten Mollys Gepäck und setzten sich artig ins Auto.

»Es hat so gutgetan, euch wiederzusehen!«, sagte Molly, während sie einen nach dem anderen in der Abflughalle drückte, »ich komme wieder oder besser, ihr kommt mich mal in Northampton besuchen!«

»Ja, ja, ja!«, riefen die Kinder begeistert.

»Ich hab dich lieb« Grace umarmte ihre Schwester.

»Ich dich auch. Pass auf dich auf!«

»Mach ich. Bis bald!« Grace küsste Molly zum Abschied und als sie sich nach der Sicherheitskontrolle noch mal umdrehte, standen alle da und winkten. Molly winkte zurück und war so dankbar für diese lieben Menschen.

KAPITEL 22

Sie kannte diese Stimme! Tatsächlich. Sie hob den Kopf und blickte über den Monitor zur Ladentür. Da stand er. Alexander Lubensky hielt zwei Bücher in der Hand und zog einen Stift aus der Manteltasche.

»Hallo?«, grüßte er in den Raum.

»Hallo!«, rief Molly und sprang auf, »Herr Lubensky! Wie schön, dass Sie gekommen sind. Wie war Ihr Termin, hat alles geklappt?«

»Ja, hat es«, erwiderte er zufrieden, »es war sogar richtig gut, dass ich etwas zu spät gekommen bin.«

»So? Warum denn das?«

»Weil mein Agent während des Wartens mit dem neuen Verlagsleiter ins Gespräch kam. Er erwähnte die neuen, besseren Angebote, die wir vor kurzem von anderen Verlagen bekommen haben, und der Leiter machte kurz darauf ein noch besseres Angebot. Wäre ich da gewesen, wären wir alles wie gewohnt mit dem zuständigen Mitarbeiter durchgegangen, und fertig. Kein neues Angebot. Ich wäre nicht mal auf die Idee gekommen neu zu verhandeln, weil ich den Verlag mag …«

»Hm, Geschäftsmann ist er also nicht wirklich«, stellte Molly fest.

»Das freut mich!«, erwiderte sie, »dann war unser Zusammenstoß ja doch nicht umsonst.«

»Ganz und gar nicht. Und als Dank dafür möchte ich die Bücher signieren und Sie anschließend auf einen Drink einladen. Vorausgesetzt Sie wollen, natürlich.«

»Ja, natürlich!« Waren da Schmetterlinge?

Molly holte Lubenskys Bücher aus den Regalen und er schrieb in schwungvollen, großen Lettern: Viel Freude beim Lesen, Alexander Lubensky.

Rose kam dazu und stellte zufrieden fest: »Du kannst gerne öfter mit jemandem zusammenstoßen, Molly! Wenn das immer so tolle Auswirkungen hat …«

Lachend steckte Alexander Lubensky seinen Füller ein und schaute Molly erwartungsvoll an. Diese blickte etwas unsicher zu Rose, denn es war eigentlich Arbeitszeit.

»Geh nur, Molly. Ich komme schon alleine zurecht.«

Schnell schnappte sich Molly ihre Jeansjacke und trat durch die Tür, die der Autor für sie geöffnet hatte. Ein frischer Sommerwind fegte ihnen entgegen. Instinktiv hob Alexander den Arm, um Molly vor der Böe zu schützen.

»Das ist aber aufmerksam«, dachte sie. »Ungewöhnlich.«

Sie wechselten auf die windstille Straßenseite und Molly musterte ihn. Er musste etwa gleich alt sein wie sie. Er hatte freundliche Augen und seine Stimme war angenehm tief.

»Wahrscheinlich wieder so ein Frauenheld«, dachte Molly pessimistisch und immer noch verletzt, »er geht wahrscheinlich mit so vielen Frauen was trinken, wie ich mir eine Nussschnecke aus der Bäckerei hole – nämlich drei Mal die Woche.«

Sie bemühten sich, das Bistro so schnell wie möglich zu erreichen, denn der Wind blies für Sommer ziemlich kühl um die Ecke. Molly blickte prüfend zum Himmel. Einige dunkle Wolken ballten sich.

»Da zieht wohl ein Gewitter auf«, rief Alexander.

Gut angekommen, ließen sie sich erleichtert auf die Stühle fallen. Molly atmete erstmal durch.

»Alles okay?«

»Ah … ja, entschuldigen Sie bitte. Jetzt noch mal in Ruhe: Ich bin Molly Thatcher«, sprudelte sie los und reichte ihm die Hand, »ich wohne hier in der Stadt und habe, wie gesagt, schon einiges von Ihnen gelesen.«

»Das freut mich. Ich bin Alexander. Wollen wir uns duzen?«

Sanft drückte er ihre Hand und Molly nickte.

»Wie war denn die Thailandreise, die du damals unternommen hast?«, fuhr er fort. Molly war überrascht. Also hatte er ihr doch zugehört, als sie es im Park erwähnte.

»Es war wunderbar«, erzählte sie schmunzelnd, »ich habe so viele atemberaubende Orte gesehen, so vieles erlebt und so tolle Menschen kennengelernt. Der Norden um Chiang Mai hat mir besonders gefallen, aber auch die Inseln im Süden … das Schnorcheln und Entspannen.«

»Ja, das hat mir bei meiner Reise dorthin auch gut gefallen. Die Unterwasserwelt ist echt der Hammer – so bunt und so vielfältig!«

»Ja genau. Tauchst du denn?«

»Ja, schon seit vielen Jahren. Immer wenn ich in Ländern bin, die am Meer liegen. Das Tauchen in Seen mag ich nicht besonders.«

»Heißt das, du reist viel?«

»Früher mehr als jetzt. Ich war Reisejournalist und reiste im Auftrag der Verlage, was mir gut gefiel. Aber mit der Zeit wurde ich sesshafter und jetzt schreibe ich meine Bücher von zu Hause aus. Da kommt mir mein Erfahrungsschatz natürlich zugute. Aber eine Reise gönne ich mir ab und zu immer noch. Dafür ist die Welt einfach zu schön!«

Da konnte Molly nur zustimmen. Schon unterhielten sie sich übers Reisen, verschiedene Länder und ihre Erlebnisse damit. Und Molly hing fasziniert an Alexanders Lippen, als er von der Mongolei, von Argentinien und Grönland erzählte.

Aber auch Alexander war voll und ganz bei Molly. Gebannt lauschte er ihren Worten und seine Augen blitzten, wenn sie gemeinsam lachten. Aufmerksam fragte er sie, ob sie noch etwas trinken wollte und bestellte Prosecco. Sie hoben die Gläser und plauderten weiter. Es war, als ob sie sich schon ewig kannten.

Schließlich schaute Molly auf die Uhr und meinte: »Huch, schon 19 Uhr! Ich glaube, ich muss los.«

»Wartet denn jemand auf dich?«, fragte er vorsichtig.

»Nein, das nicht …«

»Na dann. Warum die Eile?«

»Wartet denn jemand auf dich?«

»Nicht mehr.« Alexander seufzte. »Ich habe kein Glück in der Liebe.«

»Das glaube ich dir nicht«, erwiderte Molly trocken.

»Doch, es ist so. Vor kurzem war ich noch in einer Beziehung, aber meine sogenannte Freundin hat sich in jemand anders verliebt. Sie ist nun schwanger von ihm.«

»Oh ... das tut mir leid. Das ist natürlich hart.«

»Ja, war es. Aber es ist vorbei und zählt nicht mehr.« Er schaute sie an. Etwas länger als sonst.

Molly hielt seinem Blick stand.

»Hast du Kinder?«, wollte sie wissen.

»Nein. Ich war nie sesshaft genug, um eine Familie zu gründen, und jetzt ist es wohl zu spät. Aber das ist okay. Mein Leben ist auch ohne Kinder schön.«

»Das stimmt.« Eine Weile hingen sie ihren Gedanken nach.

»Hast du Lust, etwas zu essen?«

»Ja, warum denn nicht?«

Alexander zahlte und sie machten sich auf den Weg zur Pizzeria um die Ecke.

»Wie ist es, so viel zu schreiben?«, erkundigte sich Molly, als sie ihre Pizzen aufteilten.

»Gut! Ich liebe es. Es ist meine Berufung, würde ich sagen, und meistens fließt es leicht dahin.«

»Wie schön.« Molly biss in ihr Pizzastück.

»Ich bin gesegnet, dass ich gut davon leben kann und sich meine Bücher toll verkaufen.«

»Ich habe auch versucht zu schreiben«, verriet Molly, »aber es hat nicht geklappt. Dafür lese ich so unheimlich gerne und lasse mich von den Geschichten davontragen. Es ist herrlich.«

Alexander nickte. »Ja, es ist ein besonderer Zauber.«

»Ich verrate dir meine nächste Buchidee«, flüsterte er geheimnisvoll. Molly war ganz Ohr und beugte sich amüsiert in seine Richtung.

»Sie soll in Australien spielen, im Outback. Es soll ein wilder Roman werden, der die Hitze und das karge Leben dort widerspiegelt. Aber auch die dunkle Seite der menschlichen Seele.«

»Geht's um Aborigines?«

»Nein, eher um riesige Rinderfarmen und Cowboys.«

»Hm, spannend!«, stellte Molly fest, »es könnte doch eine Intrigengeschichte werden, in der es um Geld, Macht und Eifersucht geht.«

In Alexanders Kopf arbeitete es.

»Stimmt, es geht auch in diese Richtung! Ich dachte an einen jungen Cowboy, der mehr vom Leben erwartet, als es ihm bietet, und der alles dafür tut, um an Macht und Geld zu kommen.«

»Ja, ein ziemlich mieser Typ könnte er sein. Aber sein Glück findet er letztendlich doch nicht«, fügte sie gedankenverloren hinzu.

»Ich glaube, ich muss dich zur Co-Autorin machen«, scherzte Alexander. Molly fühlte sich geschmeichelt. Sie sponnen die Szenarien weiter und die Zeit verflog. Ihre Pizzen hatten sie schon lange verdrückt.

»Das macht so viel Spaß«, gestand sie ihm, »mit dir geht es total leicht, da sprudeln die Ideen nur so daher.«

Alexander grinste. »Vielleicht versuchst du noch einmal zu schreiben«, schlug er vor. Molly schwieg.

Inzwischen war es später Abend geworden.

»Ich glaube, ich werde jetzt heimfahren«, entschied Molly.

»Ist gut, ich begleite dich zum Taxi. Es war schön mit dir!« Er lächelte sie so ehrlich an, dass sie leicht errötete.

»Danke«, erwiderte sie leise und fügte hinzu: »Mit dir aber auch.« Er schaute sie zufrieden an und rief den Kellner.

Als Molly die Taxitür öffnete, drehte sie sich noch einmal zu Alexander um.

»Es war ein besonderer Abend, Molly!«, sagte er noch mal und legte seine Hand auf ihre Schulter.

»Für mich auch. Hat echt Spaß gemacht!«

»Lust, das zu wiederholen?«, fragte er und schaute ihr tief in die Augen.

»Wie kann ich da Nein sagen?« Sie schmunzelte und merkte gleichzeitig, wie schüchtern sie wurde.

»Am Freitag, 19 Uhr, hier vor der Tür?«

»Okay. Bis dann.«

Sie stieg ein und Alexander schloss die Wagentür hinter ihr. Er hob die Hand zum Gruß. Molly lächelte durchs Fenster und winkte zurück.

Glückselig saß Molly wieder einmal im Taxi. Was für eine angenehme Zeit und wie kurzweilig! Wer hätte das gedacht?

Von heute bis Freitag waren es nur noch ein paar Tage.

Am nächsten Abend versuchte Molly, am Küchentisch den Leitartikel des Guardian bis zum Ende zu lesen. Doch immer wieder drifteten ihre Gedanken ab: »Wie weit soll ich mich auf meine Gefühle einlassen? War da mehr?« Sie schluckte. »Eigentlich sollte ich es langsam angehen lassen und nicht zu viel an Gefühl investieren. Ich mag ihn. Es war so angenehm mit ihm, so lustig, so aufregend und so schön.« Zweifel und Angst kamen in ihr hoch: »Was, wenn ich mich wieder in etwas verrenne? Ich denke viel zu viel darüber nach und investiere zu viel Energie!« Molly seufzte schwer, denn sie kam auf keinen grünen Zweig.

Da erinnerte sie sich an das, was Arnold gesagt hatte. Welche Beziehung würde sie denn gerne haben? Wie sollte sie sich anfühlen? Mal ganz unabhängig von Alexander.

»Ich folge meinem Herzen«, dachte sie bei sich und holte ein Blatt Papier aus der Kommode. Dann formulierte sie die wichtigsten Punkte, die sie schon bei ihrer letzten Unterredung mit Arnold aufgezählt hatte. In Ruhe las sie alles noch einmal durch und ließ es auf sich wirken. Sie seufzte sehnsüchtig.

»Vielleicht funktioniert es ja auch für Freitag …«, fiel ihr ein, »ich probier's. Ich hab ja nichts zu verlieren – außer mein armes Herz …«

Sie schrieb weiter. Sie wünschte sich, dass es Klick machte in den Herzen, sie wahre Verbundenheit spürte und leichte, interessante Gespräche führen konnte. Und natürlich der Spaß, der durfte nicht fehlen! Sie wünschte sich, dass er sie liebevoll ansehen und ihr Gesicht zärtlich in seine Hand nehmen würde.

Soweit mal fürs Erste.

»Also gut«, dachte sie laut, »sollte mehr daraus werden, wünsche ich mir noch was: dass er es ehrlich mit mir meint, mich aufrichtig liebt und mich respektiert. Dass ich ihm vertrauen kann und das für eine ganz schön lange Zeit.« Zum Abschluss pflückte sie eine Blüte von ihrer Orchidee und legte sie auf das Blatt. Wenn Luise das sehen könnte! Sie wäre stolz auf sie.

»Dann bin ich mal gespannt«, sagte sie. Danach ging sie ins Bad. Genug für heute.

Am Freitag kurz vor 19 Uhr stieg Molly aus dem Taxi. In Gedanken war sie noch im Buch, das sie zuvor angefangen hatte zu lesen. Dabei ging es um eine berühmte Schauspielerin – eine Diva. Genau wie sie streckte Molly ihren mit schicken Pumps bekleideten Fuß aus dem Taxi. Hochnäsig hob sie den Kopf und griff zur Tür.

»Ein bisschen Spaß muss sein«, fand sie.

»Oh, wer hat denn da seinen Auftritt?«, vernahm sie von hinten. Alexander. Sie hatte ihn gar nicht gesehen! Nun war ihr das Ganze ziemlich peinlich. Doch Alexanders Lachen war so ehrlich, dass es ihr augenblicklich egal war. Elegant streckte er ihr die Hand entgegen und sie erhob sich graziös aus dem Taxi.

»Mylady …«, flötete er und führte sie zur Eingangstür. Molly lachte. Sie legten ab und machten es sich an einem schönen Tisch am Fenster gemütlich. Als Molly einen Schluck aus ihrem Wasserglas nahm, verkündete Alexander stolz:»Mein Buch, dessen Manuskript damals im Park durch die Luft geflogen ist, kommt in zwei Monaten auf den Markt!«

»Das ist ja klasse. Gratuliere!«

»Danke dir. Und die Zusammenarbeit mit dem Verlag ist so gut! Sie haben super Ideen in der Gestaltung und auch die Tantiemen sind echt okay.«

»Das freut mich ehrlich für dich!«

»Das ist wichtig, es beugt Schreibblockaden vor«. Er lachte.

»Wie geht's mit deiner neuen Buchidee voran?«, erkundigte sich Molly.

»Gut«, sagte Alexander,»die Geschichte ist sehr düster.«

»Ach so …? Erzähl doch mal!«

»Wenn du willst. Aber du weißt: Es bleibt ein Geheimnis!« Alexander schaute ernst drein.

»Ja, natürlich«, versprach Molly schmunzelnd.

»Wie du weißt, spielt es in Australien. Unsere Ideen vom letzten Mal habe ich teilweise einfließen lassen. Es geht um Craig. Er ist Anfang zwanzig und verlässt seine Familie in Brisbane, um auf einer großen Rinderfarm im Landesinneren zu arbeiten. Er liebt die unendliche Weite, die Hitze und die Rauheit des Outbacks. Doch am meisten fasziniert ihn die Macht, die die großen Farmer im Land besitzen.«

Der Kellner brachte ihr Essen. Es duftete herrlich.

»Ja und dann?«

»Ja …, mhhh, das schmeckt lecker …« Er kaute und fuhr fort:»Also, Craig wollte schon immer selbst so eine Farm führen oder besser gleich mehrere und ein großer, einflussreicher Rindfleischhändler und Farmer sein. In seinen Jahren als Cowboy, in denen er Pferde ausbildete und mit Rindern arbeitete, lernte er das Handwerk dafür von

Grund auf. Doch er besitzt und sieht keine Chance, je eine eigene Farm zu führen. Mit der Zeit wird er immer verbitterter und hadert mit seinem Schicksal. Da entschließt er sich zu einem grausigen Plan. Er schafft es, das Herz einer naiven Farmerstochter zu erobern, und heiratet so in die Farmersfamilie ein. Sorgsam überlegt er, wie er die Schwiegereltern aus der Welt schaffen könnte. Schließlich manipuliert er ihren Pick-up und sie sterben bei einem Unfall. Die Todesursache bleibt ungeklärt und voll falschen Mitgefühls tröstet er seine liebe Frau. Nachdem er nun der Chef ist, weht auf einmal ein kalter Wind. Die Tiere werden in die Ställe gepfercht, stärker gemästet und zur Schlachtung lässt er sie den langen, anstrengenden Weg nach Sydney transportieren, wo er mehr Geld für ihr Fleisch erhält. Seine Frau beobachtet sorgenvoll, wie er sich verändert – wie er hart, gnadenlos und berechnend wird.«

Alexander pausierte.

»So weit bin ich jetzt.« Er begann einige seiner Muscheln aufzuknacken und das salzige Innere herauszufischen.

»Nicht schlecht. Ziemlich skrupellos der Typ. Wie geht's weiter?«

»Das weiß ich noch nicht genau.«

Molly genoss nachdenklich ihr Essen, sie bestellten noch mal Wein und arbeiteten an der Geschichte weiter. Molly erläuterte unterschiedliche Ideen.

»Craig könnte sich auf unseriöse Deals mit dunklen Gesellschaftern einlassen und alles verlieren«, sprudelte sie los, »oder große Geschäfte mit Banken eingehen, weitere Farmen erwerben und zu einem knallharten Geschäftsmann werden, der zwar viel Geld macht, dessen Ehe aber zerbricht und für den das Wohl der Tiere keine Rolle mehr spielt.«

»Na ja, die Ehe war ja schon von Anfang an ein Betrug«, warf Alexander ein. Er lehnte sich entspannt zurück.

»Da hast du recht. Oder er besinnt sich irgendwann und kriegt noch einmal die Kurve.«

»Aber der Mord an den Schwiegereltern bleibt«, wandte Alexander ein.

»Stimmt. Craig wird sich eher nicht ändern«, stellte Molly trocken fest. Es machte ihr solchen Spaß, ihre Ideen einzubringen, und sie freute sich, dass Alexander diese ernsthaft in Betracht zog.

Alexander füllte ihre Weingläser wieder auf. Entspannte Dinner-Musik lief im Hintergrund, die Kellner huschten in schwarzen Anzügen an den geölten Holztischen vorbei. Alexander wollte noch tiefer ins Mollys Leben blicken. Vieles hatte sie ihm schon das letzte Mal erzählt, nun sprach sie über ihre Kindheit in Bedford, dass sie raus wollte in die große Stadt und über ihr Leben in Northampton.

»Was hast du denn im Leben am liebsten?«

»Gute Geschichten, tolle Menschen und natürlich Reisen«, antwortete Molly, wie aus der Pistole geschossen. Alexander lächelte und griff nach ihrer Hand.

»Darf ich?«

Molly nickte. Er rückte mit seinem Stuhl an sie heran und nahm ihr Gesicht in seine Hände.

»Das auch?«

Wieder nickte sie. Seine Nase berührte die ihre und er küsste sie sanft auf ihren Mund. Molly schloss die Augen und öffnete ihre Lippen. Ihre Körper wandten sich einander zu und ihre Zungen berührten sich sanft. Er küsste so zärtlich und süß. Seine Hand strich ihren Rücken hinab. Ein ganzer Schwarm Schmetterlinge erhob sich in Mollys Bauch. Wie schön war es, seine Zuneigung zu spüren, und sie vertraute darauf, dass er ihre gemeinsame Zeit genauso genoss wie sie.

Molly lächelte in sich hinein und erinnerte sich an ihren Wunsch für heute: Klick im Herzen, Verbundenheit, interessante, leichte Gespräche und Spaß.

Langsam lösten sie sich voneinander und sahen sich an. Haselnussbraun waren seine Augen und so voller Neugierde und Spaß. Sie hatte das Gefühl, ewig in seine Augen schauen zu können.

»Du küsst gut«, flüsterte Alexander.

»Du auch. Bin ich froh, dass ich in dich hineingerannt bin.«

»Ich auch, obwohl es ziemlich chaotisch war …«

Er streichelte ihr über die Wange.

»Hast du Lust, das öfter zu machen?«, flüsterte er.

Molly nickte und ihre Augen strahlten.

»Gerne.«

»Lass uns mal was Neues ausprobieren.«

»Ja, was denn?« Molly lachte.

»Warst du schon mal in der Oper?«

»Nein.«

»Dann lass uns in die Oper gehen. Ich sag dir, so ein Abend mit klassischer Musik und allem ist wie ein Eintauchen in eine andere Welt.«

»Okay, warum nicht«, stimmte Molly zu.

»Ich such' uns mal was raus. Findest du das verrückt? Zu verrückt?«, fragte er vorsichtig.

»Nein, gar nicht. Ich freu mich drauf!«

KAPITEL 23

Ihr Opernabend war ein voller Erfolg. Gespannt saßen sie in ihrer Loge und verfolgten die Aufführung von Madame Butterfly, die sie in eine Welt der japanischen Geisha Cio-Cio-San und ihrer Liebe zu einem amerikanischen Marineoffizier entführte. Gespannt fieberten sie mit, ob ihre Verbindung den Widrigkeiten ihres Lebens und den Hürden ihrer Kulturen standhalten würde. Molly griff nach Alexanders Hand und er ließ sie nicht mehr los.

Als sie auf die Straße traten, schwärmte Alexander: »Echt imposant und ergreifend. So etwas zu komponieren und umzusetzen zu können, ist einfach eine Kunst!«

Molly stimmte ihm zu und freute sich, so einen tollen Mann, der die schönen Künste des Lebens schätzte, an ihrer Seite zu haben.

»Die Musik war so unterschiedlich: mal lieblich und zart, dann wieder so roh, wild und ergreifend«, erwiderte sie. Voller Zufriedenheit hakte sich Molly bei Alexander unter. Eine weitere Gemeinsamkeit war entstanden!

Zum Ausklang des Abends genehmigten sie sich ein Glas Wein in einer kleinen, kuscheligen Bar.

»Ich würde so gerne einige der Klassiker sehen«, wünschte sich Molly, »Carmen oder die Zauberflöte zum Beispiel.«

»Können wir doch machen. Es kommt sicher wieder was Tolles in die Stadt«, versicherte er ihr, »meine Eltern würden staunen, wenn sie wüssten, dass ich öfter in die Oper gehe.«

»Deine Eltern? Wie kommst du denn jetzt darauf?«

»Ach, ich habe sie schon länger nicht mehr besucht. Sie gingen früher oft in die Oper oder ins Theater. Ich hab's damals schrecklich langweilig gefunden«, erzählte Alexander, »aber jetzt kann ich sie verstehen.«

Molly nickte. Ihr erging es ähnlich, je älter sie wurde, umso besser konnte sie so manche Entscheidung ihrer Eltern nachvollziehen.

»Willst du sie mal kennenlernen?«

»Deine Eltern?« Molly war überrascht.

»Ja. Nicht sofort, aber in der nächsten Zeit. Sie würden sich bestimmt freuen … und ich mich auch«, gestand ihr Alexander und sah ihr in die Augen. Molly hielt die Luft an.

»Er meint es wirklich ernst …«, ging es ihr durch den Kopf.

»Gerne!«, antwortete sie, »ich würde sie liebend gern kennenlernen.«

Alexander küsste sie zärtlich und schaute sie vergnügt an. Wieder einmal überkam sie das Gefühl, als würden sie sich schon ewig kennen.

»Ich habe das Gefühl, wir beide könnten ewig hier sitzen und quatschen, was?«, stellte Alexander in dem Moment fest. Molly prustete los.

»Gerade habe ich so was Ähnliches gedacht. Unglaublich!«

Alexander zog sie zu sich und küsste sie stürmisch.

»Ich würde so gern mehr von dir spüren«, murmelte Alexander, »kommst du mit zu mir?«

Molly zuckte zusammen. Alexander spürte es sofort und fragte: »Was ist los? Habe ich was Falsches gesagt?«

»Nein … nicht. Es ist nur …«

»Zu schnell? Lassen wir es langsam angehen, es läuft uns ja nichts davon …«

Molly schaute ihn erleichtert an. Er war toll.

»Ich find dich nur einfach zum Anbeißen.« Er lachte und grub seine Zähne in ihre Schulter. Molly kicherte.

Sie blieben noch eine Weile sitzen und verabschiedeten sich vor den Taxis mit gefühlt tausend Küssen und Umarmungen voneinander. Ein Taxifahrer verdrehte schon die Augen und rief ungeduldig aus dem Wagen heraus: »Nehmt euch doch ein Zimmer!«

Das war das Zeichen, sie stiegen jeder in ein Fahrzeug und fuhren in entgegengesetzte Richtungen davon.

Die nächsten Tage waren wieder einmal gefüllt mit Textnachrichten:

»Ich vermisse dich.«

»Ich habe Hunger … nach dir.«

»Habe heute Nacht von dir geträumt. Wann sehen wir uns wieder?«

»Ich muss immer an dich denken – das stört echt beim Arbeiten.«

»Wie wär's mit Wein bei mir?«

Molly schwebte auf Wolke sieben.

Auch Luise meldete sich:

Hi Molly!

Wie geht es dir, Süße?

Du wirst es nicht glauben: Ich habe ihn gefunden oder besser gesagt, er mich. Der Mann, den ich beim Reisen kennengelernt habe, war nicht das Wahre, aber das haben wir gleich gemerkt, stimmt's? Aber vor vier Monaten habe ich Markus kennengelernt – bei der Hochzeit meiner Schwester. Er holte mich zum Tanzen und wir haben uns gleich super verstanden. Am Ende saßen wir völlig betrunken im Garten des Lokals. Seitdem sehen wir uns fast jeden Tag … Ich hoffe, es hält und geht so gut weiter.

Erzähl, wie geht es dir?

Hugs & kisses, Luise

PS: Die Punkte der Liste sind erfüllt. ☺

Molly lächelte in sich hinein und freute sich für Luise. Es verblüffte sie, dass ihr Traummann tatsächlich aufgetaucht war. Aber sie erfuhr es ja gerade selbst – das Gesetz der Anziehung funktionierte. Im Gedanken bat sie weiterhin um jegliche Unterstützung aller guten Mächte, die sie umgaben. Und das taten sie. Als Molly eines Abend zähneputzend im Bad stand und sich dabei im Spiegel betrachtete, erschien Arnold wieder einmal hinter ihr.

»Oh, hallo Arnold! Wie schön, dich zu sehen.« Gelassen putzte sie weiter und spuckte dann aus.

»Hallo Molly! Wie läuft's?«

»Sehr gut sogar! Toll siehst du aus …« Sie drehte sich zu ihm um und musterte ihn. Eigentlich sah er so aus wie immer, in seinen dunklen Jeans, dem hellen Shirt und mit seinen dunklen Haaren. Doch seine Augen strahlten noch mehr als sonst.

»Wie läuft's mit Alexander?«

»Gut. Er schätzt meine Ideen und ist so ein aufmerksamer, lieber Mann. Ich fühle mich wohl bei ihm. Aber das weißt du ja schon alles, stimmt's?«

»Stimmt«, gab er zu und lächelte, »ich wollte dir nur sagen, wie sehr es mich erfüllt zu sehen, wie du voranschreitest und dich auf eine neue Liebe einlässt. Dafür bin ich dir dankbar.«

»Mir? Dankbar?« Molly schaute ihn fragend an.

»Weißt du, eure Beziehung bringt Freude, Zuversicht und Freiheit in die Welt. Wir alle sind verbunden und jede Minute deines Glücklichseins erhöht die Liebe in der Welt.«

Dankbar ruhte sein Blick auf ihr. Molly war tief berührt und erwiderte: »Wie einfach das klingt. Und wie schön.«

Sie hob die Hand und berührte sein Licht, das langsam verblasste.

Alexander und Molly verbrachten mehr und mehr Zeit miteinander. Sie aßen in hippen Restaurants, fieberten im Kino mit oder flanierten durch die Stadt. An Samstagnachmittagen saßen sie am Ufer des Nene und genossen die Sonne. Sie hatten Dosenbier dabei und lagen den lieben langen Tag faul in der Wiese. Manchmal holte Alexander seinen Laptop heraus und schrieb, während Molly ihren Kopf an seinen Körper legte und döste. Oftmals diskutierten sie, wie die Geschichte weitergehen sollte, und Alexander schätzte Mollys Ideen und Einwände. So führte oft eins zum anderen und die Geschichten entwickelte sich rasch weiter.

»Probier's doch noch mal, Molly!«, ermutigte er sie immer wieder, »das nächste Mal nehme ich dir einen Laptop mit.«

»Ich denk drüber nach«, erwiderte sie unsicher.

Am Abend fielen sie dann müde, aber zufrieden in ihre Betten. Anfangs noch jeder in sein eigenes, später entweder in ihres oder seines. Molly genoss es, wenn Alexander sie zu sich heranzog und seinen Kopf in ihrer Halsbeuge vergrub. Und wenn er seine Zunge an ihrem Hals entlanggleiten ließ, kribbelte es am ganzen Körper.

Wieder einmal erforschten seine Hände ihren Nacken und die Schultern und gingen sanft zu den Brüsten über. Augenblicklich härteten sich ihre Brustwarzen und sie seufzte wohlig. Sie genoss den Druck, der mal fester, mal sanfter war. Mit ihren Händen strich sie über seinen Rücken und fühlte die starken Muskeln, die sich langsam bewegten, während er ihren Körper liebkoste. Er zog ihr das T-Shirt über den Kopf und schlüpfte aus seinem.

»Wie schön du bist«, flüsterte Molly.

Er beugte sich über sie, atmete tief und saugte fordernd an ihren Lippen. Langsam öffnete Molly seinen Hosenknopf und zog die Jeans hinunter. Willig half er mit und zog ihr gleichzeitig die Hose aus. Lustvoll pressten sie ihre Körper aneinander und spürten sich gegenseitig voll und ganz. Seine Hände wanderten tiefer. Lange würde sie es nicht mehr aushalten können.

»Ich möchte dich spüren und mit dir verschmelzen«, hauchte ihr Alexander atemlos ins Ohr.

»Ja …, ich auch mit dir!« Wie Magneten fanden ihre Lippen zueinander und ihre Zungen umschlangen sich. Molly spürte seinen muskulösen Oberkörper. Seine Haut war heiß. Das törnte sie noch mehr an. Er küsste ihren Hals und tastete sich vor bis zu ihren Brüsten, die er lustvoll liebkoste. Molly bäumte sich auf und seufzte. Sie wollte ihn jetzt. Doch er hatte sie fest im Griff und ließ nicht locker. Immer weiter rutschte er in die Tiefe. Molly glaubte abzuheben und krallte ihre Finger in seine Schultern. Alexander hörte nicht auf sie zu liebkosen und warme Wellen durchströmten Mollys Körper und sie stöhnte voller Lust. Er strich langsam an ihr hoch und drang in sie ein. Ihr gemeinsamer Rhythmus begann langsam und vorsichtig und wurde dann schnell und fordernd. Ihre Welt stand in Flammen und tosende Vulkanausbrüche erschütterten ihre Wirklichkeit. Sie verloren sich in sich selbst und fühlten sich gleichzeitig innigst verbunden. Als sie endlich in die Wirklichkeit zurückkamen, blickten sie sich verliebt und unendlich befriedigt in die Augen.

»Das war …« Sie überlegte. »Unbeschreiblich, würde ich sagen.«

»Das war es. So habe ich mir unser erstes Mal vorgestellt.« Er seufzte. »Nein, eigentlich war es noch viel besser.« Molly kuschelte sich glücklich an ihn.

Am nächsten Nachmittag war es so weit und Alexander nahm sie mit zu seinen Eltern. Ruth und Richard lebten in einem kleinen Häuschen in einem ruhigen Wohnviertel der Stadt.

»Ich freue mich wirklich darauf, sie kennenzulernen«, sagte Molly, als sie im Auto saßen, »vielleicht erzählen sie mir lustige Geschichten von Baby Alexander!«

»Wie ich nackig die Straße runterlief zum Beispiel, mit dem Nudelholz in der Hand?« Alexander schmunzelte.

»Zum Beispiel …«

Sie war gespannt auf die beiden Menschen, die den Mann, dem sie begann, ihr Herz zu schenken, entscheidend geprägt hatten und ihn groß werden ließen.

Seine Mutter war mittlerweile um die siebzig Jahre alt, sein Vater war zehn Jahre älter und saß im Rollstuhl. Eine Pflegerin kümmerte sich um die beiden.

»Würdest du sagen, dass du eine schöne Kindheit hattest?«, wollte Molly wissen.

»Eigentlich schon. Meine Eltern waren meistens sehr liebevoll und aufmerksam. Meine Mutter hat uns extrem viel vorgelesen, wir gingen jede Woche in die Bücherei. Mein Vater war ziemlich streng, aber das lag wohl daran, dass er bei der Armee war.«

»Wie meiner …«

»Ja stimmt. Er hatte wie deiner öfter lange Einsätze im In- und Ausland«, erzählte Alexander. Molly senkte den Blick, sofort kam ihr das Geheimnis ihrer Eltern in den Sinn.

»Mhm«, machte sie und Alexander fuhr fort: »Er hat einen Versorgungstrupp angeführt und kümmerte sich um das körperliche Wohl der Soldaten: um Unterkünfte, Essen und Medikamente. Darum hat er viel gesehen von der Welt, aber auch vom Krieg.«

»Das muss verstörend gewesen sein«, wandte Molly ein.

»Er redete nie viel darüber. Aber es waren ebenfalls friedliche Einsätze dabei wie Wiederaufbautätigkeiten nach einem Krieg oder Naturkatastrophen.«

»Vielleicht reist du deshalb so gern«, vermutete Molly.

»Vielleicht. Mein Vater hat uns viel von den Ländern erzählt. Auch wenn er unschöne Dinge gesehen hat – er hat den Blick für die Liebe und das Schöne in der Welt nicht verloren.«

»Das ist schön!«, freute sich Molly.

Alexander parkte vor seinem Elternhaus. Als sie an der Haustür läuteten, öffnete Martha, die Pflegerin, die Tür. Sie war eine freundliche, ältere Dame, ihre grauen Haare zu einem strengen Dutt gebunden.

»Kommen Sie herein. Die Herrschaften warten schon. Ich bin Martha«, sagte sie zu Molly und schüttelte ihre Hand. Sie führte die beiden ins Wohnzimmer zu Alexanders Eltern.

»Willkommen! Schön, dass ihr da seid«, begrüßte sie Alexanders Mutter Ruth und umarmte ihren Sohn. Freudig schüttelte sie Molly die Hand. Sein Vater klopfte seinem Sohn zufrieden auf die Schulter. Martha schenkte ihnen dampfenden Tee ein und stellte selbstgebackene Plätzchen auf den Tisch.

Alexanders Mutter setzte sich neben ihn und ließ die Hand ihres Sohnes nicht mehr los.

»Wie geht es euch denn?«, eröffnete Alexander das Gespräch.

»Es geht uns gut«, erzählte sie, »Martha kümmert sich ganz vorzüglich um uns. Mein Rücken schmerzt, aber es geht schon.«

»Wir kommen regelmäßig raus«, raunte Richard, »wir machen jeden Tag einen langen Spaziergang und deine Mutter geht zur Kartenrunde. So vergehen die Tage ruhig, aber angenehm.«

Alexander schaute sie glücklich an.

»Ihr seht auch gut aus. Wurde der Vertrag von Martha nun verlängert?«

»Ja, zum Glück, sie bleibt uns erhalten!«

»Und wie geht's Ted? War er wieder einmal hier?«

»Ja, ab und zu kommt er vorbei«, erwiderte seine Mutter etwas traurig. Die Beziehung zu Alexanders Bruder Ted war belastet: Jahrelang war er dem Alkohol verfallen gewesen und ließ sich nur schwer helfen.

»Das letzte Mal kamen auch Belinda und die beiden Jungs mit. Das war sehr schön. Belinda arbeitet seit kurzem in einem Krankenhaus. Es scheint ihnen gut zu gehen. Das beruhigt mich. Ted ist, wie er sagt, trocken und stabil und kümmert sich um die Familie. Aber genug von uns. Wen hast du denn da Schönes mitgebracht?«, wandte sich Ruth an die etwas nervöse Molly.

»Das ist Molly …«, begann Alexander und legte seinen Arm um sie, »die Dame meines Herzens. Wir kennen uns jetzt seit einigen Monaten. Molly inspiriert mich sehr und wir haben eine wunderbare Zeit zusammen. Außerdem hat sie tolle Story-Ideen, da ist eine Autorin an ihr verlorengegangen.« Er lachte.

»Wirklich?« Ruth nickte strahlend. »Erzähl doch mal, Molly, was machst du so in deinem Leben?«

»Ich arbeite in einem Buchladen in der Stadt. Es gefällt mir, weil ich sowieso gerne lese. Da bin ich immer bestens versorgt. Außerdem reise ich gern.«.

»Wunderbar. Noch eine Buchliebhaberin! Da haben wir alle was gemeinsam. Was liest du denn am liebsten?«

»Hm. Nichts Spezielles, quer durch die Bank würde ich sagen. Manchmal fange ich ein Buch an, wenn es mich vom Titel oder Cover her anspricht, aber wenn mich die Geschichte reinzieht, bin ich verloren«, erwiderte Molly, »dann kann ich oft gar nicht mehr aufhören. Nicht sehr förderlich in der Arbeit, sag ich Ihnen.«

Ruth lachte. »Das kenne ich. Ich liebe es, wenn ich so einen Page-Turner erwische. Ich lese am liebsten Familiensagas und Romane. Aber auch die wirklichen Literaturklassiker. Die habe ich alle gelesen, als ich jünger war.« Sie strich sich ihr feines, weißes Haar aus dem Gesicht. Ihre Augen waren hellwach und sie hatte ein hübsches Gesicht trotz all der Falten.

»Wirklich? War das nicht anstrengend?«

»Ganz und gar nicht! Mich faszinierten ihre Sprache und die Tiefe und Weisheit, die in ihnen lag. Wie zum Beispiel in „Siddhartha" oder im „Glasperlenspiel" von Hesse oder in der „Erziehung des Menschengeschlechts" von Lessing. Aber auch „Das Parfum" von Süßkind finde ich gut.«

Molly staunte. Ruth sprach weiter und offenbarte ein erstaunliches Wissen über Literatur und Autoren. Viele Lebensgeschichten und persönliche Eigenschaften der Schriftsteller kannte sie im Detail. So etwas hatte Molly noch nie erlebt und war ehrlich fasziniert. Nun verstand sie, woher Alexanders besonderer Zugang zu guten Geschichten kam.

»Lasst uns ein bisschen an die frische Luft gehen. Was haltet ihr davon?«, schlug Richard vor. Er hatte genug gehört.

»Ich bin früher viel gewandert, weißt du?«, sagte er zu Molly, »doch nun im Alter bin ich schlecht auf den Beinen.«

189

»Aber nach wie vor höchst aktiv«, warf Alexander ein und schob seinen Vater ins Freie. Die Sonne strahlte vom Himmel und sie spazierten die Straße hinab zu einem Park.

»Steht wieder einmal eine Reise an?«, erkundigte sich Richard. Er blinzelte in die Sonne.

»Nein, gerade nicht«, antwortete Alexander, »ich schreibe zwar an einer Geschichte, die in Australien spielt, aber ich habe gut recherchiert und komme voran. Außerdem habe ich ja eine reizende Freizeitbeschäftigung gefunden«. Er lachte und zog Molly näher zu sich heran. Molly küsste ihn auf die Wange.

»Sehr gut.« Sein Vater lächelte. Sie genossen die angenehme Wärme der Sonne, die frische Luft und die gemeinsame Zeit. Molly freute sich über den Einblick in das Leben der beiden alten Leute, die so ruhig, zufrieden und voller Respekt füreinander in dem kleinen Häuschen lebten.

»So möchte ich auch einmal leben, wenn ich alt bin«, dachte sie bei sich, »sie lieben sich eindeutig immer noch und sind froh um die Anwesenheit des anderen.« Sie beobachtete kleine, selbstverständliche Gesten, die ihre tiefe Verbundenheit und die Liebe zueinander ausdrückten. So steckte Ruth ihrem Richard zum Beispiel ein Hustenbonbon in den Mund, bevor sie ins Freie gingen und er strich ihr ab und zu liebevoll über die Hand. Und sie hatten Spaß zusammen.

Als Molly dieses liebevolle Verhalten im Auto auf der Heimfahrt ansprach, bestätigte Alexander ihren Eindruck:»Ja, das stimmt. In diesem Punkt sind sie wirklich ein Vorbild. Sie haben immer zusammengehalten. Mein Vater ist glücklicherweise jedes Mal wohlbehalten von den Einsätzen zurückgekommen.« Konzentriert schaute er auf die Straße.

»Es war schön bei deinen Eltern. Danke, dass du mich mitgenommen hast.« Sie legte ihre Hand auf seinen Oberschenkel.

»Sie mögen dich, das kann ich sehen …«

Er drückte ihre Hand. Molly atmete erleichtert durch. Test bestanden – sehr gut. Als sie vor Alexanders Wohnung ankamen, schlug Molly vor:»Gehen wir doch noch etwas in die Stadt!«

Hand in Hand schlenderten sie die Straße hinunter. Im Inneren der Stadt tummelten sich viele Menschen, die den lauen Abend genossen.

Sie ließen sich in zwei bequeme Stühle vor einer Bar fallen und bestellten Bier.

Alexander nahm einen Schluck und seufzte. »Mh, das tut gut!« Entspannt beobachtete er die Menschen, die an ihnen vorbeispazierten.

»Ob er mit Angela, seiner Exfreundin, auch oft hier war?«, schoss es Molly plötzlich durch den Kopf. Er hatte sie sehr geliebt, das hatte sie gespürt, als er ihr von der Beziehung sowie der Trennung erzählt hatte.

»Was denkst du?«, fragte Alexander auf einmal. Sie war wohl in Gedanken versunken gewesen.

»Ach, nichts …«, murmelte sie und nahm einen Schluck Bier.

»Sag schon. Ich seh's dir doch an, dass dich etwas beschäftigt.«

»So weit sind wir schon«, dachte sie, »er kann mich lesen – so wie Arnold damals …«. Einerseits war das ein gutes Zeichen, andererseits fühlte sie sich ertappt.

»Denkst du manchmal noch an sie?«

»An wen …? Was meinst du?« Er setzte sich aufrecht hin und wandte sich ihr zu.

»Angela, deine Freundin von damals.«

»Angela …« Er seufzte.

»Molly …, das ist vorbei. Glaub mir. Sie hat mir weh getan, aber die Wunde ist verheilt. Mein Herz ist wieder frei und gehört nun jemand anders – voll und ganz.« Er blickte ihr tief in die Augen und strich zärtlich über ihre Wange. Molly hielt einen Moment inne, doch noch hatte sie keine Ruhe gefunden.

»Hast du sie sehr geliebt?«

»Hm.« Alexander dachte eine Weile nach, dann sagte er: »Ja … ich habe sie geliebt, sehr sogar. Wir haben Wunderbares zusammen erlebt und waren ein gutes Team. Nur irgendwann war es, als ob unsere Zeit abgelaufen wäre, ich kann es nicht erklären. Auf einmal entwickelten wir uns in verschiedene Richtungen. Das ging schleichend. Irgendwann stimmte die Fassade zwar noch, aber dahinter war es hohl und ausgebrannt. Ich wollte es lange Zeit nicht wahrhaben, darum habe ich auch die Zeichen nicht gesehen.«

»Welche Zeichen?«

»Na ja …, eine gewisse Teilnahmslosigkeit mir gegenüber, verstohlene Blicke aufs Handy und immer öfter lange Abende im Büro. Aber egal. Irgendwann hat es BAM gemacht und sie musste sowieso mit der Wahrheit rausrücken.«

»Du meinst, als sie dann schwanger war?«

»Ja. Ich meine, kurz davor haben wir uns ziemlich viel gestritten und ich spürte deutlich, dass etwas nicht stimmte. Ich versuchte, sie gefühlsmäßig zu erreichen, weil sie mir zu entgleiten drohte. Aber da war es schon zu spät.«

Molly war still. War sie der Lückenbüßer, weil es mit Angela nicht geklappt hatte?

»Aber, wie gesagt, es macht jetzt nichts mehr und es ist sogar viel besser so. Denn nun habe ich ja dich gefunden!« Er sah, wie sie zweifelte.

»Ehrlich! Glaub mir. Im Nachhinein bin ich froh, dass es so gekommen ist. So wurde ich frei für dich. Unsere Seelen haben sich gefunden und ergänzen sich doch wunderbar, oder etwa nicht?« Er schaute sie direkt an.

»Ja …«, murmelte sie und senkte den Blick, »ich finde schon.«

»Dann freu dich mit mir! Ich liebe dich.«

Das schlug ein. Hatte er die drei magischen Worte wirklich gesagt? Sie schaute auf und schwieg. „Ich liebe dich." Das war ernst gemeint und einfach … nur wunderschön!

»Ich dich auch!«, antworte sie klar und deutlich und hielt seinem Blick stand.

»Eine Flasche Champagner, bitte!«, rief Alexander dem Kellner über die Schulter zu, »wir haben was zu feiern!«

Molly kicherte. Es machte Spaß, ihr Herz an Alexander zu verlieren. Glücklich stießen sie auf ihre Liebe an und genossen das Prickeln am Gaumen neben vielen Küssen und »Ich liebe dichs«. Immer wieder sagte Alexander es ihr direkt ins Gesicht – absichtlich, um sie zu überzeugen. Sie lachte und verstand. Aber irgendwann wurde es ihr zu viel und sie rief: »Ich dich auch und jetzt ist Schluss, sonst werde ich noch erdrückt vor lauter Liebe!«

»Oh nein!«, entgegnete er, »bitte nicht. Ich brauch´ dich noch und zwar lebend.« Sie prosteten sich ein letztes Mal zu und brachen auf. Arm in Arm gingen sie durch die Dunkelheit.

»Willst du heute Nacht wieder bei mir bleiben?«, flüsterte er ihr sehnsüchtig ins Ohr. Molly nickte. Die Schmetterlinge flatterten wie wild.

Als sie in seiner Wohnung angekommen waren, streiften sie ihre
Schuhe ab und gingen in die Küche.
»Hunger?«, fragte er.
»Ja …, nach dir«, erwiderte sie.
»Nach mir?«, grinste er schelmisch, »den kann ich sofort stillen.«
Er hob sie hoch und sie tanzten durchs Wohnzimmer.
»Molly, meine neue Freundin und Geliebte …«, sang er vor sich
hin und drehte sich mit ihr in den Armen.
»Aufhören!«, rief sie kichernd. Ihr wurde schwindlig.
Alexander setzte sie behutsam aufs Bett im Schlafzimmer und
fragte: »Wann ziehst du ein?« Es war ein Scherz, denn er wusste genau,
dass sich Molly Zeit lassen wollte.
Ohne zu antworten, nahm Molly seinen Kopf in ihre Hände und
küsste ihn. Alexander ließ sich gerne verführen und legte sich sanft auf
sie. Wohlig versanken sie mit geschlossenen Augen in einander, in ihrer Liebe und innigen Verbundenheit. Ihre stürmischen Küsse wandel-
ten sich in zärtliche Liebkosungen und Alexanders Lippen kosteten
von jeder Stelle ihres Körpers. Ein Kleidungsstück nach dem anderen
fand seinen Weg zum Boden. Molly seufzte und Wogen der Lust
durchfluteten ihren Körper. Weit ließ sie sich in den Ozean der Erfül-
lung treiben.
Schließlich war Alexander dran und sie verwöhnte ihn dort, wo er
am empfindsamsten war. Voller Liebe bewunderte sie seine Ekstase.
Wie schön er doch war.
Als er sie in die Arme nahm und in sie eindrang, spürte sie ihre
inzwischen innige Vertrautheit und genoss es, seinen schweren Körper
zu spüren, der sich voller Erregung an ihrem rieb. Wieder gaben sie
sich hin und verschmolzen zu einem pulsierenden Ganzen.
Atemlos kamen sie zurück in ihre Realität und sahen sich glücklich
in die Augen. Molly legte ihren Kopf auf Alexanders Bauch.
»Im Ernst, ich liebe dich.«
»Ja …, ich dich auch, mein Herz.« Er streichelte ihr sanft über die
Stirn. »Das war ziemlich stark.«
»Das kannst du laut sagen.« Nochmals schlossen sie die Augen und
lagen eng aneinander gekuschelt da.
Als Molly am nächsten Morgen erwachte, lag Alexander schlafend
neben ihr. Sie betrachtete sein Gesicht, seine dunklen langen Wimpern

und seine sanft gebogene, breite Nase. Er atmete tief und wirkte unheimlich friedlich. Hätte sie vermutet, dass es nach der Liebe zu Arnold noch jemals so eine geben könnte? Eine weitere umwerfende Liebesgeschichte wie diese ...? Wahrscheinlich nicht. Und hätte sie im Krankenhaus oder auch in Thailand jemand gefragt, ob sie nochmals so eine große Liebe finden würde, hätte sie geantwortet, dass es das nur einmal im Leben gibt. Ihr Recht darauf sei mit dem Tod von Arnold abgelaufen. Doch offensichtlich war dem nicht so. Liebe ist wahrlich unendlich und sie konnte jeden Menschen unzählige Male und in unterschiedlichsten Ausprägungen ergreifen – und das mit voller Wucht und in riesigem Ausmaß. Molly lächelte, sie war unendlich dankbar und strich ihrem Geliebten zärtlich über den Arm.

Nach einer Weile stand sie auf, duschte leise und goss frisches Wasser in die Kaffeemaschine. Alexander trottete verschlafen in die Küche. »Guten Morgen, Sexbombe«. Er lächelte verschmitzt und zog sie zärtlich zu sich heran.

»Morgen, Sexgott«, antwortete Molly, als er seinen Kopf in ihrer Halsbeuge vergrub. Das kitzelte.

Es war Samstagmorgen und das Wochenende lag vor ihnen. Entspannt schlürften sie ihren Kaffee, dann packten sie eine Decke und füllten den Picknickkorb.

»Ich nehm den Laptop mit,« erwähnte sie so beiläufig wie möglich.

»Ich bin so stolz auf dich«, flüsterte ihr Alexander ins Ohr.

Sie fuhren zu ihrem Lieblingsplatz, einer ruhigen Stelle unter einer uralten, riesigen Weide am Fluss. Stundenlang lagen sie auf der Decke, aßen oder schlürften Rotwein und Kaffee.

Schließlich öffnete Molly ihren Computer und starrte auf die weiße Fläche vor ihr.

»Angel«, tippte sie, »ein siebenjähriger Junge, dessen Volk am Planeten Miro von den Pinaden gefangen gehalten wird. Als er erkennt, dass er durch die Kraft seiner Gedanken Dinge von einem Ort zum anderen bewegen oder explodieren lassen kann, wächst eine einzigartige Vision in ihm.«

Zufrieden beugte sie sich zu Alexander und küsste ihn. »Dann beginne ich mal mit der ersten Figur.«

»Spitze!« Er zwinkerte ihr zu und vertiefte sich wieder in sein Buch.

Als die Sonne unterging, speicherte Molly ihre Geschichte endgültig ab und blickte dankbar in die prächtige Baumkrone der Weide. Welche Geschichten die wohl zu erzählen hatte?

Als sie wieder in Alexanders Wohnung ankamen, ließen sie sich müde auf die Couch fallen und Molly legte ihren Kopf auf Alexanders Bauch. Er streichelte ihr übers Haar.

»Warte mal …«, sagte er plötzlich und drehte sich um.

»Hey …«, protestierte Molly, als ihr Kopf runterrutschte, »was ist denn?«

»Warte …« Er kramte in der Kommode hinter sich. »Tadaaa … ich habe etwas für dich.«

Aufgeregt überreichte er ihr ein helles Kuvert.

»Was ist denn das?«

Molly schaute ihn überrascht an.

»Na, mach's auf!«

Gespannt öffnete Molly den Umschlag und zwei Flugtickets fielen ihr entgegen: Hin und retour von London nach Sidney, innerhalb von zwei Monaten!

Ihr Mund blieb offenstehen und sie starrte Alexander an: »Australien? Wir beide … zwei Monate lang?«

»Eine Forschungsreise sozusagen … Ich habe schon alles mit Rose abgesprochen. Willst du meine Muse sein?«, säuselte er schmunzelnd, »ich schreib nicht die ganze Zeit – versprochen, beziehungsweise du schreibst ja auch.« Er lachte. »Wir sehen uns Land und Leute an und entdecken den Kontinent, was hältst du davon?«

»Das ist ja unglaublich!!« Molly fiel ihm um den Hals und küsste ihn stürmisch. Natürlich wollte sie mit! Eine wunderbare Zeit voller Liebe, Spaß und Abenteuer lag vor ihnen.

Alexander holte tief Luft, als sie sich von ihm löste, und lachte.

»Wenn die Reise auch so stürmisch wird, dann muss ich mich auf was gefasst machen!«

Molly kicherte und ihre Augen blitzten. Ihre Wunschbeziehung hatte sich manifestiert. Sie war sogar noch schöner als erhofft.

Sie sah Arnold in der Ecke des Wohnzimmers leuchten. Er lächelte sie an. Molly umarmte Alexander noch einmal behutsamer und warf Arnold ein leises »Danke!« über seine Schulter zu. Arnold nickte liebevoll und hob langsam die Hand zum Abschied.

»Auf Wiedersehen, Molly. Sei glücklich, ich bin es auch.« Molly war ihm unendlich dankbar und sah zu, wie sein Licht verschwand.

Dann löste sie sich von Alexander und schaute gemeinsam mit ihm nach vorne – in ihr neues Leben.